U0614780

如月

CONSTANT LIKE
THE MOON

尼罗 / 著

长江出版社 CHANGJIANGPRESS　漫娱图书

目录
catalogue

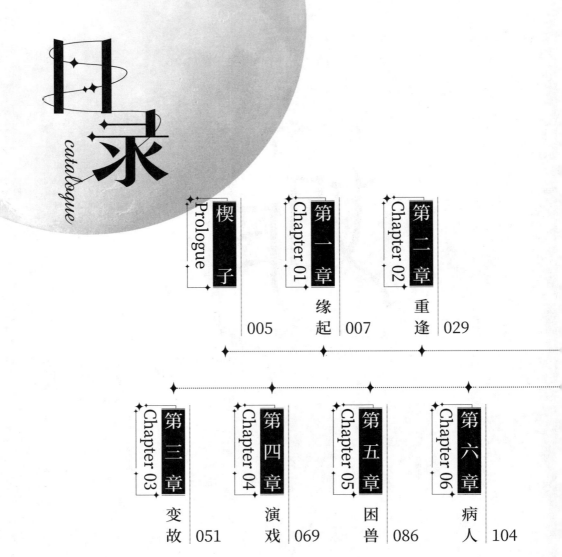

楔子 Prologue 005

第一章 Chapter 01 缘起 007

第二章 Chapter 02 重逢 029

第三章 Chapter 03 变故 051

第四章 Chapter 04 演戏 069

第五章 Chapter 05 困兽 086

第六章 Chapter 06 病人 104

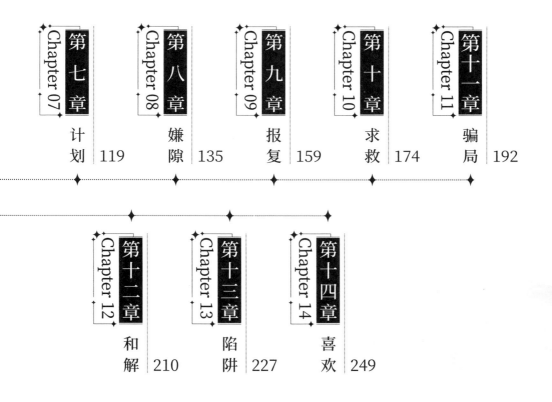

第七章 Chapter 07 计划 119

第八章 Chapter 08 嫌隙 135

第九章 Chapter 09 报复 159

第十章 Chapter 10 求救 174

第十一章 Chapter 11 骗局 192

第十二章 Chapter 12 和解 210

第十三章 Chapter 13 陷阱 227

第十四章 Chapter 14 喜欢 249

楔子
Prologue

　　沈之恒可以算作一个好人，并且是个相当体面的好人。

　　他风华正茂，往小了说是二十大几，往大了说是三十出头，总之是正值人生的黄金时代。他的相貌也体面：人是英挺的高个子，衣服架子似的，穿得更考究，总那么西装革履的，随时可以站到玻璃橱窗后假充服装模特。

　　他自身的形象已是如此美好，身外之物更是充沛。他这人的来历有点神秘，反正在这一带，他起初靠着投资报馆发家，发家之后，他很有些经济方面的眼光，四处投资，以钱生钱，飞速成了这一带的知名阔人。豪阔之余，他还常在报章之上发表诗歌散文，虽然有人说那诗与文都是旁人代笔，但这问题本也没有细究的必要，只要众人知道他沈之恒多金且才貌双全，也就够了。

　　如今他有钱有闲，更是几家大报馆的大股东，大报馆中有两家开在黄金地界里的，蒙他那些有背景的朋友们的庇护，也仗着黑帮老头子们的撑腰，报馆百无禁忌，什么新闻都敢登，什么人都敢骂，今年甚至把一些大人物都得罪了。大人物也不知道他怎么那么手眼通天，竟能把他们的政坛秘密都调查了个一清二楚，然后也不拿这秘密和他们谈判一下，直接就把它登到了报纸上，惹得舆论大哗，还招得街上游行了几次；也因为没摸清他的路数，所以他们没有立刻翻脸，而是先向他抛去秋波，想用利益与柔情打动他，哪知沈之恒是个不缺钱的冷面郎君，完全不受打动。搞得他们中一位叫池山英的大人物十分恼火，认为自己是耍了一场"单相思"，而且碰了一鼻子灰，实在是丢人现眼。

大人物一恼，就想宰了沈之恒。沈之恒其实也料到了，但是他近几年一直活得顺风顺水，太顺了，以至于他盲目乐观，竟没把这茬当回事。甚至在那些人大动杀心之时，他还心不在焉地公开亮相，按照往年惯例做了一场慈善事业，给本地的叫花子们一人发了一套棉袄和五毛钱。

大众都认为沈之恒是个好人，沈之恒在这一点上，基本和大众站在同一阵线。他也觉得自己怪不错的，起码是担得起那一个"好"字，唯有一个问题悬而未决：他不知道自己还算不算人。

幸而这不是一个太紧要的问题，毕竟他看起来比谁都像人。况且这个问题未必一定无解，沈之恒近十年活得风生水起，相信自己能够找出答案，给自己一个交代。

可惜这一夜，自信的沈先生在回家途中，不慎被杀手埋伏，沈先生欲哭无泪。

缘、起、缘、灭。

这四个字有点玄妙，妙就妙在它发生时，可以是无声无息，甚至是毫无征兆。

故事要从沈之恒遇袭的这一夜开始讲。

十一月廿日，夜。

沈之恒去参加一场盛大的慈善晚宴，因为被某个酒徒缠上了，所以决定提前告辞。酒徒在不喝酒时也是个体面人物，可一喝了酒就变得黏黏糊糊，逮谁缠谁，逼着别人和他一醉方休。今晚他缠上了沈之恒，可沈之恒早在几个月前，就发现自己不能够再喝酒了。

他不愿在宴会上呕吐，所以随便找了个借口退席，由于怕被酒徒追上，他走得有些慌，连大衣都忘了穿，上了汽车之后才感到寒冷。

他向来不慌，这一晚却被那个醉鬼逼得乱了方寸，事后一回忆，他感觉这也像是个不祥之兆，但在当时，他什么也没想，只快速发动汽车，想回家去休息。他这辆汽车，是今年的最新款，上个月刚从海上运过来的，在这儿还是头一辆。沈之恒这么一位阔绰的报业大亨，他本人也正是一位奢华的摩登文人，摩登文人既是有钱，那么开辆豪车出出风头，自然也是相当合理。

汽车驶过街巷，直奔沈宅而去。夜深了，又是深秋时节，大风一吹，那寒冷的程度，和冬夜也差不多。汽车经过一户公馆，灯火通明，是米将军的家，更准确地讲，是正房米太太的家。因为米将军乃是一位"千古风流人物"，虽然自从下野，一直是半赋闲的状态，但是不改风流本色，在外广筑金屋，成年地不肯回家。而在沈之恒的汽车经过之时，米公馆内刀光剑影，是米太太守活寡守得要发疯，正在拿米大小姐出气。米大小姐十五岁了，平日里摄取的一点点营养都用来长个子了，实在是没有余力去发育，所以看着还像个黄毛丫头。

米大小姐还是个瞎子。

二十四小时之后，米大小姐将与沈之恒相遇，但此刻她对那场相遇毫无预感，单是咬牙忍痛，由着她妈妈抓了她的头发，将她的脑袋往墙上撞。她的头发疏疏落落，有的地方已经露了头皮，全是被米太太薅的。因为她是个轻飘飘的小玩意儿，非常适合被米太太薅着头发扯过来甩过去，米太太薅得顺手，几乎要上瘾了。

单手攥着一根盲杖，米大小姐知道凭着母亲这种撞法，想把自己活活撞死是不可能的，可是总这么担惊受怕地活着，她也厌倦了。

汽车驶过米公馆，抛下了受苦受难的米大小姐。与此同时，在不太遥远的城市另一侧，厉英良走进他的会长办公室，在写字台后坐了下来。胳膊肘架上桌面，双手十指交叉抵着下巴，他微微仰头望着电灯，等候部下带回捷报。

今晚沈之恒必须死，沈之恒不死，他没法向池山英交差。况且就算没有命令，仅从个人的情感出发，他也很愿意宰了沈之恒。因为沈之恒给脸不要脸，他几次三番地向沈之恒示好，可沈之恒总是不肯搭理他。他堂堂一个会长，走出去也是威风凛凛前呼后拥的，怎么就入不了沈之恒的眼？瞧不上我？你不也是仗着那些大人物的势力，才敢在报纸上胡说八道吗？

厉英良心思敏感，自己翻尸倒骨地想沈之恒，想着想着就气得眼睛都红了。他的眼睛是水汪汪的大眼睛，眼角挑上去，配着两道长眉，加之皮肤白皙，让他看着甚美，像个过了气的戏子。

办公室一角的自鸣钟"当当当"响了起来，厉英良抬眼去看，此时已是凌晨一点整。

凌晨一点整，沈之恒在街边下了车。

汽车出了毛病，无论如何也发动不起来，于是沈之恒决定走回家去。风越发猛了，似乎都卷了细雪。沈之恒只穿了一身薄薄的晚礼服，倒是也知道冷，双手插在口袋里，他低了头，拱肩缩背地顶着风硬走。

向前走出了半条街，他在街口拐了弯，如此又走出了半里地，他听到身后传来了汽车声音。回头望过去，他就见车灯闪烁，一辆汽车正加大油门，一路轰鸣着冲向他。

他还没反应过来，已经被汽车撞上了半空。

然后汽车停下来，后排两侧车门一开，两名黑衣人分头跳下，手里全提着手枪，枪管奇长，是加装了消音器。两人走到了沈之恒跟前，一人低声道："是姓沈的吧？"

另一人打开手枪保险，将子弹上了膛："没错。"

两人举枪向下，要对沈之恒补枪。哪知未等他们扣动扳机，地上的沈之恒忽然以手撑地，站了起来。

他短发凌乱，面孔和前襟都沾了大片灰土，然而四肢俱全，看起来依然是囫囵完整的一个人。

黑衣人一起后退了一步，他们干的就是杀人买卖，活人都敢杀，世上还有什么是能吓唬得住他们的？重新举枪形成包抄之势，他们一起瞄准了沈之恒。

先准备开枪的黑衣人，决定再当一次先锋。枪口瞄准沈之恒的眉心，他再次扣动扳机。可是这回他那勾着扳机的食指扣了个空，冷风吹过他的指缝，他怔了怔，发现手枪已经落入沈之恒手中。沈之恒用枪口抵住他的眉心，问："谁派你们来的？"

他的同伴这时开了枪。

同伴站在沈之恒身侧，在枪声响起的前一刹那，沈之恒如有预感一般，猛地出手一打枪管。枪口向上一扬，子弹贴着沈之恒的头发飞了过去。沈之恒随即调转枪口，对着那人的咽喉一扣扳机。一声轻响过后，那人倒了下去。枪口转回前方，他忽然吼道："是谁？不说我就杀了你！"

黑衣人直瞪着他，他杀人无数，却在今夜，见了鬼了。

他怕极了，甚至忘了他的后方，还有一位援兵。

汽车里的司机从车窗中伸出一把轻机关枪，对着他们的方向开了火。没了消音器的遮掩，枪响声如一串惊雷，火舌扫过了黑衣人和沈之恒，而在他们双双倒下之后，司机收枪开车，调转车头，在远处警察的警哨声中冲入夜色，逃之夭夭。

沈之恒不想声张，可若是被警察看见了，就不一定了。所以趁着巡捕未至，他接连翻身，滚到了路旁的土地上。

在沈之恒艰难避险之时，他还不相识的两位有缘人，正在各忙各的。

米兰坐在漆黑卧室里，手里挽着一条衣带，想要去死，可是她家住的房屋，四壁光滑坚硬，并没有房梁供她拴绳子上吊，要跳楼呢，这里又是一楼。

厉英良坐在明亮的会长办公室里，正给自己冲咖啡。咖啡滚烫，他喝了一口，烫得怪叫一声，两只水汪汪的妙目又泛了红。放下杯子在房内踱步，他等着部下回来复命。他的人筹划了这么久，沈之恒又只是个文人，这一次应该没有理由失败。忽然在镜子前停了脚步，他抬头看了看自己，不是欣赏自己的俊俏，他不大清楚自己的俊俏程度，对于自己的相貌也是毫无兴趣。他是看自己有没有官威，有没有那个飞黄腾达的气质。

十一月廿一日，昼。

李桂生敲了敲门，唤道："会长，我是桂生，我回来了。"

房内传出回应："进来。"

李桂生推门进去，大气都不敢喘。门内这间屋子四四方方的挺宽敞，里头按照上等办公室装饰，家具一色都是红木的，沙发茶几也俱全。大写字台后头，坐着个小白脸，正是会长，厉英良。

这里到底算是个什么地方，李桂生始终没搞清楚，反正会长背后的人，势力财力都不小，所以厉会长可以安放满屋子的红木家具。厉英良年纪不大，还没满三十岁，算是数一数二的年轻有为。李桂生对厉英良很服气，因为厉英良绝非绣花枕头，别看他长得像个吃软饭的，其实有股子一往无前的狠劲，只要上面发了话，厉会长二话不说，甩开膀子就是干。

这几年来，厉会长神挡杀神，佛挡杀佛，对这份工作堪称是鞠躬尽瘁，然而在仕途上并不是那么得意，因为对手太多，他会鞠躬尽瘁，旁人也会鞠躬尽瘁，而且除了鞠躬尽瘁之外，人家还更有手段，更会做人，不像他这么死卖力气。其实李桂生不懂会长的心，会长也很想做个八面玲珑的俏皮人物，可是天生没长那根筋，实在俏皮不起来，只好认命。在办公室里熬了整宿，会长彻夜未眠，眼睛红得像兔子似的，他问李桂生："怎么才回来？"

李桂生答道："我收拾汽车去了，车灯碎了一个，得开到车厂里去修理，可车头糊的都是那什么，太脏了，我得先把它收拾干净了，才敢往车厂里开。还有，就我一个人回来了。"

厉英良一见李桂生就感到轻松，低下头顺手整理了桌上的几份文件："那两个呢？"

"死了。"

厉英良停下动作抬了头："沈之恒带人了？"

李桂生答道："没有，我们之前侦查的消息没错，昨晚确实就是他自己一个人回家，他那辆汽车，也确实坏在了半路，一切都是按照计划来的，我们追上去的时候，他正自己在街上走呢。"

"那怎么会搭上两条人命？"

李桂生深吸了一口气，似乎是要长篇大论，可最后舔了舔嘴唇，他只发出了气流一般的轻声："会长，昨夜这事，有点邪性。"

厉英良拧起眉头："嗯？"

李桂生弯下腰去，喊喊喳喳地讲述了昨夜情形，厉英良垂眼看着桌面，凝神听着。等到李桂生把话说完了，他一抬眼，目光如炬："是不是你们看错了？他一个商人还能杀人？"

李桂生被他看得发毛："这个……您这么一说，我还真有点含糊。"

厉英良用指甲叩叩桌面，盯着他又道："别的先不提，我就问你最后——最后，他是不是真死了？"

李桂生立刻点头："会长，最后他肯定是死得透透的了。"

厉英良向后一靠："行，死了就行，死得惨点更好，也让别人看看和咱们作对的下场。这两天你别露面，回家歇歇，等风头过去了，你再回来给我当差。"

李桂生答应一声，又一鞠躬，然后低头退了出去。

厉会长面上占据了一座两进的大院子，但其实会里并没有那么多的人员，一是因为厉英良虚报人数，借机吃了几份空饷；二是因为这是个挂羊头卖狗肉的机构，无论是办事的人，还是所办的事，大多都见不得光，所以如今在这光天化日之下，院子里挺肃静，只有庶务科那里略微热闹一些。

李桂生是个无父无母的光棍，回家也没意思，所以拐进庶务科又消遣了一阵子。临近中午，他正要撤退，不想一位丁秘书冲了进来，瞧见他便是一拍巴掌："没走？太好了，快快快，会长找你呢！"

李桂生莫名其妙，一路小跑回了会长办公室。厉英良坐在大写字台后，手边摆着一杯滚烫咖啡。见李桂生进了门，他先不言语，直等李桂生走到写字台跟前了，他才说道："刚得的消息，死不见尸。"

李桂生一愣："谁？"

"还能有谁？沈。"

李桂生看着厉英良——他是厉英良的心腹，跟了厉英良好些年了，两人有感情，所以他敢与他对视："什么？这不可能。会不会是有人故意处理了他的尸首，想要隐瞒他的死讯？"

"你走的时候，不是已经惊动警察了吗？"

"是啊，警哨听着就像在耳边似的，再说我们动手的时候，早把四周都看好了，周围别说人，连条野猫野狗都没有啊！"说到这里，他脸色一变，"会不会是沈之恒的那些'朋友'？"

厉英良嗤笑了一声，有笑声，没笑容，一张面孔寒气森森："荒谬！这跟隐瞒他的死讯有关系吗？我看你也不错，哪天你死了，我也一声不吭地把你藏起来？没那个道理！"他从鼻孔里呼出两道粗气："先这么着吧！再等等看，但愿是野狗把姓沈的拖去吃了。"

然后他向后一靠，伸手用指甲叩叩桌面："这个沈之恒真是麻烦，活着给咱们捣乱，死了也还是不老实。死不见尸，活不见人，这让我怎么对上面交代？"

李桂生赔了个笑："会长，沈之恒死是肯定死了，您这么告诉那些大人物就成。"

厉英良慢慢点头，又向外一挥手，将李桂生像根毛儿似的挥了出去。

李桂生不是胡说八道的人，厉英良知道。

独坐在写字台后，他盘算来盘算去，没盘算出什么结果来，估摸着咖啡烫不死他了，他端起咖啡杯，尖了嘴巴凑上去轻吸一口，然后一横心把它咽了下去。平心而论，他认为这咖啡的滋味，确实是比中药汤子要强不少，如果拿出一往无前的精神，还是能喝下去的。

有钱人都喝咖啡，这是个新奇玩意儿，厉英良现在也有钱了，所以也必须喝。吸吸溜溜地喝完了这一杯咖啡，他忽然想起个事儿：自己忘记给咖啡加奶加糖了。

把小杯子一放，他叹了口气，把门外的丁秘书叫了进来："小丁，我今晚有事吗？"

丁秘书从兜里摸出了个小本子，翻开来读道："会长，晚上米将军请客，您得去趟米公馆。"

"哪个米公馆？"

"他八姨太住的那个。米将军今晚请客，就是因为八姨太给他生了个儿子，儿子今天满月。"

厉英良半晌没言语，池山英对米将军很感兴趣，颇想拉拢拉拢他。米将军虽是无兵无权，但名望尚存，而池山英要的就是他的名望。

池山英一发话，厉英良就要行动，尽管他最怕参加这一类的晚宴。怕也不是怕别的，怕的是他一到那觥筹交错的场合就发蒙。宾主们都会谈笑风生，独他不会，他也学了几句漂亮的场面话，见了人就一字一句背诵出来，态度是相当严肃认真，背到最后，几乎是肃穆沉痛，谁听了都觉得他像是在致悼词，恨不得陪他哭一场。

由着米公馆的晚宴，厉英良又想起了沈之恒，他不止一次地见过沈之恒，都是在各色的宴会上，也不止一次地想和沈之恒交个朋友，但沈之恒不爱搭理他。不交朋友也罢，他退一步，只求沈之恒肯给他个面子，别在报纸上继续揭他们的真面目，池山英也愿意花点钱让沈之恒闭嘴，然而沈之恒得意扬扬的，就是不搭理他。

沈之恒有沈之恒的势力，旁人提起他，都称他一声沈先生。沈先生在不搭理他之余，还有好几次以一种奇异的目光看了他，说不上是讥笑还是怜悯，总之像是在审视一只小型的困兽。厉英良在宴会上本来就已经窘得无地自容，又受了他这样的目光，真是恨不得原地爆炸，炸死沈之恒这个狗崽子。

　　所以从李桂生那里听了沈之恒的死讯之后，厉英良心里很满意。

　　厉英良撒开人马，找到了入夜时分，依旧没有找到沈之恒的尸首。

　　喽啰们继续找，会长则坐上汽车，前往米公馆赴晚宴。汽车平稳地行驶着，厉英良拨开窗帘向外望，看到路边停着一辆汽车，那辆汽车他认识，是沈之恒的。

　　眼珠盯着那辆汽车，他心中暗想："死哪儿去了？"

　　这个问题将继续折磨厉英良若干天，而与此同时，在两条街外，小姑娘米兰攥着盲杖站在院子里，也在思考类似的问题："死哪儿去呢？"

　　十一月廿一日，夜。

　　米将军得了个儿子，十分欢喜，又想着正房太太膝下无儿，便罕见地回了家。一是向太太通报喜讯，二是想让正房太太和八姨太太合为一家，八姨太太的儿子认她做娘，将来长大了，也能一样地孝顺她。

　　他没存坏心眼儿，然而米太太不是他的知音，怎么听怎么认为他是要将八姨太太带回家中，和自己分庭抗礼。她守活寡已经守得够苦了，如今竟然连个正头太太的身份都不能保住，那活着还有什么意思？

　　于是她和米将军大闹一场，米将军把她捶了个半死，她也将米将军挠得花瓜一般。花瓜晚上还要宴客，如今破了相，真是气得要吐血，临走时撂下狠话，要休了她这个臭娘们儿。米太太趴在地上号哭了一大场，号着号着，忽然想起方才女儿一直躲在房里装死，也不出来护一护自己，真是随了他们米家的性情，是个天生的小白眼狼。

　　一挺身爬起来，米太太冲去女儿的卧室，将躲在里面的米兰揪出来，由着性子乱打了一通，家里几个老妈子远远看着，吓得一动不敢动。而米太太发泄出了满腔恶气，意犹未尽，又把这女儿一把搡进了院子里去，只说自己不要她了，她既是心里向着她爸爸，那就滚到她爸爸那里，喝她弟弟的满月酒去吧！

　　然后她发号施令，让老妈子把大门关了个死紧，不许她进楼。

　　米兰一直没哭，不是她坚忍过人，是她绝望到底，知道哭没有用，所以懒得哭了。

　　也不哭，也不求饶，她只穿了一身灰色棉质裙装，小腿箍着羊毛袜子，膝盖还露在外面，一阵寒风就把她吹成了透心凉。她抽抽鼻子，嗅到了雪的气息。

她除了眼盲，其余感官全有过人的敏锐。手里攥着盲杖，她向着院门口迈了步。天无绝人之路，实在活不成，总还死得成。现在她要找个无人的地方躲进去，然后等着雪来。今夜一定会下雪的，有风有雪的一整夜，应该能够把她冻死了。

天黑透了，门外街上的路灯也坏了好几盏。她无声无息地走了出去，冻硬了的漆皮鞋底踏着街道，她听见大风在两旁院墙上来回碰撞，还听见了远近的车声人声。忽然侧身靠墙一躲，她笔直地站了好一阵子，才等来了两个骑着脚踏车的警察。

警察没有看见她，顶着风猛蹬脚踏车，从她身边蹬了过去。她还是不动，直到两名警察在前头拐了弯，她才又迈了步。

她是在这一带长大的，记忆力又是极好，平时再怎么不出门，对这一带也还是了解。她有她的目的地。

走到街尾拐了弯，继续走，走到半路有岔路，拐进岔路继续走，她一路连个磕绊都没有，并不是有神相助，是老天爷不肯把她往死里逼，天生就给了她这个本事。最后她在岔路尽头再一拐弯，风声大了，因为两边没了公馆，到了荒凉地方。

席卷平地的风声，和在断壁残垣中打转的风声，对于米兰来讲，是很不一样的。她觅着风声向前走，走下路基，走向了一片废墟。废墟是幢遭了大火的老房子，烧得只剩了几段残墙，因为大火还烧死了这房子里的几口人，所以夜里这一带鬼气森森，纵然是在炎热夏夜，也没有人敢跑到这里来。

这里就是她的目的地。她的脚已经冻僵了，漆皮鞋的底子又硬，她走得深一脚浅一脚，隐约觉着自己走到两面墙的夹角里了，她伸出盲杖一探，杖尖果然碰了壁。这是个好地方，可以让她靠墙坐下喘几口气，可是耳朵动了动，她忽然屏住呼吸，僵在了原地。

盲杖抵着残墙，她花了一分钟的时间，确定了墙后确实有呼吸声，并且是人类的呼吸声。

她开了口："谁？"

墙后传来了回答："别过来。"

那是个男人的声音，低沉柔和，还挺好听，只是有气无力。米兰没听他的话，一边绕过残墙走向他，一边说道："今夜很冷，你在这里会冻死的。"

那人显然是慌张了，又说了一声"别过来"，可见米兰已然过来了，他轻轻地叹了一口气。

米兰停在了他面前，俯身深吸了一口气："你受伤了？"

没有回答，只有一阵腥风掠过她的鼻端，是沈之恒抬起一只凝着干血的手，在她面前晃了晃："你看不见？"

她睁着两只清炯炯的大眼睛，一点头。

然后她听到了第二声叹息，沈之恒放下手，这一声叹得又轻松又失望。他用尚且完好的一只眼睛望向米兰，他发现这是个娃娃脸的小姑娘，披散着一头凌乱长发，荏弱苍白，有非常灵秀的眉眼。

"你是谁家的孩子，大半夜的，怎么跑到了这里来？"他问。

米兰蹲了下来，由那一阵腥风做出了判断："你是不是流了很多血？"

"有人在追杀我，我不能去医院，你若是有心帮忙，可否给我的朋友打个电话？我的朋友有办法救我。"

米兰冷着一张要上霜似的小脸，愣住了。

作为亲生母亲口中的小白眼狼兼扫把星，她根本"活着都多余"，谁会把性命交到她手里？她哪里负过事关生死的重担？忽然有这么个人求她救命，她几乎有点受宠若惊。而一瞬间的惊讶过后，她决定拿出一点高风亮节来——自己先不死了，先救他，等救完他，自己再死。

向着沈之恒的方向，她一点头："好的。"

"济慈医院你知道吗？"

"不知道。"

"一般的电话簿子上都有济慈医院的号码，你打过去，找一位名叫司徒威廉的医生，让他来找我，不要惊动别人。"

"好的。"

"要保密，如果有人在威廉之前找到我，我就没命了。"

米兰继续点头："好的。"

她不假思索，一口一个"好的"，搞得沈之恒也有点摸不清她的路数：

"你是谁家的孩子啊？"

"我……我姓米。"

"这一带姓米的可不多，难道你是米将军家的大小姐？"

"你认识我父亲？"

沈之恒向她笑了一下："怪不得，虎父无犬女。可是这大半夜的，你怎么一个人跑到这里来了？"

米兰沉默了片刻，差一点就要实话实说，可是转念一想，又觉得自己那些事不值一提。于是，她最后没头没脑地答了一句："我没事的。"

"真没事，就快回家吧。"

"那你呢？你就一直躺在这里吗？"

"我腿断了，走不成路。不过你放心，我也没事的。"

米兰放下盲杖，抬手从领口开始解纽扣，脱了上身的小外套。小外套薄薄的，她把它展开来盖在了沈之恒身上。沈之恒看着她，就见她身上露出了里面的毛线背心和绒布衬衫，乱发随风散落了她满脸满肩，她直着一双清凌凌的大眼睛，鼻翼小而峻整，薄唇抿成直线，相貌又幼稚又冷酷。小外套刚盖上，就被风吹了起来，又被她一把摁住。

"我回家了，明天一定给你的朋友打电话。"她对着沈之恒的脸说话，"你不要冻死啊！"

她正色说话时，仿佛沈之恒想不冻死就能不冻死。沈之恒没见过这样的孩子，有点感动，也有点想笑："好，我答应你，等你救我，一定不死。"

米兰抓过他的手，把他那手压在了身上的小外套上，然后抓起盲杖，站起身往外走。沈之恒转动一只眼珠，追着她看，就见大风卷起了她满头的乱发，她在废墟之中高高低低地走，甚至偶尔敢从高处蹦跳下去。沈之恒见过许多灵活的瞎子，可灵活到她这程度的，真是前所未有。

"米大小姐。"他咀嚼着这四个字，觉得那远去的小影子有点意思。他从昨夜爬到这里之后，因为太冷太饿，就再也没能动过——也没法动，无论是谁瞧见了现在的他，怕是都要当场为他操办后事，请他入土为安。他若敢有异议，被人当成诈尸就地火化了，也是有可能的。

米兰上了道路，越走越兴奋，并且完全不想死了，起码，暂时是完全不想死了。

她是一无所有的人，可终究还是年少，还有热血。没有人来拯救她，那换她去拯救别人也好。总之来到人间走一遭，她想做出点什么，还想留下点什么。废墟里那人是好人还是坏人？不知道，没来得及问，也管不得了。哪怕他根本不是人，是妖怪，她也愿意救。

横竖她也一直活得像个孤魂野鬼，人间的规矩道理，既不曾保护过她，她也就不必遵守它们。身后传来了汽车声音，对她那过分灵敏的耳朵来讲，堪称巨响。她下意识地又往路边躲去，哪知道汽车竟是在她身边停了，车门一开，有人探身出来问道："小姑娘，你怎么一个人在街上走？迷路了？"

声音很陌生，低沉嘶哑，缺失温度与感情。米兰自知跑不过汽车，索性停下来，转向了那个人："我正要回家去。"

"你家在哪里？我送你一程。"说着，那人的声音顿了顿，随即凑近了些，"小姑娘，眼睛不方便？"

她没从对方的声音中听出恶意，于是一点头。

一只手攥住了她的腕子，然后那声音又响了起来："请上来吧，我不是坏人。你家在哪里？我送你回家。"

米兰身不由己，顺着他的力道抬腿上了汽车。攥着她那腕子的手松开，从她面前伸过去关了车门。平时没什么人善待她，所以她待旁人也冷漠，如今忽然遇到了个好人，她思来想去的，感觉自己也应该多说几句话，说什么呢？她忽然想了起来："谢谢您。前面拐弯再开过一条街，有一座米公馆，就是我家了。"

那人提高了调门："你是米将军家里的人？"

米兰有些迟疑："他……他是我爸爸。"

那人忽地又凑到了她跟前："你是米大小姐？"

她下意识地向旁躲了躲："是。"

那人立刻又退了回去："不好意思，我是太惊讶了，没想到会在这里遇到米大小姐。敝姓厉，厉英良，和令尊也算是……朋友吧。"

米兰暗暗叫苦，越是想保密，越是遇上了熟人，平时她老老实实地坐在家里，也没见得有这么多人认得她是米大小姐，她生平第一次半夜跑了出来，结果发现自己竟是名满天下。向着厉英良的方向一点头，她喃喃道："厉叔叔好。"

厉英良上下打量着她，看她蓬着头发拖着鼻涕，鼻尖冻得通红，尤其是身上只有那么单薄的两层衣裳，膝盖干脆全露着肉。她这个模样太惨了，惨得让他想起了自己的妹妹。他原来有个小妹妹，家里穷，小妹妹肚子疼没钱治，疼得在土炕上滚来滚去，一直滚到了死，临死时就是这么蓬头垢面涕泪横流，胳膊腕子也像米大小姐这样细细瘦瘦。小妹妹是个大眼睛尖下颌的长相，如果长到了十几岁，模样大概也是米大小姐这一款。

他最终也不知道小妹妹是因为什么病死的，也无从追索。于是对着米兰，他开了口："大小姐，怎么半夜一个人在街上走？"

"我……妈妈打我，我急了，就跑出来了。"

他柔声问："令堂为什么打你？是你做错了什么吗？"

"我没有犯错，是妈妈自己生气，因为爸爸给小弟弟办满月酒。"

厉英良点了点头，想起了今晚宴会上米将军那张花瓜似的面孔。这小姑娘的话，和米将军的花瓜正能对得上，可见是真话。

"以后不要这样乱跑了。外面危险，要是遇见坏人，把你拐走卖了怎么办？就算没遇上坏人，天气这么冷，也要把你冻出病的。"

米兰点了点头："谢谢叔叔，我知道了。"

厉英良其实比较希望她叫自己一声哥哥，不过人家乃是米大小姐，不可轻慢；而且她是瞎不是傻，自己哄着她叫哥哥，万一这事被她说出去了，倒显得他动机不纯。其实他哪里是那种人？他这人一心做大事，私生活都清白死了。

午夜时分，厉英良把米兰送回了米公馆。

米太太把女儿推出去之后，就借酒消愁，醉了个昏天黑地，此时睡得连呼噜都打起来了。厉英良本以为自己把米大小姐送了回来，算是立了一功，米家定会感激自己，哪知道米公馆开了大门，只出来了个哆哆嗦嗦的老妈子，将米兰领了回去。厉英良没想到米大小姐这么不值钱，惊讶之余，无话可说，只得上了汽车，打道回府。

这一夜，厉英良第一次见到了米兰，米兰第一次遇到了沈之恒。他们因缘际会，由此相识。

正是一场毫无预兆的缘起。

米兰回了卧室，一路上老妈子打着哈欠唠叨："大小姐你可真是吓死人了，怎么敢一个人跑出去，小命不要了？亏得遇上了好心人，用汽车把你送回来，要不然你看又看不见，路也不认得，真跑丢了怎么办？我刚还想着，等太太睡熟了，就把你领回来，你可好……"

米兰默然地进了房间，老妈子和米太太周旋一天，早累极了，这时见大小姐也归了位，便赶紧也去休息。米兰在房中打了几个冷战，走到床边坐下来，脱了鞋，鞋是漆皮鞋，漆皮冻得像铁皮一样。缩起双脚抱着膝盖，她靠床头坐着，胸中激荡，睡不着觉，直到凌晨时分，才倒下去睡了。

再醒来时，她头重脚轻，手是冰凉的，额头却滚烫。她知道自己是病了，但并不声张，悄悄地洗漱过后，她推门走了出去。

这时正是上午九点多钟，米公馆静悄悄的，从米太太到老妈子，都没有醒。从走廊内的电话机旁走过，她想起了昨夜废墟上的那位先生。他求她给济慈医院打电话时，一定是忘了她的眼睛。

她看不见电话簿子上济慈医院的号码，想要知道，只能请人帮她看，可是她能请谁去？请家里的老妈子？老妈子会允许她无缘无故地给个陌生医生打电话？

不过，她还有别的办法。一边走一边张开右手五指，她在走廊拐弯处抄起了倚着墙壁的盲杖，左手插在上衣的小口袋里，里面塞着两张钞票。她用不着钱，平时也从来没有人给她钱，但她也偷偷地存了几块钱，存这几块钱要做什么？她自己本来也不知道，今天明白了，大概是冥冥之中自有天意，这几块钱就是为了能让她今天出门的。

轻轻推开楼门，她一闪身就出去了。快步穿过院子，她出大门上了街，迈步走向街尾，远远就听见了拉车的车夫们的说笑声。

她坐上一辆人力车，攥着盲杖的手心全是汗："我去济慈医院。"

她真怕车夫不认识济慈医院，然而车夫很痛快地答应了一声："好嘞！您坐稳了！"

米兰没想到济慈医院这么近。

人力车跑起来，人在座位上是向后仰的。她难得出门，偶尔出门也是坐汽车，第一次这么在大街上仰着跑，她捏着一把汗，总怕自己仰大发了，会向后一个倒栽葱，栽到街上去。幸而那车夫跑不多久就停了下来："小姐，到啦！"

人力车一停，米兰又是向前一栽。摸索着下了地，她从衣兜里掏出一张钞票，递给了那车夫："够吗？"

　　车夫笑道："多了！这点路哪用得了一块钱？您给我两毛就成，多了我也不敢要，万一回头你家大人知道了，非骂我欺负孩子不可。"

　　米兰没有零钱，而且两毛也罢一块也罢，对于她来讲，其实区别不大，横竖她只是想来济慈医院，既是到了，那么就算她达成了第一个目标。对着车夫摇了头，她说道："那你别走，我到医院里找个人，说几句话就出来，你再把我送回去就行了。"

　　车夫答应一声，又给她指明方向，让她进了医院大门。这济慈医院的全名，乃是"济慈大众医院"，一座两进的四合院，从割痔疮到接生孩子，全能，尤其擅长治疗花柳病。院长对所有花柳病患者一视同仁，全部注射六〇六，药水绝不掺假，几针扎下去，还真能缓解患者的难言之苦。除了治疗身体的病痛之外，这家医院还兼治穷病，周围的穷人若是一时间走投无路了，可到此地卖血，血价公道，一磅十元，还经常四舍五入地给穷人多添点，凑个整数。所以这家医院生意兴隆，门口总有汽车停着。

　　门房正在院里站着，冷不丁见外头进来了个盲眼女孩子，便有些摸不着头脑。这女孩子穿得灰扑扑的，乍一看不是什么阔绰小姐，然而定睛再看，她那身灰扑扑的衣裳都是好料子，她本人也是非常之细皮嫩肉，绝不像是平常人家的孩子。门房正看着她发愣，米兰已经察觉到了他的存在，扭头向他开了口："您好，请问，这里是济慈医院吗？"

　　"是，没错。"

　　"那请问这里是有一位司徒威廉医生吗？"

　　"啊，有哇！你找他？"

　　米兰一点头："是的，劳驾您带我去见他好吗？我找他有非常紧急的事情。"

　　门房把米兰领进了休息室，然后去找司徒医生。米兰坐在休息室里，凝神辨别着空气中的种种气味，忽然抬头望向门口，她听见有人大踏步地走了过来。

　　果然，房门一开，司徒威廉登场。

　　司徒家家境殷实。司徒老爷是个官迷，加之颇有资产，所以在政府里当过好几任不小的官。这司徒威廉其实和司徒家没有任何关系，他是司徒老爷的养子，据说他十七八岁时父母双亡，虽然十七八岁的大小伙子，已经可以自立门户过日子了，但司徒老爷仿佛和他家里有点什么交情，所以将他收为了义子。司徒家最不缺的就是孩子，亲生的儿女都已经是乱糟糟的够吵，故而司徒威廉也没怎么进过司徒家的大门，一直是住校读书。待到从医学院毕了业，他在济慈医院里谋了一份职业，自赚自花，更是不沾司徒家的光。而司徒家的小姐少爷们看他不是个分家产的对手，对他倒是都挺友好。

司徒威廉血统复杂，生得高大白皙，一头卷毛，穿着白衣往那儿一站，宛如一株大号的玉树。听闻有年轻女士拜访自己，司徒医生挺美，兴致勃勃地赶过来，一路逆风而行，白衣飘飘。及至进门这么一看，他稍微有点失望，因为这女士未免年轻得过分，简直还是个孩子。

"你好。"他开了口，"我是司徒威廉。"

米兰站了起来，向他一鞠躬。然后直起腰说道："我叫米兰，有秘密的话要对您讲，请您关好门。"

司徒威廉转身关严了房门，然后走到米兰身边坐了下来："秘密的话？你认识我？"

米兰转向司徒威廉，小声说道："你的朋友受了伤，要你去救他。"

"我的朋友，谁啊？"

米兰一蹙眉头："我忘记问他名字了。"

"你坐，仔细给我说说，我哪个朋友受伤了？"

米兰依言坐下，将事情的前因后果讲了个完全。司徒威廉越听越是悚然，末了也放轻了声音："我明白了！我今夜就去救他！"

"你尽量早一点，我怕他会冻死。"

"我知道，放心吧，我有办法。小妹妹，谢谢你，等他好了，我和他一起登门谢你。"

米兰连忙摆手："不，我妈不知道我夜里出门，知道了会打我的。我也不要你们谢，你让他好好活着就是了。"

说完她起了身："我要回家了。"

司徒威廉随着她往门口走："我叫辆车送你回家。"

米兰在门前忽然一转身，她看不见，司徒威廉也知道她看不见，可她用一双冷冰冰清澈澈的眼珠正对了他，低声问道："你真的会去救他吧？"

司徒威廉笑了："当然，我是他最好的朋友。"

米兰垂下眼皮，记住了司徒威廉的声音和气味。如果司徒威廉欺骗了她，让废墟上的那人痛死了冻死了，那么除非她也早早死了，否则只要有机会，她就一定要来质问他的。

米兰出门上了车，一进家门就支撑不住了。

她身体滚热，面孔却是惨白，家里的人醒没醒？知不知道她偷偷出门了？她顾不得调查，连滚带爬地回了卧室。身体轻飘飘地躺在床褥上，她昏昏沉沉，感官却变得无比敏锐，远近的声浪呼啸而来，她听见了一个大千世界。这个世界没有颜色没有面貌，除此之外，应有尽有。

下午，老妈子发现了高烧的米兰，连忙去告诉了米太太。米太太余怒未消，听了这话就冲到米兰床前，指着她的鼻子骂："我昨晚不过是说了你几句，你今天就装成这个病病歪歪的样子给我看，怎么？还想讹上我不成？我告诉你，趁早给我收起这套把戏，你爹毁了我一生一世，你这个东西也想凑热闹爬到我头上来？直告诉你，没门！有本事你也给我滚，永远离了这个家！人人都当娘，偏我造了孽，养了你这么个瞎子出来，嫁不出撵不走的，一辈子都要赖上我，我要熬到哪天才算到头哇！"

米太太说到这里，又想哭又想骂，一张嘴难说两篇话，气得又要去打米兰。还是老妈子看她躺在床上，瘦成了薄薄的一"片"人，实在是禁不住米太太的拳脚，故而连求带哄，将米太太拥了出去。

米兰闭眼躺着，一动未动。

因为济慈医院的院长是司徒威廉的表兄，所以司徒威廉很容易地借用了医院汽车，还在下午早退，提前回家做了一番布置。

他心急如焚，焚得晚饭都吃不下，眼巴巴地望着窗外等天黑。单是天黑还不够，还得黑到万籁俱寂，街上连条野狗都没有才行。

午夜时分，他出发了。

上午来见他的那个小姑娘，名叫米兰的，除了她家门口那条路，其余街道的名称一概不知，所以他费了好大的劲儿，才把路线搞清楚。至于求救那人的身份，不必提，一定就是沈之恒。除了沈之恒，还有谁会这么高看他，敢死心塌地地等着他去救命？

汽车驶上大街，他圆睁二目看着路，副驾驶座上放着个帆布挎包，里面的两只玻璃瓶相互碰撞，发出闷响。这一路决不能出任何岔子，一旦汽车被截停，别的不提，单是那两只玻璃瓶就够他喝一壶的。道路两边的路灯越来越稀疏了，这是已经驶过了楼房林立的繁华地段，他轻轻呼出了一口气，一打方向盘转入一条黑暗小街，靠边踩了刹车。

推开车门跳下去，他被寒风吹出了一个喷嚏。今晚月黑风高，将身上的大衣紧了紧，他只能依稀看清前方这一片废墟的轮廓。摸索着迈出了第一步，他弯着腰，一边走一边轻轻地呼唤："沈兄，我来了，你在哪儿呀？"

一堵残墙后头，发出了一声呻吟。

司徒威廉赶忙跑了过去，正巧这时天上云散，露了月亮。他借着月光向下一瞧，吓得一跳脚："哎哟我的天！"紧接着他又凑近了，俯下身细瞧，"沈兄，谁把你弄得这么乱七八糟的？你还能活吗？"

沈之恒的声音响了起来，虽是有气无力，但是还算平稳："那就看你想不想让我活了。"

司徒威廉伸出双手，想要抱他，然而又不知从何下手："我当然是想让你活了，要不然我来这儿干吗？"

沈之恒轻叹了一声："那你倒是救呀。"

司徒威廉站起来转了个圈，忽然福至心灵，把大衣脱下来将沈之恒胡乱地一卷，他双臂运力，将这个卷子扛了起来，然后一路小跑冲上大街，把这个卷子送进了后排座位上。

气喘吁吁地坐上驾驶座，他发动汽车一踩油门，回家去了。

在他独居的小公寓里，司徒威廉一直忙到了天明。

双手叉腰站在床边，低头看着自己的作品。作品是个被绷带和夹板缠牢了的人形，类似一具木乃伊，只露出了半张尚算完好的面孔。毯子盖到木乃伊的胸膛，沈之恒闭着眼睛，刚刚入睡。司徒威廉虽是医学院毕业，然而连庸医都算不上，一直只在济慈医院的外科混日子。方才他费了牛劲，出了一身又一身的大汗。

家里有三个热水袋，他把它们灌好了，放到了沈之恒身旁。沈之恒在废墟里躺了两天两夜，身体冷得像蛇一样。要不是怕他在浴缸里会出事，司徒威廉真想给他泡个热水澡，让他赶紧恢复正常体温。

"沈兄？"他开口唤道。

沈之恒没有反应。

他搓了搓手，俯身凑到了沈之恒耳边，又唤："沈兄？"

沈之恒还是没有反应。

他舔了舔嘴唇，屏住呼吸伸出双手，扒开了沈之恒的嘴唇。歪着脑袋睁一眼闭一眼，他设法去看对方的口腔喉咙，又用指肚向上推了推对方的牙齿。沈之恒的牙齿整齐坚固，司徒威廉冒着指肚受伤的危险，使足了力气去摁他的犬齿，果然，有骨刺一样的细小尖牙突破牙龈，紧贴着犬齿背面刺了下来。

他嘻嘻一笑，随即就见沈之恒睁了眼睛。沈之恒的眼睛大而深邃，冷森森地注视司徒威廉，他开了口："别闹。"

然后他闭了眼睛继续睡，一觉睡到了中午。

这对他来讲，已经算是难得的长眠。司徒威廉躺在床尾，正仰面朝天地举了一本小说看。忽然听到了他的动静，便坐起来问道："醒了？"

沈之恒打了个哈欠："我饿了，有没有东西吃？"

司徒威廉来了精神："想吃东西可以，我们做个交易——"

沈之恒忽然紧紧地一闭眼，神情痛苦狰狞："去你的！我要饿死了！"

司徒威廉这回不贫嘴了，跳下床连拖鞋都没穿，直接走去拎起了门旁的帆布挎包，从里面掏出两只大玻璃瓶给沈之恒。

拔下瓶口的橡胶塞子，他从抽屉里找出一根麦管插进瓶口，然后双手捧着瓶子送到了枕旁，沈之恒扭过头一口衔住麦管，一口气吸光了一瓶，司徒威廉及时续上了第二瓶。等到第二只玻璃瓶也被他吸空了，他吐出麦管，长长地吁出了一口气。

十分钟后，沈之恒像是慢慢回过了神。扭过脸看着司徒威廉，他慢吞吞地开了口，声音温柔："威廉，对不起，吓着你了。"

司徒威廉转身把玻璃瓶放到桌上，从脸盆架上拽下毛巾，走过来擦净了沈之恒的嘴角："唉，我救了你，你还吼我。"

"等我好了，一定重谢你，好吧？"

司徒威廉是孩子脾气，悻悻地走去洗手间，他冲洗了两只玻璃瓶，又用香皂洗了手。等回到房内时，他已经过了委屈劲儿，兴致勃勃地在床边坐下了，他问沈之恒："说说，是谁对你下了毒手？"

"你别管这些事，我心里有数。"

"行，我不管，反正你办的那些报纸，成天东家长西家短，谁的隐私都敢揭，恨你的人肯定有的是。不过沈兄，你是真命大，躺着不动都能等来个小姑娘帮你跑腿送信。你说大半夜的，她跑那儿干什么去了？"

"不知道，下次见面，我问问她。"

"反正她的胆子可真不小，竟然一个人找到我们医院去了，她眼睛又看不见。"

"她亲自去了医院？"

"是啊。"司徒威廉一捅他，"想起件事，她还说了，不许咱们到她家里道谢，她这些事都是偷着干的，万一让她妈知道了，她妈就要打她。"

沈之恒这回"嗯"了一声，不置可否。

到了下午，司徒威廉出门上班。他上班共有两项任务：一是归还汽车；二是到外科诊室坐着，有事做事，无事冒充资深医生，坐在外科门口展览，让往来病患看着，显得本院的医疗资源充足，医生技术高超。

司徒威廉一坐坐半天，几乎将屁股坐扁。

司徒威廉其实早就不想在济慈医院混日子了，不为别的，只因为太无聊，有浪费光阴之嫌，可是为了治疗他那位沈兄的病，他还不便辞职。他和他的沈兄相识三年有余，时间不长，但是两人一见如故，感情很深。他们初次相见也是在一个夜里，他下了夜班要离开医院，结果在医院门口遇到了昏迷的沈之恒。他把沈之恒搀进医院，正想看看他犯了什么急病，哪知一转眼的工夫，这位昏头昏脑的老兄就冲进院子里，犯病把看门的大狼狗给咬了。

当时的沈之恒镇定下来之后，回头看着司徒威廉，他等着司徒威廉狂呼乱叫，然而司徒威廉一声没吭，只说："牙口不错啊！"

又说："你得赔我们狗钱，这狗是医院养的。"

二人就此相识，从灵魂的层面来看，他二人堪称志不同道不合，然而相处得竟然很好——不是假好，是真好。

至于这位沈兄究竟是个什么东西，司徒威廉认识了他三年，研究了他的病两年半，至今还是没有搞清。

沈之恒在司徒威廉家里躺了一个月。

在第三十天的夜里，司徒威廉拆了沈之恒身上的绷带和夹板，他赤身裸体地躺在床上，骨骼完整，关节灵活，肤色均匀，没有疤痕，只是瘦得厉害，四肢显得奇长，并且周身腥得厉害，像是刚从血海里爬上来似的。

在司徒家的浴缸里洗了个热水澡，出水之后，坐到了浴缸旁的木凳子上，低了头让司徒威廉给他剃头。司徒威廉一手拿着剪刀，一手握着木梳，剃得细致，一边剃一边喃喃地说话："你每天的药费是四十，三四一十二，一共一千二，我还伺候了你一个月，为你打了一个月的地铺，今天还给你剪了头发，所以你明天得给我两千。"

沈之恒说道："没出息，算来算去，才两千？"然后他忽然想起了个新问题："这些天你来回倒腾那么多特效药，医院那边会不会起疑心？"

司徒威廉登时笑了："我有我的办法，你甭管。刚才你说两千太少，那你再给我添点儿，让我也长长出息？"

"明天给你开支票。"

"开多少啊？"

"不一定，看心情。"

司徒威廉用剪刀一磕沈之恒的脑袋："反正我知道，你亏待不了我。你等着，我给你剪个漂漂亮亮的新发型。"

沈之恒抬了头，有点警惕："什么新发型？你给我剪短了就成，别拿我的脑袋闹着玩。"

"就剪我这个发型，怎么样？"

"爆米花脑袋？我不干。"

"你不懂，我这个发型绝对是今年最新的款式，我这是没梳好，打点发蜡就不像爆米花了。"

"不行不行，我明天是要出去见人的。"

"哼！"司徒威廉"嚓"地一合剪子，"由不得你。"

司徒威廉如愿以偿，将沈之恒两鬓剃得发青，使其沐浴了外面吹来的摩登西风。

之后他要把沈之恒秘密地送回沈公馆去。结果走到门口一回头，他没瞧见沈之恒，连忙拎着挎包回到浴室，就见沈之恒对着玻璃镜子，正在往头上涂生发油。

"沈兄，你不至于吧？"他哭笑不得，"大半夜的，谁看你啊？"

沈之恒将头发偏分开来，向后梳去。没了碎发的遮掩，他彻底露出了瘦削面孔，大眼睛陷在黑压压的浓眉下，他鼻梁高挺，嘴唇纤薄，下巴都尖了。抬手正了正领带结，他对着镜子叹了口气，转身面对着司徒威廉："我这种人，最怕的就是出纰漏。尤其是这一次，更不能让人看出我是死里逃生。"

"看出来又怎么样？反正你又没真死。"

"死里逃生终究是件狼狈的事情，我最好是体面到底。"

说完这话，他扯了扯西装下摆，转身走出狭窄浴室，经过司徒威廉时，他见这青年还在拎着口袋发呆，便低声说道："跟上，送我回家。"

司徒威廉回过神来，连忙追着他出了门。

厉英良一进门，院子里就肃静了，房内的人隔着上了霜的玻璃窗，隐约瞧出了他气色不善。李桂生还在庶务科里胡混，看见他立刻推开门迎了出去："会长。"

厉英良看都没看他一眼，只在经过时向他一勾手指。李桂生快步跟他进了会长办公室，接过厉英良的大衣挂上衣帽架，他端起茶壶往外走，想要出门灌壶开水沏茶。

然而这时厉英良开了口："站住。"

他当即端着茶壶打了个立正："会长有什么吩咐？"

厉英良在写字台后坐下了，后脑勺往椅背上一枕："你是怎么办的事？"

李桂生一怔："我怎么啦？"

厉英良脸上没表情，力气全运到嘴上了，嘴唇一努一努地往外喷字："沈之恒没死！"

李桂生把茶壶放到了写字台上，然后垂手站立，正色说道："会长，我李桂生今天把话放这儿，他要是没死，我把脑袋拧下来给他当球踢。我不能说我从来没骗过人，但我敢说我从来没骗过您。"

厉英良压低声音，还是那么恶狠狠地运着劲儿，像是要把话啐到李桂生的脸上去："那昨天怎么有人看见他了？连池山英都知道了，他大清早的把我叫过去，指着我的鼻子质问我是怎么回事，我一个字都答不出来。怎么回事，你现在就给我讲讲，究竟是怎么回事！"

李桂生咽了口唾沫，有些慌乱，但是因为底气足，所以敢还嘴："会长，我还是那句话，我敢拿我自己的性命发誓，沈之恒没死我死！"

办公室寂静下来，厉英良身体下滑，窝在了椅子里盘算心事，眼珠子滴溜乱转，偶尔扫过李桂生。李桂生梗着脖子站得笔直，因为太委屈了，所以不服不忿，竟然有了点顶天立地的劲儿。

良久之后，厉英良又发了话："我也知道，你犯不着撒这个谎骗我，不过池山英的部下，也确实看到了活的沈之恒。"

李桂生忽然问道："替身？"

"有必要吗？"

"咱们看着是没必要，可兴许姓沈的有另一层身份呢？您想要是没人给他撑腰，他敢公开地在报纸上写那些？兴许他上头的人，就是想要借着沈之恒的名望，把那几家报馆经营下去，好继续和我们作对。"

厉英良皱起眉头，感觉李桂生说得不对，但若非如此，就不能解释沈之恒的死而复生。嘟起嘴又沉默了好一阵子，末了他把嘴唇收回去，说道："你现在就派人出去，把沈之恒给我找到。"

李桂生答应了一声，端起茶壶退了出去，片刻之后送了一壶热茶进来。厉英良还窝在椅子里出神，电话铃响了，他魂游天外，也没有要接听的意思，于是李桂生寻思了一下，伸手抄起了话筒："厉会长办公室。"

嗯了几声过后，他捂住话筒，对着厉英良小声道："是金二小姐，说要立刻和您说话。"

厉英良僵着没动，直过了半分多钟，才伸手接了话筒："喂？二小姐吗？我是英良。"

说完这话，他一扯嘴角，下意识地露了个笑容，此笑容相当之勉强和疲惫，仿佛他笑着笑着就能睡过去："哦……感谢二小姐的好意，可我不合适吧？我根本不会跳舞，二小姐不如找个男同学一起去，还能谈得来……不是不是，不是那个意思，那我怎么敢。我可以给二小姐做司机，你说个时间，我送你过去，再接你回来……不是不是，真不是那个意思……那好，那我就恭敬不如从命了……好，好，我知道，穿西装，明白，再会，晚上见。"

他笑着将话筒放下，电话一挂断，他的笑容也瞬间消失。重新窝回椅子里，他冷着脸翕动嘴唇，无声地骂了一句。

打电话给他的金二小姐，是个他惹不起的女人，当然，是暂时惹不起。

厉英良父母早亡，一个小妹妹也幼年夭折，他这样的苦命孩子，照理来讲，能活着长大就算成功。而把他抬举成人、让他有机会往上走的恩公，正是金二小姐的父亲，金师长。

厉英良认识金师长时，还是个裁缝铺里的小学徒，成天被师父和师兄欺凌得死去活来，全凭他忍辱负重，这才熬到了金家二姨太光临裁缝铺这一天。二姨太那时候正受宠，三天两头地添置新衣，非常照顾裁缝铺的生意。厉英良身为一个好模样的小学徒，少不得要常跟着师兄去金宅取料子送衣裳，一来二去，二姨太太便看好了他，认定他是个伶俐的小东西。偏巧那一日他到了金宅，正赶上金师长醉得面红耳赤。金师长瞧他是个精神的小白脸，便酒气冲天地发出感慨，认为这孩子在裁缝铺里干杂活，真是有点可惜。

二姨太听了这话，有口无心地凑了句趣："那你收他做个干儿子，提拔提拔他，他不就不可惜了？"

金师长打了个酒嗝，正要回答，忽听脚边"咕咚"一声，他低头一瞧，只见厉英良跪了下来，冲着自己就磕起了响头。金师长吓了一跳，可是已经受了人家的头，想要反悔也迟了，只好糊里糊涂地收了这干儿子。而厉英良自此就算改换门庭，脱离那苦海一般的裁缝铺，改到金宅当差了。

金宅也不是乐土，金师长家里一串孩子，大的小的都敢来欺负他，他咬牙忍着，横竖是忍惯了，而金家的少爷们再坏也不过是促狭顽劣，不似裁缝铺里的那些家伙心狠手辣。忍到十几岁，他开始到金师长身边当差，金师长私底下也会干些见不得人的勾当。这种勾当一旦暴露，金师长就逃不过被人戳脊梁骨，所以这种差事派给谁都不放心，就只能交给他的干儿子厉英良去做。

厉英良很有上进心，能力的高低姑且不提，反正确实舍得力气，二话不说就是干。干着干着，他就干出了自己的一片世界——会长一职，不是他干爹赐给他的，是他自己从池山英那里，凭着本事争取来的。

　　金师长这些年瞻前顾后，又想要甜头，又想着自己的脊梁骨，犹犹豫豫的，已经耗尽了池山英对他的信任。厉英良也没有那个耐心再替他干私活了，做什么都行，厉英良不在乎，为了出人头地，他不介意再认个干爹。可惜池山英实在是太年轻了点，要不然，厉英良也可以给他磕几个响头。

　　金师长——现在外人都尊称他一声金将军，虽然人是在外面带兵驻扎着，不在他眼前；他如今也不再靠着他老人家吃饭，但父子的情分还在。金二小姐隔三岔五就来骚扰他一通，支使奴才似的让他这样那样，他看着干爹的面子，虽然心里对她烦得要死，但也发挥长处，"忍了"。

　　下午，厉英良走后门离开，横穿胡同进入了一座小院儿。小院儿挺干净，里面统共只有四五间屋子，这就是他的家。

　　他光棍一条，家里没什么活计，做的又是机密事情，所以没有雇佣仆役，一旦需要人手了，就从手下里叫几个人过来帮忙。烧热水擦了把脸，梳了梳头，他又换了一身新西装，尽义务似的把自己收拾了个溜光水滑。最后将一条紫绸子手帕往胸前小口袋里一掖，他走到镜子前照了照，照的时候不动感情，完全没有自我欣赏的雅兴。晚上他要陪金二小姐去参加舞会，所以就必须穿成这个样子，就好比如果他晚上要去参军，也必须要换制服打绑腿一样，无非都是按照规矩行事。再有一点，就是人靠衣裳马靠鞍，他一到那灯红酒绿的热闹场合就有点抬不起头，要是再不衣冠楚楚地披挂上阵，那更没脸见人了。金二小姐那嘴像刀子似的，定然也饶不了他。

　　把自己打扮得无懈可击了，厉英良出门，横穿胡同，回到委员会，继续横穿院子，在委员会大门外上了汽车，直奔金公馆。

　　金公馆外静悄悄。

　　汽车停在大门外，厉英良没有下去的意思，然而门房里的听差见了他，开口就请他进门，说是二小姐发话了，请良少爷到客厅里等。厉英良听了"良少爷"三个字，当即从鼻孔里呼出两道气，简直感觉受了嘲讽——他算什么少爷？谁真拿他当少爷尊重了？

　　跳下汽车进了门，他迈开大步往里走，一鼓作气冲进了客厅。客厅里只站着个大丫头，他对着丫头定了定神，试图放出几分好脸色，然而不甚成功："二小姐呢？"

　　丫头答道："二小姐在楼上呢。"

"那你让她下来。"

丫头赔了个笑："二小姐还在梳洗，说让您多等一会儿，在这儿等也行，上楼等也行。"

厉英良"嗯"了一声，一屁股在沙发上坐了下来。她方才传来的这句话也招了他的恨——她专爱装模作样地刁难他，仿佛有瘾。上楼等？他才不中她的计，当真上楼去了，她必定又要甩出一筐的闲言碎语来敲打他，捎带着还要支使他给她挑衣服选鞋袜，反正就是认定了他拿她没办法，她怎么揉搓他，他都得受着。除此之外，她还要隔三岔五地露一露大白腿和脚丫子刺激他，好像他厉某人一辈子没见过女人，必会被她迷得心旌摇荡。

厉英良不大考虑男女之事，光忙着力争上游了，没工夫考虑。偶尔想一想，也是本着务实的态度，想要攀个高枝，娶个阔小姐。可饶是如此，他也完全不肯考虑金二小姐。金二小姐从小就爱欺负他，他一看见她就生气。

在客厅里枯坐了一个多小时，他终于把金二小姐等下来了。

金二小姐的芳名叫作静雪，年方二十，生得花容雪肤，堪称是"财貌双全"。她踩着高跟鞋一进客厅，厉英良就站起来了，顺便扫了她一眼，没扫清楚，只看见她肩上围了一大圈雪白皮毛，雪白皮毛中探出同样雪白的修长脖子，肩膀锁骨都露着，肌肤扑了蜜粉，香喷喷地放光。

"二小姐。"厉英良向她一鞠躬，"好几个礼拜没见，我还以为你回家去了。"

金静雪"扑哧"一笑："良哥哥，你现在倒有点人模人样了，见了人先鞠躬。"

厉英良垂头对着地面："二小姐，我也不过是讨生活而已，你行行好，就请别再拿话刺我了。"

金静雪一蹙柳叶眉："哟，生气啦？这小心眼儿又是跟谁学的？"

厉英良"哼"地笑了一声："你真幽默。"然后他率先迈步走出了客厅："时候不早了，我们走吧！"

金静雪说道："慢着！"

厉英良一回头："还有什么事？"

金静雪向他伸出了一只手："鞋跟高，你扶我。"

厉英良的目光向下一转，这才看见金静雪穿了一双金光闪闪的跳舞鞋，鞋跟高且细，只适合穿着它在弹簧地板上小规模地转圈子，多走一步路都是受罪。

于是他像服侍西太后一样，一言不发地伸手把金静雪换了出去。及至上了汽车，他又被她的香水味熏出了几个喷嚏。这喷嚏来得猝不及防，他一时来不及掏手帕，结果将唾沫星子喷到了金静雪的肩膀上。在收到她的几个白眼之后，他用手帕堵了嘴，扭头望向了窗外，气得眼睛都红了。

委员会的丁秘书开汽车，把厉英良和金静雪送去了京华饭店。厉英良起初以为是金静雪的狐朋狗友请客，及至在饭店门口下车了，他才发现今晚竟是个大场面，路旁汽车停得见头不见尾。举目一望饭店的大玻璃门，门内灯火通明，他竟然发现了米将军。

精神登时一振，他像瞧见了猎物一般，人一兴奋，好像连金静雪都不那么讨厌了。他挽着金静雪进了大门，两人分头到男女储衣室脱大衣帽子，金静雪在女储衣室里顺便又照了照镜子，理了理头发，末了转身走了出来。她发现厉英良早已等候在前方，这样金碧辉煌的繁华所在，往来宾客都喜笑颜开，唯有他孤零零地站着，是专心致志地干等，没有姿态，也没有表情。

于是她呼唤了他一声："良哥哥！"

他如梦初醒地一扭头，然后给了她一个假笑。金静雪走到他面前，昂着头展示自己这一身银杏色的新长裙："良哥哥，我这条裙子怎么样？"

厉英良扫了她一眼，还是没扫清楚，就觉得她亮闪闪的——露出的胸脯、后背、肩膀是亮闪闪，银杏色长裙受了珠宝的点缀，也是亮闪闪。

"好。"他回答。

"就一个好？"

他忽然有点不耐烦，反抗的方式是正了正脸色，以笃定语气答道："是的，就一个好。"

金静雪白了他一眼，伸食指向着他的胸膛一戳接一戳："我知道你的心思，你对我阳奉阴违，嘴里说好，心里指不定怎么骂我呢！但是呢，我脸皮厚，不怕骂，你越对我皮笑肉不笑，我越要让你陪我跳一晚上的舞。"

厉英良后退了一步："那不行，不行不行，二小姐你饶了我，我跳舞是真不行。"

"不行没关系呀，我教你。你踩我一脚，我就掐你一下。掐你一晚上，包你能学会。"

厉英良向着她苦笑，一边笑一边又哀求似的摇了摇头。苦笑虽苦，但终究是个真笑，看着比那假笑顺眼了许多。于是金静雪决定饶他一回，一伸手挽了他，带着他进了一楼大厅。

金静雪常驻津门，没别的事业，唯一的工作就是玩，玩得朋友遍天下，一进大厅就被一群男女簇拥住了。厉英良趁机溜出了人群，想要去找米将军打个招呼。又因为米将军是出了名的热爱异性，所以他伸长了脖子，专往女人堆里张望。正是翘首四顾的时候，大厅门口起了一阵骚动，是又有贵客驾到，厉英良闻声回头，然后就僵在了原地。

他感觉自己看见了沈之恒。

大厅门口进来了一小群人，这一小群人簇拥着中间的两位，一位金发碧眼，西装革履，是工部局的董事福列；另一位瘦高颀长，穿墨蓝色暗条纹棉质长袍，乌黑短发打了足量发蜡，足以反射灯光——不是沈之恒又是谁？

厉英良无比信任李桂生，但他也无比信任自己的眼睛。况且一个大腹便便的胖子已经向着那二人迎了上去："福列先生，沈先生！欢迎欢迎！"

福列先和胖子握了手，然后胖子又转向了沈之恒。沈之恒一手夹着半支雪茄，一手握着胖子的手摇了摇。厉英良认出那胖子乃是航运公司的总经理，也依稀听见了沈之恒的声音——他唤了那胖子一声"吴经理"，然后就是一串不可辨清的寒暄。

厉英良的眼睛认得沈之恒的面貌，耳朵也认得沈之恒的声音。他的声音浑厚低沉，有点特色，是男人里的好嗓子。而那沈之恒握着吴经理的手，一边说笑一边抬起了头，毫无预兆地，他望向了人群中的厉英良。

厉英良还在看着他发呆，有心想躲，但为时已晚。沈之恒比先前瘦了一圈，气色偏晦暗。含笑望着厉英良，他缓缓地一眨眼。可是未等厉英良看清他的眼神，他已经松开吴经理，扭头和旁人交谈去了。谈了没有几句，这一小群人又转身出了大厅，上了二楼。

厉英良一直没动，脑海中有两个字，随着他的心脏一起跳动，一声一声地回荡："替身，替身，替身……"

唯有替身二字能够解释当下的一切，否则他刚才岂不是见了鬼？

厉英良不信鬼神之说，所以不相信自己是见了鬼。既然不是见鬼，而李桂生又绝不会废物到连自己杀没杀死人都不知道，那么就只能说明一点：这个沈之恒是假的！

厉英良需要近距离地瞧一瞧这个假货，找出他的破绽来，否则今晚他将无法入睡。京华饭店三层楼全被包下了，哪一层都是衣香鬓影、灯红酒绿，他将金静雪抛去了九霄云外，自己一层楼一层楼地来回上下，然而始终不见沈之恒那一群人的踪影。

他出了一身的汗，正是心焦时，旁边舞厅里"呜"地奏起了音乐，声浪一起，让他的心焦加了倍。抬手扯了扯领带结，他慌不择路，在二楼走廊里一拐弯，拐进了洗手间里。房门一关，他耳畔清静了些，闭着眼睛长出了一口气，他定了定神。

来都来了，他顺便撒了泡尿。拧开镀金大水龙头，他洗手，照镜子，用湿手拍了拍脸，又张嘴活动活动下颚。幸而照了镜子，要不然他还不知道自己已经紧张得咬牙切齿、面目狰狞。他本来就已经够不得人心了，再狰狞，那还有个瞧？

连着做了几个深呼吸，他发扬蛮牛的精神，决定踏破铁鞋，今晚非找着沈之恒不可。拉开门大踏步地走出去，他一抬头，看见了沈之恒的背影。

一瞧就是沈之恒的背影，今晚这里举行的是舞会，一般的宾客都是西装打扮，穿长袍的人少之又少。背对着厉英良，沈之恒一边抽雪茄，一边望着前方的舞厅出神。

厉英良蹑手蹑脚地走向了他，皮鞋底子陷入厚地毯，一点声音也没有。距离越是近，他越觉得这人真像沈之恒，这人一手背在身后，一手夹着雪茄，这个姿态也是沈之恒常有的。沈之恒究竟是个什么大人物，竟然会暗暗藏了这么一个绝像的替身？

他身不由己，越走越近，就在他自己也感觉近得不像话时，沈之恒深吸了一口雪茄，然后向后翩然一转，面对着他。

沈之恒比他高了半个头，对他是天然的居高临下。嘴里含着一口烟，他先悠长地把烟呼了出去，然后才开了口，语气相当和蔼："厉会长。"

厉英良在雪茄烟雾中咳嗽了一声，然后向后退了一步——沈之恒转得毫无预兆，而他再不后退，就要和沈之恒贴上了。

在脸上调出了个笑容，他回答道："沈先生。"

紧接着他补了一句："我们好久没见了，得有一个多月了吧？"

沈之恒直视着他的眼睛："我病了。"

"哟。"他做了个惊讶的表情，"什么病？严重吗？"

沈之恒轻轻唔叹了一声："很严重，差点死了。"

然后他吸了一口雪茄，又看着厉英良郑重一点头，像是要强调方才那话的真实性。

烟雾之后，他的瞳孔幽暗，以双眼为中心，有淡淡的黑气扩散开来。他确实有病容，一张脸瘦得窄窄的，然而嘴唇的血色却很足，红彤彤的，此刻正对着厉英良的眼睛一张一合，不是说话，就是吸雪茄。

厉英良感觉他的嘴唇有些刺目，于是向上去看他的眼睛："不知沈先生住的是哪家医院，医生的医术好像很高明啊！"

"不是医生医术高明。"沈之恒还是那么和蔼，"是我命大。"

"大难不死，必有后福。不知道我有没有这个荣幸，可以请沈先生出来吃顿便饭，就当是庆祝沈先生恢复健康。"

沈之恒一点头："好啊。"

他从来没同厉英良说过这么多话，更别提答应厉英良的请客。厉英良愣了愣，不知怎的，寒毛直竖，出了一后背的冷汗。顿了两秒钟之后，他才表示出了欢喜，表示得不大自然，有点痛心疾首的劲儿："太好了！我对沈先生仰慕已久，早就想和您交个朋友，只是一直没机会。这回沈先生这么给面子，我真的是特别特别高兴——明晚如何？"

沈之恒仰头想了想，随即答道："明天我有事，后天吧。"

"好，好，那就是后天。"厉英良有点失控，双手合十"啪"地一拍，"后天晚上，我提前派人给您送帖子。"

沈之恒点头一笑："好哇！我们后天见。"

话到这里，有个卷毛青年从舞厅里跑了出来，隔着老远就高声大气地喊"沈兄"，沈之恒回头看了一眼，然后对着厉英良说道："那，我先失陪了。"

厉英良连忙向前一伸手："好，您请便。"

沈之恒转身走向了司徒威廉，抬手揽住了他的肩膀，要带着他走回那大跳舞厅："战果如何？"

司徒威廉本没有资格参加此地的舞会，他是为了一个目标，求沈之恒把自己带进来的。而他的目标，正是今晚大出风头的金二小姐静雪。自从去年偶然认识了金静雪之后，活泼美丽的金二小姐就成了司徒威廉心中的女神。厉英良认为金静雪十分烦人，如果金师长今晚死了，那他明早就能和她一刀两断。但鉴于厉英良是个奇人，故而他的评价也不能算数。在一般青年的眼中，金静雪的美与阔就不必提了，更可爱的是她性情爽朗，爱说爱笑，简直带了几分侠气，真不愧是位新时代的摩登佳人。

司徒威廉今晚存了一点小希望，最低是能够远远地见金静雪一面，最高是和金静雪共舞一曲。此刻和沈之恒并肩同行，他汗津津地红着脸，小声说道："我刚和静雪说了好几句话，她特别和气，知道我是个医生，还夸我厉害。"

沈之恒侧过脸看他："静雪？"

"她名字就是静雪，我叫她名字怎么了？我又没说什么过分的话。"

沈之恒一挑眉毛："我也没说什么过分的话呀。"

司徒威廉羞得面红耳赤——他这人难得害羞，唯独一提金静雪就脸红："沈兄，你别拿我开玩笑了好不好？过了今晚，我都不知道还有没有机会再见她了。"

沈之恒停了脚步："那你倒是再去找找人家，请人家出来吃吃饭，看看电影呀！难道你一辈子都只打算和她偶遇不成？"

"那她会不会拒绝我？"

"不知道，你去碰碰运气好了。"

"我怕给她留下坏印象。要不沈兄，你陪我去，你替我说。她要拒绝也是拒绝咱们两个，要不然我紧张。"

"我去倒是可以，可她要是同意了，你们吃饭看电影时要不要加我一个？"

"别闹了，我知道你没这个闲心，我们加你你也不会去的。"

"我们？"

"你看你又挑我的字眼！"

沈之恒拍拍他的后背："好，我陪你去。我先和金小姐随便谈谈闲话，谈谈哪家馆子好，最近有什么新片子，然后你就插话进来，问她有没有兴趣和你去下馆子或者看电影，至于人家肯不肯，我就管不了了，如何？"

司徒威廉乐出一口白牙齿，一边乐一边抬手满脑袋扒拉了下，把要翘起来的卷发压了下去。

沈之恒当真去见了金静雪。

说起来，他看着也是个年轻人，然而不知怎的，和在场的所有年轻人都不是一路，也许是因为在场的年轻人都是公子少爷，而他平时打交道的朋友，都是公子少爷们的父亲。

他向来不近女色，难得会和小姐攀谈，金静雪有点莫名其妙，也有点受宠若惊。两人斯斯文文地谈了一阵闲话，司徒威廉竖着耳朵坐在一旁，相当机警地抓住了好机会，向金静雪发出了邀请。

金静雪没深想，随口答应下来。沈之恒又坐了片刻，然后起身离去。金静雪正犯糊涂，肩膀上忽然伸出一个脑袋："你认识沈之恒？"

她一扭头，瞧见了厉英良，厉英良手扶膝盖，撅着屁股站在她身后，只把个脑袋探了过来。金静雪看着他，眨巴眨巴大眼睛，然后问道："你跑到哪里去了？我怎么一直没找到你？"

随即抬手扭住了他的耳朵，她嗔道："这可是你自投罗网，怪不得我！"

厉英良感觉自己落入了魔掌。

他连着跳了七八支舞，跳得不好，金静雪狠狠掐他，越掐他脚步越乱。最后他急了，推开金静雪转身就走，一直走到了饭店大门口，想要吹吹冷风透透气。

饭店门口有汽车络绎开走，是有宾客开始离场。他站在门前台阶上看汽车，想着这些汽车里头，也有等待自己的一辆。他是真没想到自己会有今天，能有汽车，能有权力，能耍威风。

汽车太多了，排着队慢慢地向街口开，他给自己点了一根香烟，一边吸烟一边去打量每一辆汽车。队伍末尾是一辆乌黑锃亮的新汽车，后排车窗半掩着窗帘，灯光之下，他忽然发现窗帘之后露出半张面孔，正是沈之恒。

沈之恒一直在看着他，已经不知看了多久。此刻迎着他的目光，沈之恒向他缓缓摆手，做了个告别的姿态。

汽车驶离京华饭店，沈之恒先送司徒威廉回家。

司徒威廉坐在沈之恒身边，精神是极度兴奋，一路不停地哼小曲吹口哨。又告诉沈之恒道："沈兄，我今夜一定是要失眠了。"

沈之恒头靠着车窗，漫不经心："那就明天困了再睡。"

"我该怎么感谢你啊？"

"大恩不言谢。"

"沈兄你对我真好。"

"你是我的救命恩人，我欠你的嘛。"

司徒威廉忽然靠近了他细看："你怎么懒洋洋的？是不是饿了？"

沈之恒转动目光看着他："我在想心事。"

沈之恒是在舞会上看到米将军之后，才灵机一动，想出办法来的。

米家的小姑娘救了他一命，而且她这一救和司徒威廉那一救还不一样，她是个小盲女，而且和他素不相识，而且，据他观察，这姑娘当真是保密到底，直到现在也没有将那夜的事情透露出分毫来。

沈之恒对这个小姑娘，嘴上不提，心里一直不曾放下，一想到她那一日是瞒着父母、一路单枪匹马摸索到济慈医院去的，他心里就愧疚——他那一夜又疼又冷又饿，导致有些昏头，忘了这小姑娘是个盲女，还以为她和平常人一样，可以轻而易举地查号码打电话。

米公馆是好找的，可他记得米太太是位悍妇，况且人家小姑娘也留了话，不许他登门道谢。他也为此踌躇了几日，幸而这一夜，米将军给了他灵感。

送司徒威廉回了公寓，他回家沐浴更衣，上床睡觉。睡觉之前，他习惯性地想喝点酒，可是一口威士忌含在嘴里，他猛地呕吐了出来。

他的感官正在被剥夺，被他离奇的疾病剥夺。他现在还维持着，还有着体面的身份和地位，但他知道，这一切终究也会被剥夺。最后他能剩下什么，能变成什么，都是未知数。死亡是最好的结果，不过是死是活，一样也由不得他。

闭上眼睛，他在恍惚中笔直仰卧，睡眠也在被剥夺，他闭着眼睛也能感觉到天光亮起。

清晨时分，他睁开眼睛，舌头在口腔里打了个转，很好，还是坚固整齐的牙齿，并没有生出獠牙。

他起身下床，再次沐浴更衣，洗去身上若有若无的甜腥气味。沈宅和厉宅有颇多相似之处，比如他也不用常驻的仆人，仅有的几名仆人都是朝来晚走。在他下楼时，公馆里已经有了一点烟火气——他不需要早餐，所以仆人按照规矩，每天早上都在餐厅给他预备一壶热水和一卷报纸。至于他午餐晚餐吃什么，反正他白天不在家，仆人看不见，也不关心，等他晚上回来了，仆人也已经下班走了。

他进餐厅，坐下，喝热水，读报纸，考虑自己的投资与收益。他需要财与势，这是他这些年里吃尽苦头才得出的经验：他只有住得富丽堂皇，才能理直气壮地保持神秘。

下午时分，他出门上了汽车，提着大包小裹的礼物，前往米公馆。

他提前预备好了一套说辞，到了米公馆，只说自己上次生病，错过了米将军为儿子举办的满月宴，所以这次亲自登门，补足礼数。虽然那儿子不是米太太生的，但他想自己这一番话没毛病，应该不会被米太太打出去。

进了米家的门，再设法去见米大小姐，毕竟他这礼物里也有米大小姐的一份，即便见不到她，能让她知道自己已然痊愈，也算是对她的一份安慰。然而沈之恒没想到，米公馆内迎接他的，是米太太的号啕。

米太太平日对女儿，一点好脸色也不给，恨不得将她活活揉搓死，成天打冤家似的打她。然而一个月前，兴许是她夜里把这孩子推出去冻着，冻大发了，第二天晚上那孩子就发起了高烧。她不当回事，还冲到床前，指着鼻子让她去死，她死了她也就利索了，自由了，也就能和米家一刀两断，收拾行装回江南老家了。

米兰闭着眼睛，照例是没有表情，甚至也没有反应。而她如此骂了两天，看女儿依旧高烧不退，这才承认孩子是真生了病，让老妈子找了些西药片给她吃。

米兰吃了药，热度时高时低，依旧不退，终于熬到一个礼拜前，她露出了要断气的征兆，送去医院一看，医生发现她的肺炎已经很严重了。

米太太成天让女儿去死，如今女儿真要死了，她又哭天抹泪，感觉自己离不得这唯一的孩子，在医院里号了个昏天黑地，且摔了一跤，摔得很"寸"，差一点扭断了脚踝。米将军行踪不定，完全不能指望，老妈子们把米太太抬回家中，而米太太既惦念女儿，又走不得路出不得门，心里一急，就以热泪和号啕迎接了客人。

沈之恒见了米太太的阵势，先是一惊，及至听完了米太太的哭诉，他立刻三言两语说明了来意，又道："米太太你不要急，你告诉我令爱住的是哪家医院，我正好下午是有空的，我替你过去照应着点儿，那边若有什么变化，我也会立刻打电话过来通知你。"

米太太听过沈之恒的大名，所以倒是相信他的话，涕泗交流地回答："维、维、维……"

旁边的老妈子替她说了："维利医院，您到那儿一说找米兰小姐，就有看护妇带您过去了。"

米太太又开始哭："我的兰呀……兰要是有个三长两短，我身边就一个人都没有了……"

沈之恒离了米公馆，心里有些发慌。等到了医院，他进了大门一问医生，那医生果然就给他指了路。他寻觅着上了三楼，三楼皆是高级的单人病房，大部分房间都空着，走廊里静悄悄的。他推开走廊尽头的病房房门向内一看，就见房内摆着一张单人病床，床上躺着个女孩，除此之外，再无旁人。

他没往里走，转身去见医生，问清了米兰的病情，然后才回病房。脱了大衣轻轻挂好，他走到床前，在椅子上坐了下来。他扭头望向米兰，这是他第一次看清了她。

他发现她和自己长得有点像——脸型不像，眉眼有点像。忽然俯身凑近了她，他仔细审视了她的头发、面孔、脖子以及搭在床边的胳膊。

在她的身上，他发现了凌虐的痕迹。

她的长发肮脏，是不正常的稀疏，能够看到头皮上残存的血痂，眉毛里藏着淡淡的疤痕，耳根下面也横着一道红疤，红得醒目，是愈合不久的新伤。病人服的宽松袖口里伸出她那芦柴棒一般的细腕，手掌是薄薄的一片，皮肤青白细腻，指甲倒是洁净的，然而也长了。

从她这双细皮嫩肉的手上来看，她确实是位富家小姐，十指不沾阳春水，可是从那细皮嫩肉上的青紫瘀伤来看，她这位富家小姐的日常，似乎就是挨打。

沈之恒在来之前，对米大小姐进行过种种的想象，可是千思万想，也没想到米大小姐过的是这种日子。抬手扯了扯领带结，他忽然暴怒起来，甚至有些喘不过气。握住了她一只手，他不由自主地用了力气——这孩子将要死了，现在是不是该轮到他救她了？

就在这时，米兰忽然睁开了眼睛。

沈之恒连忙柔声问道："醒了？是我，你还记得我的声音吗？"

米兰怔怔地望着上方，两只眼睛森冷清澈，仿佛盛放着她整个的灵魂。长久的睡眠让她有些呆滞，沈之恒的声音传进了她的耳中，她一点一点地苏醒，也把这声音一点一点地忆起。

最后，她发出了嘶哑的声音："你好了吗？"

黑暗中又传来了他的声音："好了，全好了。谢谢你，你救了我的命。"

米兰动了动手指，手掌被一只温暖的大手握着，在这只大手里，她感受到了自己的弱与小。慢慢地抽出手来，她顺着他的袖口向上摸，摸到了一条长长的胳膊，沈之恒俯下了身，于是她顺着他的肩膀，又摸上了他的脸。他有饱满的额头，深邃的眼窝，笔直的鼻梁，隔着柔软光滑的皮肤，她能摸出他骨头是坚硬的，体格也是高大的。

真好，她想。

这人是她救活的，他长得好、活得好，她也像是"与有荣焉"。收回手送到鼻端，她轻轻嗅了嗅，嗅到了生发油和古龙水的混合香气，香气之下似乎还掩盖着一点别的气味，但那气味过分陌生，以至于她不能将其归类，也不会形容。

手落了下来，她对自己那一救很满意，对自己救活的这个人也很满意，缓缓一眨眼睛，她笑了一下："你多保重。"

沈之恒重新握住了她的手："我自然是知道保重的，可你呢？你身上的伤是谁打的？你母亲？还是有别人欺负你？"

"我妈打的。"米兰说道，"她活得不高兴，就打我出气。"

"没有人拦着她吗？令尊米将军呢？"

"爸爸不回家。"

这一段话让她说得又平静又漠然，像是在讲述一桩十万八千里外的旧闻，和她本人没有关系。

沈之恒先以为她是被米太太虐待得呆傻了，可随即又想到呆傻的孩子，没那个本事和胆量，自己摸索到济慈医院去。

于是他又问："那一夜，你为什么会一个人跑到那种荒凉地方去？"

米兰躺在黑暗中，男人的声音像是来自天外。她已经做好准备，要在这个黑暗的世界里死去，所以有一答一，不为那个人潮汹涌的光明世界做任何辩护和隐瞒。

"我想找个没人的地方冻死。听说冻死的人在临死前，也不觉得冷，也不觉得疼。"

沈之恒伸手抚摸了她丝丝缕缕的长发，垂眼盯着她的眼睛，他沉默了许久，才又说出话来："米兰啊，不死好不好？"

米兰微微蹙了眉头，终于显出了一点孩子相："活着太苦了。"

沈之恒说道："可是现在你有我了呀，我是要向你报恩的啊！"他低头凑到了她耳边，说悄悄话："我姓沈，沈之恒，'如月之恒'的之恒，记住了？我很有钱，也有势力，现在这个世道，只要有钱有势，就无所不能，对不对？你要是不信的话，等将来出院了，可以出去打听打听，我还是有点名气的。"

这一番话，让他说得又像是哄慰，又像是吹嘘。米兰笑了："那你怎么还被仇人追杀？"

"我那次是大意了。实不相瞒，我今天来看你，明天就去找他报仇。"他一拍米兰的头顶，声音转为低沉，"还是要保密！"

米兰微微笑着，感觉他又像个小父亲，又像个大朋友。房门开了，看护妇探进头来，不许沈之恒在病房里逗留太久，只怕病人说多了话，劳神费力。沈之恒很听话，只对米兰说了一句"等着我"，便离了病房。

两个小时之后，他卷土重来，带来了鲜花与晚餐。

米兰已经连着两天没有吃什么，沈之恒扶她靠着枕头半躺半坐，亲自喂她吃粥。她没食欲，不想吃，可因为对方是沈之恒，所以她决定无论如何都要吃。

"我派人到你家里送过信了。"他一边喂，一边低声说话，"我让令堂这些天好好在家里养伤，不用挂念医院这边，我会照顾你，令堂答应了，还对我道了许多辛苦。所以起码眼前这几天，你是安全的，这几天你要好好活着，也过一过舒服日子。"

这话太有道理了，米兰心悦诚服——她心如死灰的时候，言谈清楚利落，如今稍微地一欢喜，反倒没话讲了，就只是微微地笑，可因为依旧是前途未卜，所以她笑得很有保留，一双眼睛依旧清冷茫然。

沈之恒许久没有和小孩子打过交道了——在他眼中，十五岁的米兰正是一个小孩子。

幸而这个小孩子与众不同，身上莫说稚气，简直连人气都少得可怜。沈之恒和她相处了几个小时，倒是挺轻松，他的话，米兰全懂；米兰的意思，他也都明白。除此之外，米兰似乎是开了天眼，他和米兰同处一室的时候，总感觉她对自己的一举一动了如指掌，他站在哪里，在做什么，她全知道。

入夜时分，他回了家，一进门就瞧见了司徒威廉。司徒威廉坐在沙发上读小说，见他回来了，直接对着茶几一使眼色，茶几上放着个鼓鼓囊囊的帆布挎包，是他给沈之恒带来的东西。

家里的仆人已经走了，沈之恒坐上沙发，从帆布挎包里往外拿药："今天我去见了米兰，就是米大小姐。"

司徒威廉立刻扭头望向他："人家不是说不让你去吗？"

"我当然有我的办法。"他拔下玻璃瓶口的橡胶塞子，就着瓶口仰头灌了一大口，然后说道，"原来那是个可怜孩子，米太太不是个东西，把她打得遍体鳞伤。她自己还生了病，肺炎，住在医院里，身边一个人都没有。"

司徒威廉盯着他喝药，盯得饶有兴味："沈兄，其实那姑娘要是再大几岁就好了，你可以把她娶回家，这样她就可以逃离她妈的虎口了。"

"胡说，你是怕她命太长，想让她尽快被我吓死吗？"

"也未必会吓死啊，你看我不就活得好好的？"

沈之恒看着他，忽然感觉司徒威廉和米大小姐有点像，都有点说不清道不明的古怪，或者说是都有点缺乏人味。司徒威廉相貌不错，人也活泼，可是据沈之恒所知，除了自己之外，他好像一直没什么好朋友——他天然的有点不招人爱。

从司徒威廉脸上收回目光，他说道："谁像你这么疯疯癫癫的。"

司徒威廉忽然挤到了他跟前："沈兄，我最近博览群书，对你的身世和来历，又做了一番大胆的研究和推测。现在，我怀疑你是——"

"别说了，我不爱听，你研究了我三年，没有研究出一句好话来，今天说我是魔明天说我是鬼，我听腻了！"

司徒威廉扭开脸一撇嘴，长吁一口气后又转了回来："那我说据我研究，你大概是位伟人，这话你爱听吗？"

沈之恒又喝了一大口，鼓着腮帮子对着司徒威廉一点头："很好，就按照这个方向研究下去，我还可以提供给你一点经费。"

司徒威廉向他一伸手："那你现在就给，只要经费给足了，我能把你研究成真龙后裔。"

沈之恒放下玻璃瓶子，没理他，起身径直出客厅上了楼。片刻之后他回来了，将支票往司徒威廉怀里一扔："拿去花吧。"

司徒威廉一把捏住了支票，喜滋滋地站了起来："沈兄，你真好。我正好拿这笔钱去请金二小姐的客。你慢慢喝，我不打扰你，走了！"

司徒威廉走了没有五分钟，又跑了回来，告诉沈之恒："沈兄，你家大门外有两个人，一直在路口那儿晃，也不走，鬼鬼祟祟的。会不会是你的仇家又来了？"

沈之恒挥挥手："你走你的，不用管我。"

沈之恒吃饱喝足，上床睡觉。翌日上午他接到了厉英良那边送来的帖子，中午带着午餐和鲜花去看米兰。陪了米兰半个下午之后，他离开医院，回家做了些许安排。等到傍晚时分，他自己开着汽车，前往太平饭店赴宴。

太平饭店是座二层楼房，厉英良早就到了二楼雅间等候，沈之恒这边一下汽车，门口就有他的手下迎了上去。厉英良从二楼窗户伸出头往下看，怎么看沈之恒都是单刀赴会，身边一个保镖都没有，心里便是一动，暗想："莫非他是尝到厉害，要服软了？"

如果沈之恒肯识时务，愿意服软，那厉英良还真想再给他一次机会。缩回脑袋关了窗户，他无端地打了个寒战，再一抬头，房门开了，他的手下将沈之恒请了进来。

只隔了一天没见，厉英良就发现沈之恒的病容消退了大半，加之西装笔挺，简直有了点神采奕奕的意思。登时堆出满面笑容，他提前伸出双手，绕过饭桌去和沈之恒相握："沈先生，您肯赏光过来，我真的是太高兴了。"

沈之恒和他握了握手："厉会长太客气。"

"别叫会长。"厉英良向他竖起一根手指，睁大了眼睛纠正，"我不是以会长的身份来邀请您的，其实我更愿意和您成为朋友。您应该也知道，我对您仰慕已久，早就想和您认识认识，只是无缘，一直没有这个高攀的机会。"

沈之恒笑了一声："厉会长这话，我是越发的不敢当了。"

厉英良说到这里，脑筋忽然有点短路。接下来应该怎么谈？反正总不能直接问对方愿不愿意和自己合作。沈之恒正目光炯炯地注视着他，含着一点不怀好意的笑，于是厉英良又想他一个单枪匹马过来受死的人，有什么资本对着自己坏笑？

这时候，沈之恒或许是因为站得太久了，厉英良又一直定定地盯着他，好似一台断了电的机器，所以只好主动拉开椅子，又向着上首座位一伸手："厉会长，请坐吧。"

厉英良这才回过了神，一转身就近坐了，坐了之后一抬头，他发现自己坐得不对劲。偌大的一张圆桌，处处都有座位，他偏和沈之恒紧挨着坐在了一起，两人并肩面对着圆桌，先是一起愣了愣，随即一起扭头对视，沈之恒的呼吸都喷上了他的额头。

厉英良瞬间想要大开杀戒，杀了沈之恒灭口。

很不好意思地起身横挪了一个座位，他坐下了，感觉还是不对劲，他不能总是扭着脸和沈之恒谈话，于是又挪了个座位，还是不对。

他红着脸，赌气似的继续挪。沈之恒挺好奇地看着他，倒要看他能挪到哪里去。幸而厉英良并没有挪去门外，在沈之恒对面，他坐稳当了，抬头企图解释："桌子……大了一点啊！"

沈之恒向后一靠，坐得挺舒服："我就说厉会长太客气了。我们一起吃顿便饭就好，何必这样大张旗鼓地请客？太奢靡了。"

"应该的，应该的，不然不足以表达我的心意。"他向着门外打了个响指，"上菜吧！"

伙计们络绎地送菜进来。沈之恒要了一支雪茄，自己慢慢地抽。等到菜全上齐了，厉英良让手下关了房门，然后亲自为他斟了一杯酒，隔着桌子双手送到他面前来。桌子委实太大了，他简直快要趴上桌面，亏他身体好，腰力过人，还能稳住。酒杯刚落桌面，厉英良忽见他向着自己一伸手。

他心中一惊，动作一僵，沈之恒开口说了两个字："领带。"

他低头一瞧，这才发现自己的领带不知何时溜出西装，险些垂进一盘乳汤鲫鱼。沈之恒把他的领带往西装里掖了掖，然后收回了手："小心。"

厉英良坐了回去："多谢。"

沈之恒道：“我有胃病，不能喝酒。”

“少喝一点。”

沈之恒叼着雪茄摇摇头：“我重病一场，几乎丧命，好容易才死里逃生，不能不多加些小心。”

厉英良扶着自己的酒杯，忽然咧嘴一笑：“您不会是怕我给您下了毒吧？”

“不会。”沈之恒隔着雪茄烟雾看他，“厉会长没有这个必要。”

厉英良干笑了两声，沈之恒说话半真半假，又总是那么意味深长地盯着他，让他简直快要精神崩溃——他最恨沈之恒这种眼神。

敢拿这种眼神看他，可见姓沈的也许并非为了示好而来，但饭店内外都是他的手下，沈之恒孤家寡人，还能做出什么大乱不成？

拿起筷子让了让，他说道：“沈先生，请吧，我们不讲客气话了。”

沈之恒微笑地看着他，“嗯”了一声，然而不动筷子。厉英良自己就近夹了一筷子炒肉丝吃了，结果发现滋味还挺不错。他一边咀嚼一边抬眼望向前方，圆桌上方低悬着一盏电灯，灯光照着沈之恒，就见沈之恒对着他似笑非笑地用牙齿轻轻咬着雪茄。

厉英良开始坐立不安，并决定不再和沈之恒周旋。今晚这人让他不舒服至极，他忍无可忍，要对他直奔主题了。

“沈先生。”他说道，“原来我们有过一些小误会，我本以为我们立场不同，主义不和，是没有机会坐在一起谈话的了，没想到今天还能有机会共处一室，边吃边谈。您的意思我不敢揣测，但我厉某人，当真是深感荣幸啊。”

沈之恒含笑点头：“嗯。”

“以沈先生的智慧，想来也能理解我的苦衷。我的差事，虽然不光彩，但我本人并没有做出什么祸国殃民的坏事。而且，若是没有我们这些人从中斡旋，还不是咱们的百姓受苦？”

沈之恒慢慢地一眨眼：“嗯。”

“沈先生也同意我这个想法？那太好了。那我就斗胆再进一步，想请沈先生多体谅我几分，在刊登有关新闻，尤其是有关我们的新闻时，能提前向我通个气。我绝不是要干涉您的新闻自由，只不过万事都好商量，与人方便也是自己方便嘛，是不是？我也绝不会让沈先生白帮忙的，必有厚礼奉送，以示感激。"

沈之恒饶有兴味地问："厚礼？有多厚？"

"您开个价，要什么尽管说，我一定尽全力让您满意。"

沈之恒笑了起来，笑得呵呵的，简直有点傻气，厉英良听了一会儿，一时绷不住，也跟着笑了。他一笑，沈之恒却又不笑了。歪着脑袋审视着厉英良，沈之恒用雪茄向他指了指："我要你的命。"

厉英良一愣："什么？"

沈之恒放轻了声音，一字一句地说道："我要你给我偿命。"

这句话厉英良没听明白，但他也顾不上了，凭着直觉伸手入怀，他拔出手枪对准了沈之恒："你——"

话未说出，他只觉手中一滑，沈之恒已然空手夺了他的枪。枪口这回瞄准了他的眉心，沈之恒竖起一根手指在唇边，向他"嘘"了一声。

他笔直地坐着，双眼瞪得溜圆，大气都不敢出。他的手下动作再快，也快不过沈之恒的一勾扳机。眼看着沈之恒起身走到了自己跟前，他只敢转动眼珠。

枪口抵上了他的脑袋，一只手扯开了他的领带。沈之恒单手将领带卷成了一卷，低头看着厉英良："张嘴。"

厉英良颤声说道："我赔你钱，我……我……"

沈之恒在他打结巴时看准时机，将领带卷子塞进了他的嘴里，领带卷子压迫了他的喉咙气管，无论是声音还是气息，都被它牢牢堵住了。

他在窒息之中急了眼，一只手暗暗伸向后腰，他在缺氧的痛苦中猛地拔出第二把手枪，对着沈之恒就扣了扳机。

"喀吧"一声，取代了枪响。他没看清沈之恒的动作，只知道沈之恒折断了自己的骨头——就像折断一截树枝一样，折断了自己的臂骨。

他疼得红了眼睛，手枪随即脱手落地。沈之恒把那把手枪摆到了厉英良面前，然后拉过椅子，在他身边坐了下来："我一般不这么报仇，有悖我做人的宗旨。可你们下手未免太绝了点，害得我上个月苦不堪言，真是受了大罪。"

说到这里，他苦笑着摇了摇头："不堪回首啊！"

厉英良的双眼迅速布满了鲜红血丝，目光盯着桌上的手枪，他不敢动，他知道只要自己一动，沈之恒会立刻折断自己另一只手臂。可是不动也没有活路，他快要憋死了！

忽然紧闭双眼一挺身，他紧接着睁开眼睛低下头，看到一把匕首直插进了自己的大腿。

仿佛他的肉是豆腐做的，沈之恒拿出第二把，扎进了他另一条大腿。

他疼得抖颤起来，哭声都被堵在了喉咙深处。沈之恒审视着垂死的厉英良，又伸手掐住了他的颈侧动脉。其实应该直接杀了厉英良，免得再生枝节，然而……

然而那一刹那，雅间的房门开了。

Chapter 03

变故

雅间的房门不应该就这么开了。厉英良在里面请客，外头明着有他的手下，暗里还有李桂生带着伏兵，厉英良不发话，房里的出不去，房外的也进不来。

然而就是有人推门走进来了。

这人三十多岁，精干利落，做西装打扮，头上没戴帽子，露出剃得发青的寸头，像个大龄的军校学生。厉英良一看见他，心中登时一阵狂喜，知道自己又有了活路。

来人就是池山英。

池山英风尘仆仆地前来，可是推开门一抬头，就愣住了：厉英良直挺挺地张大嘴巴坐在椅子上，口中隐隐露出领带的一端，而另一人坐在厉英良对面，此刻闻声回头面对了他，他也认出了这人竟然就是沈之恒。

他没见过沈之恒本人，可他见过沈之恒的照片。厉英良抓住这一瞬间的机会，一头撞向沈之恒的脑袋，同时拼命挤出了微弱的哀鸣。沈之恒盯着池山英，脑袋一歪躲过了厉英良的一撞，同时心中暗暗叫苦。人算不如天算，他本来可以安安生生地报个仇，谁能想到会有不速之客从天而降？沈之恒一把拎起了身边的厉英良，他站起身，倒是不在乎和他们撕破了脸皮——都对他动枪了，他还有什么可顾忌的？

池山英拔出了手枪，外头的人见势不对，也慌忙冲到了门口。厉英良这时已经被沈之恒拎出了座位，众人先是看清了他那只受伤的左小臂，随后又发现他面色紫红，已经憋得要翻白眼，只有两条腿还能勉强迈动。

沈之恒顺手抄起了桌上的手枪，然后问池山英："我请厉会长送我一程，诸位不介意吧？"

池山英瞪着沈之恒，心中天人交战了一番，末了决定先保厉英良的性命。他后退两步让出了道路。而沈之恒拖着厉英良向外走，一路走去楼下，上了自己的汽车。

他把厉英良放到了副驾驶座，自己发动汽车往外开。池山英和厉英良手下的汽车紧随其后，车内的人拔出手枪，隔着挡风玻璃瞄准了沈之恒的车尾。及至汽车开出一定距离，沈之恒推开车门，直接把副驾驶座上的厉英良掀了出去。

厉英良已经翻了好一阵子白眼了，沈之恒不大确定他的死活，不过无所谓，他本来也没有杀人的瘾，只不过是不肯吃哑巴亏。

后面的人不敢贸然开枪，只能赶紧下车跑去看厉英良。池山英冲过来，眼疾手快地从厉英良口中揪出了领带一端，向外一扯——第一扯没扯动，于是池山英气运丹田，又是一扯。

围观的人都看呆了，池山英也没想到领带这么长。等到领带完全扯出来了，厉英良大张着嘴，依旧毫无反应。有人狠命摁他的胸膛，有人扶起他猛拍他的后背，李桂生从暗中冲出来，抓着他的肩膀一顿乱晃："会长，会长，您可别吓唬我们啊！"

池山英这时站在一旁发了话："送他去医院，他的血要流光了。"

沈之恒下手下得很刁钻，他伤到了厉英良腿上的大血管，厉英良在半路上好容易悠悠吸进了一口气，逃过了窒息死亡的魔爪，随即又落入了失血过多的魔窟。都进医院了，他那嘴还没合上，李桂生还以为他是下巴脱臼了，托着他的下巴往上推了半天。

经过医生的一番抢救，厉英良终于保住了这一条性命。

他的小臂上了夹板和绷带，身体也补充了几大袋血浆，除了因嘴唇干燥又张嘴太久导致嘴角有点撕裂之外，他看上去还是挺完好的一个人。

气若游丝地躺在病床上，他又虚弱又后怕，主要是后怕，所以身上冷汗涔涔。方才这里的医生长篇大论，大意似乎是说他运气好，不只是因为他流了这许多血还没有死，也是因为那领带终究没有把他的喉咙堵瓷实。否则若缺氧到了一定的程度，纵然留住了一口气，他也极有可能大脑受损，变成白痴。

天已经大亮了，池山英站在病床前俯视着厉英良，整个人都是挺拔而坚硬的模样，好似铁板成了精。

"为什么私自与沈之恒见面？"他问厉英良。

厉英良嗫嗫地说话，声音轻不可闻："这人身上疑点很多……又调查不清楚……所以我想把他约出来谈一谈……若是谈不拢……就做掉他……"

"你差点杀了他，还敢见他，真是傻瓜！"

"我以为他已经怕了我们……"

池山英搜肠刮肚，用胸中最为恶毒的脏话来痛斥厉英良："大傻瓜！"

然后他背着手在床前来回踱了两圈，停下来又道："如果不是我及时赶到，你已经死了！"

"多谢您的救命之恩。您昨晚怎么知道我在太平饭店？是有什么急事要见我吗？"

池山英没理他，也不好意思说自己听闻厉英良和那个死而复生的沈之恒勾搭上了，所以昨晚临时决定赶去"横刀夺爱"，亲自和沈之恒面谈。沈之恒有势力有名望，尤其是操纵了好几家发行量很不错的大报馆，他这样的人若是不和自己作对，那自己未必能多得什么好处，可他若是和自己作对，那几家报馆就会化身为几只面向社会的大喇叭，谁知道他会说出什么坏话来？

池山英认为厉英良热情有余、智慧不足，未必能打动沈之恒的芳心，故而亲自出马，结果赶上了一场血淋淋的大戏。这时听厉英良问起，他便走到床前站住了，皱着眉头问厉英良："我进去之前，你们在做什么？"

厉英良虚弱地"啊"了一声。

"他对你做了什么？"

厉英良的黑眼珠向上翻去，眼皮合了下来，闭目喘了几口气，跟蚊子哼哼似的，和池山英密谈了好一阵子，把沈之恒对自己下的手仔细讲了。

密谈到了最后，两人都怀疑自己是要发疯。心狠手辣的人物，他们都没少见过，可真没听说沈之恒这样的。

况且厉英良的身手如何，池山英是知道的。沈之恒也算是一位斯文人士，怎么可能在三招两式之内就制住了厉英良？

"他的动作非常快，我根本看不清。"厉英良嗫嗫地说，"而且我竟然没有丝毫反抗的余地。"

池山英和厉英良对视，两人都知道沈之恒不只是武林高手那么简单。他昨晚单身赴会，分明就是冲着杀人来的。而且这个杀人的过程，他不但要瞒着厉英良的手下，也要瞒着自己的人马。为什么要隐瞒？

池山英没言语，心里知道自己惹了个大麻烦。

上午时分，厉英良睡了。而在城市的另一端，米兰也醒了。

她感觉身体轻松，人也精神。看护妇过来给她量体温，也发出惊喜的呼声，没想到她恢复得这样快，说退烧就退烧了。

米兰靠着床头坐下，自己擦了把脸。她刚放下毛巾，房门一开，沈之恒提着一只保温桶进来了。她认得他的脚步声，这时就快乐地转向了门口："沈先生，早上好。"

沈之恒笑道："早上好。我刚听看护妇说，你今天退烧了？"

"是，我没事了。"

沈之恒带着一身寒气，在门口脱大衣、脱帽子、脱手套。米兰感受到了空气中的这一丝寒意，也听见了皮肤和布料摩擦的声音，是他向上撸了撸袖子。提着保温桶走到床前坐下，他说："还是粥。"

"好。"

沈之恒打开保温桶，用勺子搅动米粥："等一等啊，太烫了。"

米兰点了点头，同时就听他问："怎么一直笑眯眯的？有什么喜事不告诉我？"

她这才意识到自己在笑："我……我病好了，心里高兴。"

"病好了，就要回家了。"

米兰的笑容慢慢消失了："沈先生，等我回家了，我们是不是就不能再见面了？"

"我天天去探望一位十几岁的大小姐，是不大合适。"

"那我去看你呢？"

"令堂会允许吗？"

米兰垂了头，细脖子似乎要支撑不起她的圆脑袋。

"那我不如永远生病。"她小声地嘀咕。

耳边响起了沈之恒的笑声，然后是一只大手拍了拍她的后背："你没办法，我有办法。不把你救个彻底，我是不会走的。"

米兰想问一声"真的"，但是话到嘴边，又没有问。她信他，不必问。

沈之恒陪了米兰小半天，米兰小声问他："你昨天去报仇了吗？"

沈之恒盯着米兰，这小姑娘与众不同，他一方面感觉她实在只是个黄毛小丫头，另一方面又感觉她城府颇深。她认为他可信赖，他也认为她可信赖。

"大人的事，小孩子别问。"他说。

"我不是小孩子。"

沈之恒凑到她耳边，半开玩笑，半做试探："说了你别怕，我杀了他。"

米兰坐在黑暗里，如同坐在长夜中，沈之恒的声音从天外传来，所说的一切都和她有着相当遥远的距离，像是异国或者异世界的事情，所以她不知道自己为何要怕。

但她确实是关心他的，她转向了声音的方向："你没有又受伤吧？"

"我倒是没有，只是半路受了打扰，那人没死。"

米兰想了想，然后答道："算了吧，别杀啦，反正你不是也一样没死？"

"那是因为有你救我。"

"有我救你，也有别人救他，一样的。"

沈之恒笑出了声："你说得对。不过，还是要——"

她替他说了："保密。"

沈之恒伸手在她面前打了个响指，她飞快地做了个侧耳姿态，随后抬起右手，也无声地一捻中指拇指。

她家里没人打响指，方才那个动作，是她听出来的。打了个失败的响指之后，她抬手将长发捋到耳后。在医院里住了一个月，她病得只剩了一身瘦骨，头发逃过母亲的撕扯荼毒，却显得丰厚了些许。

下午，沈之恒离开了医院。

他藏着一身见不得人的疑点，所以不使用固定的司机，更愿意自己开汽车。在医院门口拉开车门，他环顾四周，有眼睛在暗处盯着他，他知道。

行走江湖，得罪人是免不了的，没有厉英良，也会有其他仇家。他的对策是以硬碰硬、以毒攻毒。人都是欺软怕硬的，他想现在的厉英良，应该不敢贸然地再派杀手袭击自己了。

弯腰上了汽车，他正要关闭车门，一个气喘吁吁的小子忽然跑了过来："沈先生，您好啊！"

沈之恒上下看着他，没认出他是谁。小子穿得不赖，脸红红的，背着个照相匣子："您不认识我了？我是《海河日报》编辑部采访科的，我叫张友文。"

《海河日报》报馆乃是沈之恒独资的产业，然而他把一切事务都交给了那边的总经理，自己平时不大过去，对这个张友文也没什么印象。张友文显然就是过来向他打招呼的，打完了招呼就要往医院里去，他一时间起了好奇心，问道："你是来探病，还是来采访？"

张友文双眼放光："沈先生您不知道吗？这两天出了件特别吓人的事儿，我这一趟来，既是探病，也是采访。"

沈之恒发现这小子说话说不清楚："什么吓人的事儿？"

"城里闹妖精了，这个妖精夜里出没，我听说前天又有人中了招，已经住进这家医院了，所以赶紧过来采访采访。"

沈之恒一皱眉头："妖精？"

张友文正色点头，又压低声音道："都说闹的是黄鼠狼精，但也没人亲眼见过。"

"黄鼠狼？"

"对呀！黄鼠狼偷鸡吃，可黄鼠狼如果成了精，单偷鸡可能不大过瘾，就改伤人了。"

沈之恒冲着他缓缓一点头："这个新闻——很有意思。"

这天晚上，沈之恒在家中等来了司徒威廉。

司徒威廉是神魂颠倒着来的，因为昨天他终于如愿以偿，和金二小姐一同出门看了电影，看过电影又一同吃了顿大餐。他太喜欢金静雪了，无论如何不舍得和她分开，于是他连请带求的，又和金静雪在劝业场一带逛了逛。在百货公司里，他为金静雪买了一只欧米茄手表，金静雪嫌礼太重，不肯收——她自己虽是不甚关心人间疾苦，但她知道司徒威廉只是个小医院里的小医生，而她既没打算接受他的爱情，也就不愿占他这穷人的便宜。

司徒威廉恨不得下跪磕头，将手表强行塞给了金静雪。沈之恒那一日开给他的支票，这回被他花了个精光，此刻坐在沈之恒面前，他把个帆布挎包往茶几上一放，心中有种空荡荡的满足。

给金静雪花钱，等于给神佛上供烧香，他可没敢奢望自己能够心想事成，他只是希望她身边能有一样小东西，是和自己有关系的。

沈之恒没有去取帆布挎包里的药，而是将一份晚报扔到了他怀里。司徒威廉莫名其妙，打开晚报看了看，看到了一条大新闻。坐正身体将新闻读了一遍，他抬头对着沈之恒"扑哧"一笑："你家的报纸，开始公然地胡说八道了？"

沈之恒跷起二郎腿，双手十指交叉搭在腹部："这是最新的新闻，不是胡说八道。"

司徒威廉嗤之以鼻："怎么会有妖怪——"他忽然脸色一变，"莫非是你？怎么可能？难道你没吃药出去晃了吗？"

沈之恒端坐不动："我有必要这样穷形尽相吗？"

司徒威廉探身向他压低声音问道："那，会不会是你一直找的那个兄弟？"

"不清楚，需要调查。"

"万一真是怎么办？"

"那正中我的下怀。毕竟两个人总比一个人强些，而且他应该比我懂得多。"

"可他妈和你家有血海深仇啊！"

"都是多少年前的事情了，我家里的人也早死绝了，就算有仇，事到如今也该烟消云散了。况且那都是上一辈的烂事，和我这一辈无关。我很开明，不会搞母债子还那一套。"

"可你开明他不开明怎么办？你家上一辈的人把他妈害成那样，他要是一直记仇，从天而降又给你一刀呢？"

"那不是更好？我再糟也不过就是这样子了。万一他对我还有一丝手足之情，把治疗方法告诉我，就更好了。"说到这里，他对着司徒威廉一笑，"我会立刻收手，做个养老的寓公，舒舒服服地等着老死。"

司徒威廉不以为然地往后一靠："你也太乐观了吧？万一他是个败家子儿和麻烦精，认亲之后就缠上你，缠你一生一世怎么办？"

沈之恒笑了起来："败家子，麻烦精，缠上我，你这说的不就是你自己吗？"

司徒威廉往沙发里一窝，是个不服气的样子。沈之恒不和他扯淡，换了话题："你妹妹是不是参加了什么唱诗班？"

司徒威廉一点头："是啊，都参加好几年了。"

"那你帮我个忙。"

沈之恒把一桩任务派给了司徒威廉。

到了晚些时候，司徒威廉告辞离去。他一走，灯火通明的沈公馆就寂静了下来，如同一座辉煌的坟墓。沈之恒坐在吊灯下。

食色，性也。很可惜，这句话对他不再成立了。

沈之恒给司徒威廉打电话，问他将任务完成了几分，司徒威廉声音沉痛，无精打采地告诉他："你放心吧，我肯定办好就是。"

沈之恒问道："你怎么了？病了？"

"不是，是我失恋了。"他在话筒里吸了吸鼻子，像是沮丧得要哭，"静雪不理我了。"

沈之恒一听，当即挂断电话，放了心。金静雪不理他很正常，虽然沈之恒对司徒威廉很有感情，但也得承认：司徒威廉配不上人家金二小姐。

司徒威廉单方面地失了恋，痛不欲生，然而金静雪对他的痛苦一无所知。

这几天她光忙着跑医院了，一个多礼拜前，她偶然得知厉英良受伤入院，立刻前去探望他。一进病房，她就见厉英良面无人色，两边嘴角红肿着，和两片嘴唇红成了一圈。

"你怎么啦？"她走到床前，劈头便问，"你受了什么伤？要不要紧？"

厉英良漠然地看着她："多谢二小姐关心，我没有大碍。"然后他顿了顿，犹豫着又问："你是专为我来的？还是来这里看别人？"

"我哪个朋友生病会住这种破医院？当然是专门为你来的。"然后她仔细审视了厉英良，向他伸出尖尖食指，"怎么嘴还变大了？"

厉英良恢复了漠然表情："撑的。"

"啊？谁撑的？"

"一个坏人。"

金静雪"扑哧"笑了出来："我看你自己就是一个坏人。"紧接着她正了正脸色，在病床边坐下了，低声说道："良哥哥，你说实话，是不是有谁要暗杀你？我早就说过，别再当什么会长了，不光要落身上个恶名，而且也未必能得到什么好处，还有生命危险。"

厉英良今天对她特别冷，因为实在是嘴疼，无法假笑："不干这些，谁肯提拔我，肯给我官儿当？"

"干吗非得当官？开公司做生意不也是一样的？有钱花就行了嘛。"她昂着个精致的小脑袋，新烫的卷发颤悠悠，"喏，我可以向你保证，如果你肯辞职回家，我愿意出钱养着你。正好我比你年龄小，肯定比你活得久，能给你养老送终，管你一辈子。"

厉英良看着她，语调很平："二小姐，你好像对我有点误会。"

"什么误会？"

"我是个人，不是一只猫一只狗。"

金静雪歪头一笑："我知道呀！你哪有小猫小狗可爱。"

"除了衣食住行之外，我还需要成家立业、生儿养女，你要养我一家子吗？"

金静雪做了个思索的姿态，厉英良的双腿和左臂都疼得厉害，可饶是这么疼，他还是想一脚把金静雪踹出去。她总是惹他生气，他真是要烦死她了。

这时候，金静雪开了口："你一大家子我可养不起，所以我决定禁止你结婚，你乖乖待在我身边就好啦！"

厉英良微微一笑，心中回答："去你的！"

金静雪认定了厉英良是被人暗杀了一次，所以也不敢声张，只天天带了滋补的食物过来探病，连着来了十天。到了第十一天，厉英良不顾医生阻拦，强行出院，偷偷躲去了李桂生家中养伤。金静雪找不到他，又不知道他的下落，不由得忧心忡忡，自然是更没心思去理睬司徒威廉。所以细说起来，她和司徒威廉此刻是双双受伤，心里都正难受。

再说这厉英良，虽有"伤筋动骨一百天"的说法，但他养了一个月，便拆了左臂夹板，也可以慢慢地站立走路了。他这一次失血过多，元气大伤，本来就是小白脸子，这回更白了，"冰肌玉骨"，面无表情，夜里看着相当吓人。尤其是他上一个月睡得太多，以至于一个月后闹了失眠，天黑之后躺不住，常拖着两条肉痛的腿在房内来回踱步。脸是白的，腿是直的，左胳膊紧贴着身体，他直挺挺的一踱踱半天。李桂生这些天为了照顾他，就睡在旁边的小隔间里，供他随时召唤，他也挺体恤李桂生，夜里踱步时不开灯，怕影响了人家的睡眠。李桂生偶尔起夜，想从小隔间出来穿过卧室出门撒尿，结果一出隔间就遇见了他，被吓得胯下淅淅沥沥，差点尿了一地，第二天还发了低烧，险些病倒。

幸而，在一个半月之后，厉英良行动自如了，便搬离李宅，回家去了。

厉英良感觉自己这伤，养得不好。

他的左臂使不上劲，双腿的伤口虽然已经长合了，但留下的疤痕时常作痛，一直能痛到骨头里去。可他并没有因此对沈之恒恨之入骨——在怀恨之前，他还有更重要的事情要做。

他和池山英开了几次小会，专为了讨论沈之恒其人。直到现在，他还敢拍着胸膛保证，那一夜李桂生确实是杀了沈之恒。

池山英思索良久，末了说道："你的手下，杀了沈之恒，当夜沈之恒的尸体失踪，一个月后，沈之恒出现，看着一切正常，不是替身，并对你表示友好，答应你的请客。"

"他当时看着也不是特别正常，像是大病初愈，气色很坏。但是隔了一天他来赴宴时，看着就好了很多。"

池山英点了点头："你的手下说，那一夜他们杀沈之恒时，沈之恒就很难杀。"

"是的。"

"而沈之恒袭击你时，身手也是好得——不可思议？是这个词？"

"是这个词，不可思议。他夺枪的那个动作，快得我都没看清。"

池山英皱起了眉头："真是奇怪啊！莫非，他是一个世外高人？"

"可是，您看他的所作所为，像世外高人吗？"

"不像。"

厉英良表示赞同。

厉英良决定对妖魔鬼怪沈之恒改变战术。

他想要见沈之恒，但沈之恒平常很少露面，而厉英良也不能直接找到他家里，故而如果沈之恒不想见他的话，他是没办法带着手下打上门去的。

但他厉英良也是智勇双全的，他下定决心，非要见着沈之恒不可。沈之恒纵是化身土鳖趴到墙缝里去了，他也要折根树枝儿把他挑出来。

厉英良先前一直不曾特别留意过沈之恒，只在对他动了杀心之后，让李桂生跟踪过他。如今他认真地开始研究这个人了，才发现这人活得确实是古怪神秘。

第一，他没家眷，没家眷倒也罢了，他也不流连花街柳巷，也不爱舞女明星，甚至家里连个通房大丫头都没有，一言以蔽之：他是彻底的不近女色。唯一常去他家的人，是个名叫司徒威廉的小医生，厉英良一度怀疑沈之恒酷好男风，可再一打探，那司徒威廉和他似乎也没有什么暧昧关系，而且司徒威廉正在公开地追求金静雪——品味够差的。

第二，他没有贴身仆人和跟班，和身边一切人都保持着距离，除了那个司徒威廉。

除了以上两点之外，沈之恒表现出来的就都是优点了：比如他虽然是个富家翁，然而一点也不自傲，对人总是和蔼可亲，又讲文明又讲礼貌；并且热心慈善事业，常做好事，对待朋友也够意思；米将军家的大小姐生病住院，家里人手不足无人照顾，他便一天一趟地过去看望，米太太感激他感激得不得了。

厉英良最近都把米将军给忘了，听了这话，才又想起这人来。由着米将军，他又想到了米大小姐——他是见过米大小姐的呀！那一夜他偶然做了件好事，正好把街上的米大小姐送回了家——

厉英良忽然感觉有点不对劲：先是沈之恒在第一夜死不见尸，接着第二夜，在沈之恒受袭之地的附近，他遇见了独行的米大小姐。再然后是如今，不近女色的、和米将军也未见得有多少交情的沈之恒天天看望米大小姐——凭什么？米大小姐还是个半大孩子，沈之恒总不会是爱上了她。

不是爱上她，难道是欠了她？

厉英良是实干派，在想出了一脑子乱麻之后，他决定亲自去见沈之恒。是，他杀了沈之恒一次，可是沈之恒也杀了他一次，所以以他的思维方式，他认为他和沈之恒已经扯平。这天下午，他前往了维利医院，想要堵住沈之恒。

这日中午晴转阴，下午飘起了大雪，是个能活活冻死人的坏天气，厉英良下了汽车仰起头，就见天是铁灰色的，风卷着雪，劈头盖脸地打人，亏得他穿着最上等的呢子大衣，料子厚密，脖子也围着一条油光水滑的貂皮领子，可以抵御风雪。抬手推了推礼帽帽檐，他有点冻耳朵，但是不便抱怨什么，毕竟这一顶帽子够平常人家吃半年的饱饭。

毫无预兆地，他心生了感慨，裹着他的厚呢子大衣，他回首饥寒交迫的往昔岁月，只觉自己是再世为人，余生纵是豁出命去，也一定要保住身上的呢子大衣和昂贵礼帽。

把心思收了回来，他昂头望向了医院大门。医院门前有高高的石头台阶，他确定沈之恒此刻是在医院里，那么接下来，他是直入医院找他去，还是站在这里等待？

反正姓沈的今天是逃不出他的手掌心了。

这时，他忽然发现了台阶上站了个人。

那是个女孩子，身穿深灰色裙装，外头系着银灰斗篷，总之是灰成一体，快和灰色的石头台阶融合。苍白面孔向着前方，她眼皮微垂，有种目空一切的漠然。斗篷系得有一点歪，她露出了大半条右臂，右手戴着小羊皮手套，攥着一根黑色细杖。

厉英良先是感觉这女孩子有点面熟，紧接着想了起来——米大小姐！

今天的米大小姐，可比他那一夜见到的米大小姐体面多了。可米大小姐穿戴整齐站在此地，难道是她病体痊愈，要出院了？

厉英良心中又想"米大小姐"这四个字似乎是暗藏玄机，可玄机究竟是什么，他还没有参透。迈步走向台阶，他离着老远就发出了快乐声音："米大小姐？是不是米大小姐？"

米兰一抬眼皮，转向了他的方向，那一转灵活至极，无论如何不像盲人。厉英良继续热闹寒暄："老远看见你的时候，就觉得像，但是不敢认，结果我这眼力不错，还真是大小姐。大小姐一定不记得我了吧？我是——"

米兰忽然开了口："厉叔叔？"

厉英良怔了怔："你怎么知道？"

米兰想起了他那一夜对自己伸出援手，便向他一笑："我记得你的声音。"

厉英良很惊讶，同时也有点感动，没想到自己给她留下了如此深刻的印象："你怎么一个人在这儿站着？是你病了？"

米兰点点头："我的病已经好了，今天就要出院啦。"

厉英良"哟"了一声，正要细问，然而医院的大门一开，有人走了出来。那人西装革履，双手各提一只小皮箱，嘴里叼着两张票据，是用肩膀把大门撞开之后，侧身挤出来的。厉英良抬头望去，正要说话，然而米兰侧过脸，先开了口："沈先生，手续办好了？"

沈之恒腾不出嘴说话，于是一边盯着厉英良"嗯"了一声，一边下了台阶。米兰对着厉英良一点头："厉叔叔，谢谢你上次送我回家。现在我要走了，再会。"

然后她伸出盲杖，说走就走，行动比那健全的人还痛快。厉英良一方面怕她从台阶上滚下去，一方面又忙着去看沈之恒。沈之恒停在高处，低头望着他，望了片刻，忽然向他一伸手，把个皮箱递向了他。

他不明所以，糊里糊涂地接了箱子，沈之恒这回腾出了手，把叼着的票据揣进了大衣口袋里，然后从他手中又夺回了皮箱。厉英良看他一言不发就想走，连忙说道："沈先生，真是巧啊，我们又见面了。"

沈之恒一团和气地问他："见了我，你不怕吗？"

"哈哈，沈先生说笑了，当然不怕。"

"那你抖什么？"

"我冻的。"

"还请厉会长保重身体，我还有事，告辞了。"

他和米兰走向汽车，厉英良见势不妙，连忙追了上去："你等等，我上回差点死在你手里，这回还敢单枪匹马地过来见你，就足以证明我对你完全没有恶意！"

沈之恒停下脚步，扭头向他一笑："但是我有。"

他继续前行，把米兰和两只皮箱都送进了汽车里，然后关闭车门，他转身走到了厉英良面前："我们本来是井水不犯河水的关系，从今往后，我们也可以继续井水不犯河水，但是你不要再同我捣鬼，否则——"他凑到了他耳边，放轻了声音："我饶不了你。"

厉英良踉跄着后退了一步："你什么意思？你要干什么？"

沈之恒拍了拍他的肩膀："凡是你能想到的，我都能干。"

转身打开车门，他上了汽车。厉英良瞪着他的汽车屁股，一直瞪到汽车消失在了风雪之中。

米兰坐在汽车里，问沈之恒："厉叔叔和你有仇？"

沈之恒扶着方向盘，在风雪里辨认道路："厉叔叔？你什么时候认识的他？"

米兰实话实说，沈之恒听了，未做点评，只说："我和他是有仇，那一夜杀我的人就是他。"

他以为她作为一个小姑娘，接下来一定是要劝自己慈悲为怀，不要再和厉英良冤冤相报。然而米兰接下来一言不发，原来在她那里，这个话题已经宣告终结了。

沈之恒把米兰送回了米公馆。

米兰病得要死之时，米太太口口声声喊着"兰"，哭得死去活来，仿佛兰是她的心肝宝贝；等到米兰渐渐好转了，米太太那点仅存的母爱又转化成了嫉妒，因为沈之恒天天去看望米兰，这个死不了的瞎丫头竟然还被男人爱护起来了。

如果爱护她的男人是个一分钱不值的穷小子，米太太至多是在家讥笑谩骂几句，然而那男人是沈之恒。她做姑娘时那般花容月貌，如今都沦为了弃妇，凭什么瞎丫头可以天天和个黄金单身汉见面？还有天理吗？瞎丫头是瞎的，沈之恒也瞎了？

米太太满腔恨意，恨得都不知道要恨谁了。板着一张脸，她勉强向沈之恒道了谢。沈之恒没有久坐，将米兰和皮箱送进房间，就告辞离去了。米太太看他走得这样急，以为他是看了自己的坏脸色，气得走了，心中便是又恼怒又痛快，以为自己搅黄了女儿的好姻缘。回头再看米兰，她发现女儿病了一场，住了两个月的医院，竟然还住胖了，立时又冷笑了一声。

米兰没理她。

米兰本来就不爱理她，如今有了沈之恒这样一位大朋友，她更懒得理她了。

翌日中午，米公馆来了个女孩子。

女孩子就住在街口，父亲是个公司经理。这女孩子读教会学校，每日自己上下学，街上两边人家都认得她。她大大方方地登了米家大门，说是她们那里组织了个唱诗班，要在圣诞节和元旦进行表演，但是缺少人手。因米兰是个和她们年龄相仿的女孩子，所以她来问问米兰，愿不愿意加入她们的团体，每天下午到小教堂练习唱歌。

米太太这时还没起，米兰自作主张，一口答应下来。及至米太太醒了，听闻女儿要和那帮女学生们一起唱歌去，笑得哈哈的，让女儿"快别出去现眼了"。

米兰垂头说："我都答应她了……我去试试，不会唱的话就回来。"

米太太依旧是哈哈哈，恨不得吐出毒汁来喷到女儿身上。米兰不管她，到了下午，她自己摸索出门等来了那女孩子，当真随着那女孩子走了。

女孩子是司徒珍妮的同学，司徒珍妮是受了司徒威廉的嘱托。司徒威廉不辱使命，就这么拐着弯地让米兰每日有了出门的机会，可以在小教堂里安安生生地活上半天。

米兰去了第一天，回家之后没说什么。第二天下午早早穿戴好了，她在出发之前，听到母亲发笑："这孩子真是不要脸了，人家可怜你瞎，随便请你一句，你还真当正经营生，一天接一天地去个没完了。那唱诗班都是整整齐齐的女孩子，你这副鬼样子，也硬挤进去，人家嘴上没法明着撵你，心里不定怎么笑你呢，怕是连我都一并笑进去了。"

米兰听了她母亲这一番话，牙齿咬得咯咯直响，先是笔直地站着不动，等米太太那边百无聊赖地闭嘴了，她忽然伸手推开房门，迈步就走。

一路小跑着下了门口台阶，她没戴帽子，长发和大衣衣角一起逆着风飘。老妈子拿了帽子想要追她，然而出门一看，她已经走出大门上了街，盲杖被她夹在腋下，雪花直扑进她睁大的眼睛里，她的眼睛一眨不眨。

老妈子不愿冒雪出门，故而搭讪着退了回去。而米兰也不知道自己这一次为何会暴怒，一块石头绊得她踉跄了一步，她抽出盲杖一转身，竟是大吼一声抽了下去。

盲杖杖尖抽过石头，震得她虎口剧痛，她攥着盲杖不动了，单薄胸膛一起一伏，在寒风中呼呼地喘息。忽然一侧脸，她听见风中传来了汽车发动机的声音。

汽车火速逼近，最后刹在了她面前，车门一开，响起了熟悉的声音："米大小姐？"

她在心里回答："厉叔叔。"

厉英良对待沈之恒，有点老虎吃天——无处下爪的感觉，故而再次改变战略，开始琢磨起了沈之恒周围的人。昨天下午他得知米兰会定期到唱诗班里唱歌，今日中午便亲自出门，埋伏在米公馆附近，想要和米兰偶遇一次。哪知道米兰今天不同于往日，厉英良一直以为她只是条小可怜虫，万没想到她也会发脾气。

她这一发脾气，厉英良反倒有些摸不着头脑了："你妈妈又打你啦？"

米兰摇摇头。

厉英良在寒风中打了个喷嚏，然后当机立断，一把将米兰扯进了汽车里。

厉英良活了二十八年，第一次请异性坐咖啡馆。

他给自己点了一杯果汁，给米兰要了一碟子饼干、一碟子糖果和一杯热可可。米兰的形象风格和沈之恒有点相似，身体都像是一副标准的衣服架子，专为了撑起一身笔挺的衣装。米兰这一身灰呢子裙装，很容易就把人穿成一只灰老鼠，亏得她身姿端正，窄窄的肩膀有棱角，细细的腰身有线条。面对着厉英良，她先抬手把满头凌乱长发抓出了条理，然后又掏出手帕，恶狠狠地抹净了脸上的雪花和水迹。

她自顾自地忙活，厉英良等她忙完了，才试探着开了口："还生气吗？"

米兰摇摇头："不生气了。"

厉英良把那杯热可可推到她手边："先喝点热的，你要去哪里？等会儿我送你。"

"我去小教堂。"

附近的人都知道小教堂是什么地方，厉英良也懂："哦，那很近，一脚油门就到了。"

米兰虽然知道厉英良是沈之恒的仇人，但对厉英良本人，她倒并没有恶感。厉英良杀沈之恒，是在她救沈之恒之前。之前的事情和她没关系，因为之前她不认识沈之恒。"认识"是个分水岭，分水岭之前的沈之恒是个陌生人，是死是活她都无所谓；分水岭之后的沈之恒就不得了了，就成了个让她单是想一想，便能微笑起来的私人神祇了。

"厉叔叔找我是有事吗？"她问。

"我是在你家门口路过，偶然遇到了你。"

米兰记得那汽车是从道路中段奔驰而来的，不是路过，是一直停着，自己走出家门不久后，它才骤然发动的。但她懒得戳穿厉英良的谎言，只继续问道："是和沈先生有关吗？"

厉英良发现这丫头也有点邪——她有点无所不知的意思，怪不得好些瞎子都会算命呢，他想，也许他们确实是知道了一点天机，所以遭天谴了。

"你真聪明。"他发自内心地赞美，"那我就直说吧，前天在医院门口，米大小姐可能也听到了，我和沈先生闹了个大误会，现在我想和他讲和，可他不给我机会，所以我想米大小姐能不能替我向他传句话，从中为我斡旋一下。当然，不会让你白白出力，无论事情成与不成，我这里都有重谢。"

米兰答道："好的。"

厉英良愣了一下，以为自己听错了："这就答应了？"

米兰点点头，然后捧了杯子，开始喝热可可。厉英良还是不能相信，以逗小孩的口吻笑道："那你可不能骗我啊！"

米兰抬起头："我不骗你，可我现在要问你一个问题，你也不能骗我。"

"你问。"

"我丑不丑？"

答案就在厉英良的嘴边，可在回答之前，他特地又仔细地端详了她，她那样认真地问了，他便也想认真地回答："你不丑，你很好看，眉眼特别像我的妹妹。我小的时候，以为妹妹是个美人，长大之后一定能够嫁到有钱人家里去享福，再也不用挨饿受苦。"

"那她现在嫁到有钱人家里了吗？"

厉英良的眼中闪过一丝凶光："她早死了。"

可怜可爱的和他相依为命的小妹妹早死了，而愚蠢聒噪的金二小姐却还旺盛地活着，所以他恨金静雪。如果米兰是个养尊处优、健康活泼的大小姐，他也会同样恨她。他也知道自己是穷凶极恶的——这么有钱有势了，西装也穿上了汽车也坐上了，还是穷凶极恶。

厉英良和米兰，对于今日的会面，因为全得到了诚恳的答复，所以都比较满意。

接下来，厉英良送米兰去了小教堂，米兰唱了一下午的歌，然后请司徒珍妮转告司徒威廉，说自己想见沈之恒。

演戏

Chapter 04

这天在小教堂外，米兰如愿见到了沈之恒。

沈之恒来得匆匆，下车见了米兰便问："怎么了？"

他的语气挺紧张，米兰立刻怀疑自己吓着了他。对于沈之恒，她很"珍惜"，仿佛她救了他一次，他就是她的了——至少他身上也有了她的一点股份。从小到大，她总像是暂时寄居在这个世界上，一无所有。沈之恒让她和这个世界发生了一点关系，沈之恒本人，在某种意义上，也好像是她的私产。

向着沈之恒的方向微笑了一下，她答道："我没事，不是我的事。"

沈之恒打量了她，看她脸上手上都没有新伤，气色也不算坏，这才带着她上了汽车："不是你的事，那是谁的事？"

米兰答道："是厉叔叔，就是在医院门口遇见的厉叔叔。"

沈之恒狐疑地盯着她："他的……什么事？"

如果米兰看得见，那沈之恒此刻狐疑的表情兴许会让她心寒——是赤裸裸的狐疑，伴着赤裸裸的审视，仿佛她本人是个徐徐绽放的疑团，正要一层一层地露出真面目。盲了的双眼保护了此刻的米兰，她老实回答："他找到我，让我帮他传话给你。他说他想同你讲和，还说让我从中斡旋。"

"那你打算怎么斡旋？"

"我只传话，我不斡旋。"

"干吗听他的话？那小子可不是个好人。"

"他总会找人去给你传话的，与其找别人，还不如我来。至少，我不会和他一起骗你。"

"这不是你应该插手的事情。"

米兰沉默下来。

沈之恒又开了口，带着隐隐的怒气："你说得对，他总会找人给我传话的，不找你也会找别人。可是你肯答应他，他就会知道你我保持着联系，他还会知道你在我这里说得上话，他甚至能调查出那一夜是你救了我！你信不信现在外面就埋伏着他的耳目？你信不信他将来还会继续找你，甚至拿你来威胁我？"

米兰愣住了。沈之恒这一番话，是她想都没有想过的。

"我不会让他拿我来威胁你的。"她说，"我以后不来唱诗班了，我躲在家里不出门，他总不敢闯到我家里找我。"

沈之恒叹了口气："我让你来唱诗班，就是希望你能出来看看世界，交交朋友，好好活着，将来离开了家庭，也能自己过日子。"

"我知道。"米兰轻声回答，"可是，我原来躲在家里，是无处可走；现在我躲在家里，是帮你的忙。同样是在家，心情不一样，我自己愿意。"

"还记得我的电话号码吗？"

"记得，你告诉过我。"

"需要的话，就想办法给我打电话。家里不方便，你就随便找家店铺、咖啡馆、杂货店，凡是安装了电话的地方，你都可以借用，给他们点钱就是了。出院前给你的钱，都藏好了？"

"藏好了。"

沈之恒伸手摸了摸米兰的头发。他真想救她，可她父亲是米将军，他若真的把她拐跑了，米将军面子上挂不住，一定饶不了他。再说拐跑之后怎么办？他是养外宅似的弄处宅子让她独活？还是把她留在自己身边？这小姑娘像开了天眼似的，在他身边用不了几个月，就能察觉他的所有秘密。

沈之恒忽然有点后悔，悔不该这些天对她和蔼可亲，只怕自己会好心办坏事，反倒害了她。他这辈子是注定了要做天煞孤星的，能认识一个傻乎乎穷欢乐的司徒威廉，已经是意外之喜，也已经足够了。

"去吧，哭着回去，就当方才是我骂了你。"

米兰会意，推开车门自己摸索着下了汽车，刚一见风就咧着嘴垂了头，一抽一抽地开始哽咽。独自走向小教堂，她一边走，一边还特地用袖子擦了擦眼睛。沈之恒目送她进了教堂大门，心里也有些纳罕，因为发现米兰"蕙质兰心"，一点就透，不让他多费半句话，好似他的知音。

米兰说到不做到，第二天下午，她又去了小教堂。

厉英良找机会在教堂外拦住了她，她失魂落魄地站住了，垂头告诉厉英良："厉叔叔，你不要再找我了，我帮不了你。"

厉英良问她："你把我的意思转达给沈之恒了？"

米兰面如死灰："沈先生不高兴了。"她带出哭腔："说我多管闲事，骂了我一顿。"

伸出盲杖一探，她探明了厉英良的方位，随即快步绕过他，去了唱诗班小教室。

然后从第三天起，她便不再出门了。厉英良不知道沈之恒那一顿是怎么骂的，只感觉这米大小姐像是受了极大的打击。这么一想，他心里还有点过意不去，这米大小姐活得怪可怜的，好容易有个天天出门唱歌的机会，算是个乐子，还被自己损人不利己地搅黄了。他要是早知道她在沈之恒那里没分量，他就不打她的主意了。

厉英良放弃米兰，另寻新路。对于沈之恒其人，他越是无从接近，越是不能自拔，成天心里就只琢磨这个姓沈的妖人。

结果这一天下午，沈之恒竟是不请自来，主动登了他的大门。

厉英良听闻沈之恒来了，起初还不相信，因为沈之恒一贯谨慎，没有理由冒险跑到自己这里来——这和自投罗网有什么区别？

及至他迎出去一看，才发现沈之恒并没有发疯，这一趟来，光随从就带了能有二三十人，汽车在门口停了长长一大队。打头汽车开着后排车窗，沈之恒本人将胳膊肘架在窗边，正歪着脑袋向外看。又因为他鼻梁上架着一副茶晶眼镜，所以他到底看的是什么，也没人知道。厉英良提前放出笑容，大声欢迎："沈先生，稀客稀客。"

沈之恒抬手摘下眼镜，向着他一点头："厉会长。"

厉英良看着他笑，笑得眉目弯弯，嘴角上翘，露出牙齿，面貌十分喜庆。沈之恒看他笑容可掬，接下来必定还有一番客气话要说，便静静等着，打算等他把话说尽了，自己再开口——谈判这种事情，讲的可不是"先下手为强"，他知道。

他是这么想的，厉英良也是这么想的，于是二人大眼瞪小眼，厉英良伫立在寒风中，笑得门牙冰凉，不知道沈之恒为什么直视着自己一言不发；而沈之恒也是莫名其妙，简直怀疑他这张笑脸在寒风中冻上了。

末了，厉英良慢慢地收回了牙齿，沈之恒也忍无可忍："不要请我进去坐坐吗？"

厉英良伸手拉开车门，态度还是那么恭敬："求之不得，沈先生请。"

沈之恒向着前方的司机一伸手，司机会意，立刻从座位下面抽出一把勃朗宁手枪递给了他。他把手枪往大衣怀里送去，然后探身下了汽车："厉会长，我这一次是有备而来，进去之后你要是敢耍花招，我就毙了你。"

厉英良哈哈笑道："凭你沈先生的本事，杀我还需要用枪吗？"随后他向着院门一伸手："请。"

沈之恒迈步往里走，厉英良把他引进了自己的办公室。李桂生带了人埋伏在窗外，一旦房内出事，他们会立刻撞破窗户闯进来。可饶是如此，厉英良在关上房门之后，一颗心还是缓缓升到了喉咙口。

沈之恒在办公室内转了一圈，来都来了，他也趁机瞧瞧这儿的场面。厉英良亲自倒了一杯热茶放在了茶几上，说道："沈先生，请坐。您今天能拨冗降临，我实在是惊喜得很。我还以为沈先生记恨了我，我们没有机会解开误会、握手言和了呢。"

沈之恒在大写字台前转过身，面对着厉英良："言和与否，是你我之间的事情，你不应该撺掇米大小姐来做说客。如果米将军知道了这事，你想他会做何反应？"

厉英良问道："沈先生不会到米将军跟前告我的状吧？"随即他咧嘴一笑："不过呢，即便米将军知道了这件事，我也有话去对米将军解释。毕竟沈先生和米大小姐的关系，也是有点儿——怎么说呢？哈哈，不那么正常吧！"

说到这里，他直视着沈之恒："沈先生，我们难得能这样心平气和地谈话，我对你下过毒手，你也没饶了我，你没死是你命大，我没死也是我命大，老天爷既然安排你我能活着站在这里说话，我想，我们就应该接受，并珍惜这个机会。我知道你看不起我，没关系，看不起我的人多了，不差你一个，你没指着我的鼻子骂过我，已经算给了我面子。这些天你也看见我的态度了，我真是在想方设法地接近你，想同你讲和，可你不给我机会，我只好病急乱投医，去找了米大小姐。我知道米大小姐在你那里有面子，她对你有恩。但是你可以放心，我绝没有对米大小姐流露过任何威胁恐吓的意思，我吓唬人家一个小姑娘干什么呀？我就是托她帮我向你传句话。但你可能是没给她好脸色吧，米大小姐这几天都没再露面。"

　　沈之恒道："你说反了，不是她对我有恩，是我对她有恩。没有我，她上个月就病死在医院了。"

　　厉英良仰头想了想，然后笑道："对对对，你说得有理。她要是没你照应着，也许真会病死；而你那一夜如果没她救命，大概自己也能活。"他对着沈之恒摆了摆手："别误会，我这是打开天窗说亮话，绝对没有任何恶意。"

　　沈之恒听出来了，厉英良正在拿话诈他，这小子倒是不傻，一诈一个准，然而偏偏他是个不怕诈的。

　　迎着他的目光，厉英良试探着向前迈了一步："沈先生，你可不可以告诉我，你到底是——你为什么会——"

　　他一时间不知如何措辞："我的意思是……按理说你是必死无疑，但你在失踪了一个月之后，重新出现，并没有死。为什么？"

　　沈之恒摇摇头："我不知道你在说什么。"

　　"我实在是非常好奇。"

　　沈之恒忽然一笑："真想知道？"

　　"真想！你肯告诉我？"

　　沈之恒叹息一声："那你要为我保密。"

　　"行！"

　　"我不信你，你发毒誓。"

　　厉英良举手竖了三根手指："我厉英良发誓，今日沈先生对我所说的一切，我都将保密到底，若违此誓，天打雷劈！"

沈之恒竖起一根手指向他点了点："还要断子绝孙，死后坠入十八层地狱，永不超生。"

厉英良对沈之恒真是使足了耐性："好好好，我断子绝孙，坠入地狱，永不超生。"

沈之恒回头看了窗外一眼，然后走向了厉英良。厉英良怀疑他察觉到了窗外的伏兵，眼看他距离自己越来越近，厉英良的腿肚子有点要打战，可若在这个时候扭头跑了，那么前些天就白忙活了。

沈之恒停在了他的面前，因为比他高了大半个头，所以他简直是落进了沈之恒的阴影里。俯身凑到他的耳边，沈之恒压低声音说道："其实，我是个妖怪。"

然后站直身体，他俯视着厉英良，又笃定地一点头："妖怪。"

厉英良张口结舌："不是——沈先生你别耍我好不好？我毒誓都发了，结果你现在说你是妖怪，你这也太不严肃了。"

沈之恒语重心长："真是妖怪，你要是不信，今夜到我家里去，我现个原形给你瞧瞧。"

"那我不敢。"

"怕什么，我又不能吃了你。"

厉英良瞟着他上下滚动的喉结，刹那间毛骨悚然。到目前为止，沈之恒所说的每一个字他都不相信。

干巴巴的，他也咽了口唾沫："那，你的原形又是什么呢？"

"做人太久，我不记得了。你要是有兴趣，亲眼看看不就得了？"

沈之恒的语气轻快，于是厉英良也皮笑肉不笑地一扯嘴角："可是实不相瞒，我感觉你确实不像个普通人。"

沈之恒伸手一拍他的肩膀："厉会长如此谨慎，是件好事，小心驶得万年船嘛。不过厉会长可以放心，你升你的官，我发我的财，你我井水不犯河水，我也不会过界。可你如果实在管不住你的好奇心，非要打我的主意，那就别怪我沈某人会一时冲动了。"

说到这里，他压低了声音："厉会长我跟你讲，我是什么人，不重要；你能不能好好活着，才重要。"

厉英良抬头看他："原来，你今天是专门来警告我的。"

沈之恒连连摇头："我哪有那么好心。我做事之前向来不发警告，发了警告你不就有戒备了？我才没那么傻。"

这话让他说得含嗔带笑的，相当温柔亲切，好像在和他的小兄弟唠家务事。厉英良的性格已经够阴晴不定了，没想到沈之恒竟然更胜他一筹。眼看沈之恒从口袋里掏出了那副茶晶眼镜，似乎是要告辞，他情急之下说道："那个，我可否再请你吃一顿晚饭？正好现在也不早了，时间正好。"

沈之恒把眼镜戴上了："不是说我是妖怪吗，妖怪不吃饭。"

然后他抬手一扳厉英良的肩膀，把他扳了个向后转。揽着他的肩膀推开房门，沈之恒说："劳你送我出门。"

他那力气是惊人的大，厉英良身不由己地迈了步："沈先生我觉得我们还是应该再谈谈，我的上级是很愿意和你交朋友的，我本人也——"

沈之恒忽然转向他吼道："闭嘴！"

他骤然变了脸，厉英良饶是看不清他的眼神，也瞧出他凶相毕露，是发了脾气的模样。他先前一直心平气和絮絮叨叨，脾气比谁都好，厉英良无论如何没想到他会毫无预兆地怒吼。随着他出了委员会的大门，他目瞪口呆地目送沈之恒钻进汽车绝尘而去，而李桂生从后方小跑赶来，愤愤然地嘀咕道："会长，他竟敢吼你。"

厉英良一瞪眼睛："吼我很稀奇吗？他还敢杀我呢！"

沈之恒直奔了济慈医院。

司徒威廉隔一天给他送一次药。吃药之前的那段时间，若是让他静静独处，他不受刺激，倒也不会怎样；可若在这时候，来个人激怒他，他就要被那一把带火的病气烧红眼睛了。

方才喋喋不休的厉英良就让他红了眼，他忍了又忍，终于还是忍无可忍，一嗓子把那家伙吼得闭了嘴。医院内的司徒威廉看见了他的汽车，当即拎起帆布挎包跑了出来。他打开车门看了沈之恒一眼，然后心有灵犀一般，把帆布口袋往汽车里一放："你先走吧，我晚上去看你！"

沈之恒只看了他一眼，然后就让司机开了汽车。片刻之后到了家，他提着帆布挎包快步上楼，几乎是一头冲进了卧室里。

他咕咚咕咚，一口气喝了两大瓶冰冷的药。

然后他瘫软在地，恍惚之中，他隐隐地也有一点悲伤，他知道自己正在越来越快地退化，也许有一天，他会失去智慧、思想、语言，只剩下一副躯壳。

可他并非天生如此，他也曾是个前途光明的少年才子。

可惜，他做个健康的正常人就只做到了十四岁。

司徒威廉下班之后，直奔了沈公馆。他进门时，沈之恒刚刚恢复了清醒，下楼前来迎接他。司徒威廉带着一身寒气，站在楼内抬头望去，就见他显然是刚刚沐浴过，此刻正一边下楼梯，一边抬手整理着长袍领口。

居高临下地向他一点头，沈之恒问道："吃过晚饭了吗？"

"没有，下了班就跑过来了。"

沈之恒抬手一指门旁墙壁上的电话机。司徒威廉会意，转身上前抓起话筒，给附近的大馆子打电话，要了一桌饭菜。

放下电话，他见沈之恒已经走到沙发前坐下了，便也凑了过去："下午你被刺激了？"

沈之恒忙忙碌碌地找雪茄，找火柴："嗯。"

司徒威廉抬手挠了挠自己的卷毛："发病时间提前了？"

沈之恒点燃了雪茄，深吸了一口："威廉，如果有一天，药也不管用了，你当如何？"

司徒威廉感觉他这话说得有点文绉绉，登时笑了："我当如何？我还能如何？当然是给你想办法呀！"

"不放弃我？"

司徒威廉当即摇了头："我相信你。"

沈之恒笑了一声："我都不相信我自己，你凭什么相信我？"

"因为咱们是好朋友，咱们有感情。"

沈之恒忽然换了话题："钱够花吗？"

"干吗？要接济接济我呀？"

"可以接济你，但是要你帮我出个主意。"

"你说！"

"米兰在家日子不好过，我让她天天到唱诗班去散散心，但厉英良查到了她和我的关系，想要对她下手，她就不便再出门露面了。我很担心她闷在家里，又要受她母亲的虐待。"

司徒威廉仰面朝天地瘫坐在沙发上，沉默许久，末了一拍大腿："你去对米太太说，就说她如果再打女儿，你就要让她尝尝你的厉害！"

"胡说八道，她怎么尝？难不成我也打她一顿去？"

司徒威廉露出狡黠笑容："谁让你打她了，你吓唬她一顿不就行了？"

沈之恒心想我这一天没干别的，光忙着吓唬人了。下午吓唬了厉英良，接下来难道还要去吓唬米太太？司徒威廉眉飞色舞开始讲述妙计，他越听越是皱眉头："不行不行，这是小孩子的把戏，我做不出。"

"爱做不做，反正我和米兰没交情，她妈打孩子也疼不到我身上来。"

沈之恒苦笑不止，还是觉得司徒威廉这个主意类似幼童的恶作剧，让他简直不好意思实施。而司徒威廉又嘀咕了一句："其实啊，你这都是治标不治本。她只要还留在家里，你就救不了她。"

沈之恒说道："我无非是报恩。"

"没她你也死不了，你要能死早死了。"

沈之恒盯着雪茄的红亮烟头，不置可否。

饭馆的伙计送了酒菜过来，司徒威廉大吃一场，又饱又困，就留宿在了沈公馆。凌晨时分，他被沈之恒推醒了。然后两人闹着玩似的，开始行动。

在准备之时，沈之恒相当不好意思，忙到一半停了下来，他红着脸告诉司徒威廉："其实我年纪很大了。"

司徒威廉嘻嘻地笑："没事，你看着年轻。"

"我一个大人干这种事，真是不成体统。"

司徒威廉蹲在地上，笑得也红了脸："你别啰唆了，再啰唆天都要亮了。再说这有什么的？人家外国人过节，还要故意化妆成这个样子呢！"

沈之恒站在大穿衣镜前，镜中人穿着一件白袍子，袍子上抹着道道血痕，那血痕和真的别无二致。除此之外，他本人那个一丝不苟的脑袋也被司徒威廉揉乱了，司徒威廉利用自己吃剩的残羹冷炙给他化了个妆，干面包浸在汤里揉成了糨子，司徒威廉糊了他一脸，然后又从自己随身的皮包里翻出一袋白色药粉，往他头上脸上乌烟瘴气地吹了一通。化妆完毕之后，沈之恒确实是没了人样，并且一直作呕，因为食物的气味让他十分不适，他熏得慌。

最后又淋了他半脸鲜红的草莓酱，司徒威廉关了楼内电灯，一边压抑着"嘿嘿嘿"的笑声，一边和沈之恒分头行动——他是开着医院汽车来的，这时就出门发动汽车，像是要走，其实是把汽车开到了公馆后门，接了沈之恒。

二人躲着路上的巡捕，一路飞快驶向米公馆。司徒威廉的驾驶技术很不错，不出片刻，他已经在米公馆后墙外悄悄停了汽车。一手扶着方向盘，一手捂着嘴，他且笑且说："哈哈，沈兄，快去吧，哈哈，再不去你的脸就要掉啦！"

沈之恒不敢做表情，饶是不做表情，脸上还是有半干的面包屑脱落。知道司徒威廉是趁机拿自己寻开心，沈之恒指着他做了个警告手势，然后推开车门下了汽车。司徒威廉扑到副驾驶座上，伸长了脖子去看他的背影，就见他走到了米家后墙跟前，那墙比他高，他须得高举双手才能搭上墙头。

于是他就高举双手搭着墙头，轻飘飘地一跃而起，翻过去了。

沈之恒进入米公馆，真是"不费吹灰之力"。

这一带的治安很好，而且在米太太的带领下，米公馆上下都把日子过得浑浑噩噩，老妈子夜里能记得关好大门，就算是有心的了。沈之恒撬开了一扇窗户跳了进去，先前和米兰闲谈时，他对米公馆也有了一点了解，故而这时直上二楼，进了米太太的卧室。

他轻轻地关了房门开了窗子，寒风瞬间吹得窗帘飘拂，窗扇也咣当咣当地胡乱开合。宿醉中的米太太睁了眼睛，只见房中阴风阵阵，月光惨淡，一个高大人形立在床前，脸上凹凸不平血肉模糊，正低头看着自己。

她吓得肝胆俱裂，张嘴要叫，哪知那人骤然出手，单手捂住了她的嘴。另一只冰凉的大手掐住了她的脖子，那人用颤悠悠的怪声说道："我是米家的祖爷爷，你这恶毒的婆娘，日夜折磨我米家的后代子孙，我今夜还魂过来，就要取你狗命。"

米太太拼命地摇头，人在床上哆嗦成一团。那人这时又道："念你毕竟是我子孙的亲娘，你若有悔改之心，我便饶你一次。将来若敢再犯，我定要带你到我米家列祖列宗之前，受血池地狱之苦！"

然后冰凉的大手一撤，那人飞身而起，窜出窗去。等米太太能够活动身体，挪下床时，窗外楼下早已恢复寂静，偶尔有声音响起，也是远方有汽车经过。

沈之恒非常难为情，一逃回汽车，就撩起衣襟满头满脸地乱擦了一气。擦到一半，他忽然发现司徒威廉不见了。

结果下一秒车门就开了，司徒威廉带着寒气跳上了汽车："回来了？这么快？"

沈之恒放了心，继续乱擦："你干什么去了？"

司徒威廉发动汽车，先驶离了米公馆所在的这条小街："我撒尿去了——"忽然留意到了沈之恒的所作所为，他一脚踩了刹车："哎哎哎停停停，你把我这汽车弄脏了，我过会儿怎么把它开回医院去？我们医院就这么一辆汽车，我表哥还不吃了我？"

沈之恒没理他，推开车门跳了下去，弯腰发出干呕声音。正在他五内翻腾之际，附近忽然响起了警哨的声音，他慌忙钻回汽车，司徒威廉也吓了一跳："不是抓咱们的吧？"

沈之恒无力回答，而就在这时，一名警察蹬着自行车，一边风驰电掣地经过汽车，一边扯着喉咙大喊："来人啊！又闹妖怪啦！"

司徒威廉等警察消失了，才小声问道："闹妖怪？不会是报纸上说的那个什么黄鼠狼精吧？"

沈之恒愣了愣："不知道，也许是？"

"……那你说这个所谓的黄鼠狼精，会不会就是你一直在找的兄弟？"

"还是不知道。"

司徒威廉忽然来了精神："有主意了！从明天起，你夜里就不要睡觉了，专门跑到这里来溜达，守株待兔。他一对你动手，你就趁机抓住他，好问个清楚。"

沈之恒随口叹道："可万一他真的只是个妖怪怎么办？"

"哎哟我的老兄，什么叫'只是个妖怪'？你都这样了，难道还看不上人家妖怪不成？"

"闭嘴！"

司徒威廉闭了嘴，驾驶汽车直奔沈公馆。等汽车在沈公馆的后门停了，他忍不住又转向了沈之恒："你有没有想过你也是个妖怪？"

沈之恒也转向了他："没想过。"

两人对视片刻，最后沈之恒又开了口："我不过是运气不好，倒了个天下少有的霉——"

司徒威廉接了他的话："幸好遇见了我，总算有了个知心的朋友。"

沈之恒深深地一点头："对。"

司徒威廉对沈之恒，一直是没个正经，从不抒情。这时万籁俱寂，他转向前方，忽然说道："我会一直做医生的，不会让你发病了去伤人。我会——我会对你负责到底。"

沈之恒笑了，一手推开汽车门，一手拍了拍司徒威廉的肩膀："好了好了，我知道了。你不说我也知道的。"

沈之恒装神弄鬼，大半夜的私闯民宅吓唬妇女，心里是相当不好意思，幸而一夜过后，米公馆静悄悄的，可见他并没有惹出什么大乱子来。

把米家的事情先放在一旁，他找到了司徒威廉，告诉他道："我想躲一躲。"

司徒威廉吓了一跳："你躲？"

沈之恒连那些大人物的面子都不给，如今却说要躲，司徒威廉还以为他是又闯了一款泼天大祸，然而追问之下，他才得知沈之恒并不是要躲什么大人物，躲的是那个厉英良。厉英良对他实在是太感兴趣了，沈之恒现在只要是出门，身后必定会尾随两个以上的暗哨，也不打扰他的生活，就单是那么跟着。

司徒威廉埋怨起了沈之恒："你也真是闲的，非要去和他们作对。怎么，你还想当个英雄不成？"

"他们在胡作非为成这个样子，我在报纸上骂他们几句，难道是我过分吗？况且又不是我造谣，我都是有证据的。"

司徒威廉嗤之以鼻："你管得了一时，又管不了一世。"

沈之恒忽然压低声音问道："那我去杀了厉英良，以绝后患？"

司徒威廉连连摇头："不好不好，太危险了。与其杀人，我宁愿你出远门躲一躲。"

"好，那我去外地住一阵子，顺便玩玩。"

"那你没了我，发病了怎么办？"

"没你当然是麻烦了点，不过也一定有办法。不认识你的那些年，我不是也熬过来了？"

司徒威廉犹犹豫豫地摸着下巴："我回医院请个假，然后和你一起走。"

沈之恒听了这话，莫名其妙："我去外地过我的日子，发病了不致命，也碍不到你的眼，你何必还要跟着我一路跑过去？"

司徒威廉嘻嘻一笑："我怕你乐不思蜀，不回来了。你要是真不回来，我找谁打秋风去？"

沈之恒在外地有处房产，两人在里面住下了，住得还挺舒服。直等到新年过去了，那边也连着发来几封电报催促沈之恒回去参加股东大会，二人才收拾行装，启程回家。沈之恒这几个月，平心而论，精神上是愉快的，就是伙食太差，让他总感觉美中不足。沈之恒明显感觉自己有点营养不良。

回去之后，沈之恒得到了第一个重磅消息——米太太跑了！

跑的不是米家的姨太太，是米兰之母——正房米太太，而且这米太太不是好逃，是同着家里的司机闹了私奔。据知情人士报告，说这米太太在年前某夜，不知是做了噩梦还是怎的，反正自称是见了鬼，吓得小病了一场，从那以后就叫了司机到卧室门口打地铺。因为家里就这么一个男子汉，米太太想要借他的阳刚之气驱驱邪。

米太太守了十来年的活寡，一直是行得正、走得端。如今她虽说是让司机给她值夜班，但司机也是在卧室门外当差，所以家里的老妈子们也都没当回事，夜里一味地死睡，就万没想到那司机的阳刚之气太盛，竟然突破房门，侵入了太太寂寞的芳心。米太太不过三十多岁，保养得又好，身心都还年轻着，如今躺在床上辗转反侧，想着想着就珠泪暗垂，觉得自己若是这样活到老去，可真是太委屈了。

有人说是米太太主动开房门把司机放进去的，也有人说是司机蓄意勾引了米太太，反正不管谁是祸首，总之米太太和司机天雷勾动地火，过完新年不久，二人就带着金银细软，一起失踪了。米将军戴了顶绿帽子，表面上十分愤怒，背地里却十分轻松，因为他这正房太太实在是太不招人爱了，滚蛋了正好，省得他将来还要再找理由休妻。

米公馆内的老妈子们走了大半，余下几个，一边负责看房子，一边照顾米大小姐。米大小姐这回也算是脱离了苦海，因为亲娘没了，她再不受待见，至少没有人敢随便毒打她了。

沈之恒万没想到司徒威廉那个闹着玩儿似的办法，竟然产生了如此大的连锁反应，最终竟是救了米兰一命。他颇想去见米兰一面，然而司徒威廉很不赞成："你还管她？你打算管她管到哪天去？就算报恩也没有报一辈子的，除非你把她娶了。"

沈之恒习惯了司徒威廉的没心没肺，心平气和地给他讲人情道理："说句老实话，原来我不大敢登她家的门，因为我也怕那个米太太。现在米太太没了，厉英良也不再骚扰我了，我想，我和她做个朋友总还是可以的。"

"那万一米大小姐对你发生误会，爱上你了呢？"

"胡说八道，她才多大，爱什么爱！"

"管她是大是小，反正你是男的，她是女的。"

"你想得太远了，谁知道我和她有没有以后。"他一边说话一边点燃雪茄，说到这里，他用雪茄一指司徒威廉，"我和你也是一样。你总说你要管我一辈子，可我真怕没等你老，我就已经变得人不人鬼不鬼，让你没法管了。趁着现在还有机会，我尽量地对你好，也尽量地对她好吧！"

司徒威廉一耸肩膀："随便你。"随即他又一伸手："那你再给我点儿钱。"

沈之恒皱起眉头："我又不是你老子，凭什么——"

"我想请金二小姐吃饭跳舞，金二小姐是个有钱的，我这边如果排场太小，恐怕会入不了她的眼。"

"你花了钱也落不到结果，就算人家真嫁了你，你养得起人家吗？"

"我不敢奢望让她嫁我，她肯拿正眼多看看我，和我跳几支舞，就够我乐的了。给钱给钱，给我两百。"

沈之恒照例是给他开了支票，等他拿着支票走了，沈之恒也预备了一份礼物，趁着天色还早，前往了米公馆。

米公馆果然是换了一番气象了。

先前或许是因为有着一位悲愤的女主人，米公馆总有一种剑拔弩张的气氛，仿佛说不准何时就要爆发出怒吼和号啕。如今可不一样了，公馆大门半开半掩，内外都是静悄悄的，一位女仆提着只大喷壶，有一搭无一搭地在院子里浇花。

沈之恒提着礼物进了大门，向那女仆问道："劳驾，请问你家大小姐在家吗？"

女仆抬起头，还是那么无精打采的："请问先生贵姓，我们小姐在家是在家，可是我得先去通报一声。"

沈之恒答道："我姓沈，是米将军的朋友，也认识你家小姐。前几个月我出门了，上个礼拜才回津门，特来拜访你家小姐。"

女仆"哦"了一声，放下喷壶进门去了，不一会儿她出来了，表情依旧死板："沈先生，请进吧，我们小姐在客厅等着您呢。"

沈之恒走上台阶进了门，门内一个人都没有，他记得客厅的方位，然而刚走出几步，身后便传来"咯吱"一声响，是楼门被那女仆从外面关上了。

他回头看了一眼，心里有点说不清道不明的奇异感觉。前方垂着一道珠帘，帘后就是米家的客厅。隔着珠帘，他依稀看到了客厅沙发上坐着的身影，便一掀帘子进去了："米兰。"

米兰猛然站起，恶狠狠地做了口型："走！"

然而已经晚了。

两架机关枪抵住了他的左右肋下，他下意识地扔了礼物要夺枪，可沙发后头无声无息地站起了一人，将手枪枪口抵住了米兰的后脖颈："沈先生，好久不见。"

沈之恒吃了一惊："厉英良？"

厉英良向他一笑："等你一个礼拜了，幸好，皇天不负苦心人。"

楼上楼下一起响起了脚步声音，全副武装的黑衣人涌进了客厅，原来米公馆早已被厉英良的人马占领。沈之恒的惊劲儿过去了，怒火开始烧起来——厉英良这是要干什么？还没完了？他为了躲避这个人的纠缠，已经跑去外地住了好几个月，难道这还不够？说来说去，还是他幼稚了，他想过体面太平的生活，想尽量不要动刀动枪杀人害命，然而他一个人想没用，厉英良不这么想。

"等我一个礼拜了？"他问厉英良，"你对我还真是执着。"

厉英良摇头皱眉："唉，岂止是执着？简直就是用心良苦啊！不信你问米大小姐，自从听说你回了津门，我就守在这里，开始等着你来。一天天地等下去，也真是受了不少的罪啊！不过呢，受罪没事，有结果就好，就不算我白受。是不是沈先生？"

沈之恒低头看了看自己肋下的枪管："那你现在想怎么样？再杀我一次？"

厉英良连连摆手："不不不，我哪能那么干？这回你什么都不用做，跟我走一趟就好。"

他向旁边丢了个眼色，两名黑衣人上前，手里拿了钢丝混皮条编出来的粗绳子。沈之恒一看这绳子的材料和规格，就知道不妙：厉英良好像真要拿他当个妖孽对待了。

"你不必如此。"他对厉英良说，"我跟你走就是。当然，我也有个要求，就是不要伤害米大小姐。"

厉英良又向黑衣人使了个眼色，黑衣人将沈之恒反剪双臂五花大绑，然后把他押出客厅，直奔了米公馆的后门。

客厅里寂静下来，厉英良收起手枪，从米兰的两边耳孔中各取出了个结结实实的小棉球。他也发现这女孩子的耳力远超常人，即使是这么堵着她的耳朵了，也依旧不能把她的听觉完全剥夺。可堵着终究还是比不堵强，否则她能凭着听觉逃出他的手心——两天前逃过一次，差一点就成功了。

取出棉球之后，他又掏出小钥匙，打开了米兰的手铐。米兰一直背着双手，手铐被宽松的喇叭袖遮挡了。然后绕过沙发走到她身旁，他拉着她坐了下来。她实在是很像他的小妹妹，他如狼似虎地带人闯入米公馆，连着七八天禁锢她吓唬她，也实在是不应该。她要真是他的妹妹，那他现在一定要握住她的手腕，揉揉手铐留给她的红痕，可惜她不是，于是厉英良的手伸到半路，被"男女有别"四个字又拦了回去。

"米大小姐，别害怕，叔叔就是带沈先生回去问几句话，绝对不会伤害他。叔叔也是没办法，不这么干，叔叔交不了差。叔叔知道你生肺炎的时候，沈先生照顾过你，对你有恩。叔叔什么都知道。"

米兰冷着一张脸："你们真的不会杀他吗？"

厉英良以哄孩子的语气，柔声答道："不会的，我们也不敢呀。他有身份有地位，又没犯法，谁敢杀他？"

米兰像是信了他的话，又道："我不要你的人在我家，我要我家的人回来。"

"别急呀。"厉英良说道，"原来留这儿的那两个老妈子，待你太坏了，把你放到她们手里，我不放心。你等等，等我忙过了这几天，我另找两个好的过来伺候你。这几天你在家里该怎么过就怎么过，他们会负责照顾你，你要做什么事，支使他们就行。过几天我还来，他们要是敢对你不恭敬，你到时候告诉我，我拿鞭子抽他们。"

米兰听出他是急着走，而且虽然态度是一团和气，但是在任何问题上都是坚决没商量，所以不置可否地"嗯"了一声。她闭了嘴，心想："我害了沈先生了。"

她没想是厉英良害了沈先生，想的是自己害了沈先生。沈之恒若是不牵挂她，不看望她，也不会落入厉英良的陷阱，所以不怪她怪谁？

米兰的肉身活在一个有着日升月落的人间世界里，灵魂活在一个长夜不明的黑暗世界里。

黑暗世界里先前只有她一个人，现在多了个沈之恒。这事沈之恒本人可不知道，是她单方面地将他吸纳了进来。只有他们两个人，所以一方有难，另一方就逃不了干系。她恨自己成了诱饵，引沈之恒落入了陷阱，而那制造陷阱的厉英良，却是逍遥法外，不受怨恨与制裁。

因为厉英良是另一个世界里的人，距她是如此遥远，和她是如此不相干，以至于她除了感谢那一夜他对她的一送之外，对他是完全不爱的，也完全不恨。哪怕他忽然死在她面前了，她都不会有丝毫的动心。

她只关心沈之恒的安危，沈之恒是她救过的，他的生命，有她的一份。

既然有份，就有责任，她的黑暗世界裂了缝隙，一股力量正在将她推向人间的险境。她本能地有点怕，怕过之后，则是无畏。

她连无畏都是麻木冷漠的，心中空空荡荡的也没有勇气，也没有信念，只想着要在有生之年做一件大事，或者做两件大事。人生大事，要么是为自己而做，要么是为沈之恒而做。

困兽

　　沈之恒路上被黑衣人蒙了眼睛，所以此刻环顾四周，他只知道自己是进了牢房。

　　牢房只有三面墙壁，余下一面是铁栅栏，栅栏是用钢筋焊的，间隙狭窄，只容得一条手臂伸出。栅栏外头是个四四方方的开阔空间，看那靠墙立着的刑架和刑具，还有墙上的斑斑血迹，可知它是个行刑之处。

　　四面八方都没有窗户，全靠着天花板上吊下的几只电灯泡照明，灯光雪亮，照射着栅栏之外的厉英良。将双臂环抱到胸前，他饶有兴味地向着沈之恒微笑——对着这个人，他总算是成功了一次。

　　沈之恒抬腕看了看时间，问厉英良：“你这算是……绑架我？”

　　厉英良伸头去看他的手表：“几点了？”

　　“下午四点半。”

　　“谢谢。怪不得我有点饿了，这里是五点半开晚饭。”他抬手向上指了指，神情和语气都很认真，“伙食还不错，也有你的一份。”

　　“谢了，不必。我们还是谈谈正事吧，比如你绑架我的目的是什么？要命？那你现在就可以动手杀了我；要钱？那就不好办了，我是光棍一条，外头可没有家眷为我去筹赎金给你。”

厉英良双掌合十，"啪"地一拍："不，吃饭也是很要紧的，岂止是很要紧，简直是最要紧。"他竖起一根食指，对着沈之恒一指："一看你就是富贵人家的少爷，没挨过饿。"

沈之恒翻了个白眼。

他这个人处处讲究，平时无论对着什么妖魔鬼怪，都能保持风度，唯独对着厉英良，他感觉自己的风度毫无意义。厉英良已经跃跃欲试地要向他发疯了，他便也回敬了对方一个白眼——他眼睛大，黑白分明的眼珠子在眼眶里一翻，能把对面的人"白"个跟头。

然后他换了话题："你的上司是谁？有话可以让他直接对我讲。我是识时务的，愿意为了保命，做些让步。"

厉英良抿嘴一笑，双目含着一点儿滴溜溜乱转的光，简直有了点美目流盼的劲儿："不急，我们还是要先吃饭，吃饱了再说。沈先生，真的，能抓到你我真是太高兴了，我简直都不敢相信眼前这一切，我不敢相信你会成为我的囚徒，真的。你不知道，自从上次一别，我满心里装的都是一个你，连着好几个月，吃不下睡不着的，年都没过好。有句诗叫作'衣带渐宽终不悔，为伊消得人憔悴'，写的就是我和你啊！"

沈之恒上下打量了厉英良，发现这人是挺憔悴："厉会长何必如此，沈某愧不敢当。"

厉英良咧嘴一笑，他熬得脸上没了肉，脸皮薄而干燥，随着他的笑容聚出细纹："没办法，我也是情不自禁、不能自拔。沈先生请稍等，今天我让伙房提前开饭，我真的饿了，我要饿死了。再这么饿下去，只怕你没吃人，我先吃了。"

说完这话，他蹦蹦跳跳地向旁边走去，牢房和刑房之间是一条长走廊，走廊两边似乎也是牢房，然而黑黢黢静悄悄的，从沈之恒这个角度望过去，看不分明。厉英良兴高采烈地蹦跳着进了走廊尽头的黑暗之中，脚步声越来越远，越来越高，于是沈之恒猜测自己正身处地下，这是一座地牢。

轻轻地叹了口气，他想自己今晚也许要费些力气，才能从这里逃出去——别的不提，单是那些钢筋栅栏，就够他掰一阵子的了。

厉英良太喜悦了，不像是抓住了仇人，倒像是擒住了一只老虎，以至于他变成了小学童，一路蹦蹦跳跳地穿过走廊走上楼梯，重返了地上人间。

地牢的入口，藏于一座灰色小楼的第一层。

小楼四周森严壁垒，有卫兵轮班巡逻守卫，对外没有正式名目，因为楼内的最高领导者是池山英，所以此地被外界简称为池公馆。

池山英此刻人在外地，厉英良通过长途电话向他报告了今日的战功。对于厉英良那种守株待兔式的抓捕方法，池山英本来是不抱希望的，如今忽然听到了胜利的消息，他真恨不得一步赶回去，但因没有那样长的腿，故而他先下达命令，让厉英良和沐梨花合作，先着手调查沈之恒的底细。

厉英良听闻池山英让自己和沐梨花合作，深感荣幸，因为沐梨花虽然只是位二十多岁的女郎，但战功赫赫，乃是一位有名人物。她十二三岁时就到了这里，在这一带纵横捭阖，人送外号"卜奎之花"；后来她转到别处活动，常年浪迹于北方一带，又被赞为"保府丽人"。她是去年下半年才被调来的，厉英良和她接触了几次，唯一的感觉就是她人挺好，说话办事也总是那么清楚和气，如果把她和池山英调换一下位置，厉英良觉着，她大概也能胜任。

小楼后方有一排平房，是食堂与宿舍。厉英良饱餐了一顿，一出门就遇到了她。

沐梨花，若论样貌，并不是什么勾人心魄的美女蛇，瞧着更像邻家的妹妹，剪着乌溜溜的齐耳短发，长得清秀亲切，让人一见便有好感。厉英良对池山英那种人一贯是又敬又怕，唯有沐梨花能让他放松下来，这是她的本事，她就是招人爱，就是和谁都能交上朋友。他自知永远赶不上她，所以对她很服气。沐梨花也刚收到了池山英的命令，这时就停在了厉英良面前，也不讲那文绉绉的官方语言，直接笑道："厉会长，我刚接听了上级的电话，你真厉害，恭喜你。"

厉英良也笑了："不敢当不敢当，我也是运气好。接下来您跟我合作，还请您多提点帮助我。"

沐梨花笑了："你太客气，什么时候开始审？"

厉英良犹豫了一下："您还没有用过晚饭吧？"

"我吃过了，下午出去下馆子了，这不刚吃完回来。"

"今晚恐怕要熬夜，还是多吃点为好。"

"那倒没事儿，我屋里还有吃的呢，真饿了上楼垫巴几口就是了。"

厉英良听了对方这接地气的用词，也笑了："那好，其实今晚未必需要您出手，要是没什么大进展的话，您就早些去休息，养精蓄锐。等我支持不住了，再出马也不迟。"

两人说到这里，达成共识。厉英良让一名手下端了一托盘饭菜，然后和沐梨花一起回了地牢。

穿过地牢长长的走廊，隔着一面钢筋铁栅的牢门，他和沈之恒又见了面。

沈之恒靠着墙壁席地而坐，闻声抬了头。厉英良总听外界夸奖沈先生风采过人，可因一直视他为眼中钉，不是忙着恨他就是忙着杀他，始终不曾注目过他的风采。如今总算有了一点闲心，他和沈之恒对视着，发现这人名不虚传，确实是有几分英气，也有几分文气。他闯荡江湖这些年，斗的人多了，还真没遇过这么体面的对手。对手强大，他自然也弱小不到哪里去，而这么体面的对手终究还是成了他的手下败将，更加证明了他如今的权势与力量。

此时此刻，沈之恒成就了他，让他志得意满，甚至飘飘欲仙。这一点沈之恒不知道，但他知道。

把飘浮着的心灵往下压了压，厉英良说道："沈先生，请允许我向你介绍一下，我身边的这位女士，就是沐梨花，沐长官。"

沈之恒没起身，也没言语，单是向着沐梨花一点头，算是颔首致意。沐梨花回以一笑："沈先生，久仰大名了。"

沈之恒没理她。

厉英良一声令下，走廊内的卫兵走过来蹲下去，打开了牢门下方的一把锁头，锁头锁着一扇四方小门，打开来和狗洞差不多大。厉英良身后的手下弯腰将手里那一托盘饭菜送进去，随即又将小门锁上了。

厉英良又开了腔，声音是懒洋洋的沙哑："沈先生，晚饭来了，是——"他垂眼辨认着饭菜内容："大米饭、鱼、青菜炒肉和腌萝卜。不算丰盛，但足以保证你的营养。请吧，不要客气。"

沈之恒说道："你非法囚禁我，我要提出抗议。"

厉英良拐着弯地"哎"了一声，喜气洋洋地表示不赞成："沈先生，你看你又耍大爷脾气，你在太平饭店杀人未遂，触犯了法律。那么我奉命，把你逮捕起来，这怎么能叫非法囚禁呢？"

"你不是警察，无权执法，我要绝食抗议。"

厉英良双手握住铁栏，挑起一条眉毛："那你就绝。"

沐梨花含笑旁观，一直不说话，似乎真是慕名而来，只为了看看这个沈之恒是何许人也。看过了，厉英良这里又还不需要她的帮助，她便离去了。

厉英良和沈之恒耗上了。

架起一只大号强光探照灯，他将牢房照得通亮，然后让人搬来躺椅和桌子，自己就仰卧在灯后休息，两只眼睛时不时地瞄一瞄沈之恒，倒要看看沈之恒能体面到何时——你可以不吃不喝，但你总不能把屎尿也一并免了，厉英良不信沈之恒能把自身的上下通道一起封闭，迟早有他开口求人的时候。

如此熬到半夜，厉英良实在熬不住了，于是把李桂生叫过来值班，自己就在躺椅上仰着睡了一觉。一觉醒来，他揉着眼睛问道："几点了？"

李桂生答道："会长，都早上八点多了。"

厉英良立刻站起来冲到了牢房门前，沈之恒正在探照灯的强光之中来回踱步。厉英良仔细地审视对方，结果发现这个沈之恒依旧衣冠楚楚，衣服上连道多余的褶子都没有，一头短发也还是一丝不乱，昨天什么样，今天还是什么样。

厉英良掏出手帕，用力擦了擦眼睛，连着劳累了好些天，昨晚又熬到了半夜，他简直怀疑自己的两只眼睛要被眼屎糊住了。而沈之恒停下脚步望向了他，眼神既冷漠又诧异，仿佛他是个什么下流东西，没理由地出现在他上流人类的视野中，以至于令他颇感意外。

厉英良最恨他这种目光。牙齿咯咯地磨了几磨，他红着眼睛冷笑："沈先生，昨夜过得如何？"

沈之恒收回目光，继续踱步："没话找话，无聊。"

他轻描淡写地顶了厉英良一句，没想到厉英良神经敏感，险些被他这句话活活羞辱死。鲜血轰然涌进了厉英良的脑子里，他气得手都哆嗦了，恨不得立刻把沈之恒拉出来大刑伺候。不抽飞沈之恒一层皮，他不姓厉！

但他不敢贸然放出沈之恒，所以强定心神忍气吞声，只对着沈之恒继续冷笑："好，你境界高，我无聊。请继续高下去吧，我倒要看看你能高到哪一天。"

然后他走了。

沈之恒认为自己确实是境界高。

他常年只琢磨和研究自己，对于外界的人和事，他像个老油条似的，一切以敷衍为主，很少特意地去爱谁或者恨谁。厉英良都要杀他了，他除了觉得对方麻烦之外，也没有非报仇不可的执念。哪知道他不执着，厉英良执着，竟然对他纠缠不休，还对盲了眼的小女孩下了手，这就让他也生出了恨。恨中有怨，是怨恨的恨。因为他含怨已久，一股怨气没个目标，专等着附到恨上，求个发泄。

他稍微有点饿，但还不至于让他乱了方寸。现在唯一的问题就是不知道上面的情形，最怕的是下面是虎穴，上面是龙潭，幸而走廊内的卫兵都配了枪，而他夺枪很容易。厉英良似乎是上楼吃早饭去了，吃吃吃，这人就知道吃，临走之前还给他加了一盏探照灯，仿佛想用强光刺瞎他。不过这一招确实有效，他无精打采，当真被那灯照得发昏。

有个青年隔着牢门向他开了口："哎，那一夜拿枪打你的，就是我。"

他听厉英良唤过这青年，记得他仿佛姓李，但是名字一定是桂生。他不理睬李桂生，因为不想抬头去面对强光。

李桂生又道："我们会长对你没坏心眼，就是想知道那一夜你为什么没死。你实话告诉他不就得了？何必留这儿受这个罪呢？"

沈之恒把这小子的话当作耳旁风，心里暗暗筹划着今夜的出逃事宜。本来昨夜就该逃的，没想到厉英良竟然堵着门守了他大半夜。

中午，厉英良归来。

他洗了澡，剃了头，换了一身浅灰色哔叽猎装，非得这么着，他在沈之恒面前才能重拾自信。让卫兵开小门取出了昨天送来的那一托盘饭菜，他把双手往衣兜里一插，向着沈之恒的方向一弯腰一探头，叫狗似的叫："喂！还在绝食？"

他叫得十分欢快，让沈之恒下意识地抬了头，随即又抬手一挡眼睛："厉会长，你到底是有多喜欢看我，以至于要架起探照灯昼夜照着我？"

厉英良摇头摆尾地一咧嘴："啧！沈先生是贵人，平时想见一面都难，如今好不容易有机会了，我还不得尽量多瞻仰瞻仰？"

这话说完，厉英良忽然发现沈之恒一步迈到了自己眼前，并且还从栅栏间伸出了双手。慌忙向后一躲,他变了脸色:"你干什么?"

沈之恒摊开双手:"怕你瞻仰得不够清楚,所以走近一点。"

厉英良呵斥道:"少耍花样!手收回去!"

沈之恒收回双手,这回知道了自己在他心中的可怕程度。

厉英良也意识到了自己的失态,隔空一指沈之恒,他点头冷笑:"行,姓沈的,都到现在这个时候了,你还敢耍我。耍吧,没关系,今晚池山英就回来了,我不治你,我让他治你。他急了眼,自然会把你大卸八块,你不是会死而复生吗?好,很好,这回我让你就在我眼皮底下复生,我倒要看看你究竟是个什么东西!"

牢房空旷,他的声音来回萦绕、嗡嗡不绝。沈之恒在光与声的双重刺激下,也有些心烦意乱。不过现在不是他烦乱的时候,可他确实感觉自己濒临失控。探照灯像两轮太阳一样,光芒万丈地烘烤着他,这时候如果能喝到一瓶冰凉的清水,他或许还能镇定下来。

转身背对了厉英良,他抬手解开了西装纽扣,脱了上衣随手一扔,然后转过脸,给了厉英良一个侧影:"我要喝水。"

"没有!你既然是要绝食,那我就让你绝到底。"

"给我一杯水,否则在场诸位,包括你,都不会有机会活到今晚。"

厉英良瞪着沈之恒的侧影,又冷笑了一声:"吓唬我?"

笑过之后,他依旧瞪着沈之恒,瞪了好一阵子,末了,他扭头说道:"桂生,给他一碗水,用铁碗,别用瓷的。"

李桂生找了个小搪瓷缸子,给了沈之恒一缸白开水。沈之恒将水一饮而尽,然后将搪瓷缸子从栅栏间递了出去。

探照灯并未熄灭,一个小时后,沈之恒解开了领带以及衬衫领口,并叹了口气。

厉英良非常珍惜沈之恒流露出来的这点狼狈相,为了进一步地刺激沈之恒,他让李桂生端来了一份高级饭菜。饭菜是刚从馆子里买来的,色香味俱全,一样一样地摆在托盘上,通过小门送进牢房。厉英良站在一旁,要看沈之恒面对美食,会如何天人交战。

然而出乎他的意料,沈之恒见了饭菜之后,竟立刻后退了一步。

然后他就和饭菜保持了相当的距离。直到饭菜放凉了,被端出去。

沈之恒垂头坐在墙角，手臂架在支起的双膝上，他把脸埋进了臂弯里，没有反应。厉英良不知道自己是应该失望，还是应该松一口气。他之所以对沈之恒念念不忘，完全是因为沈之恒疑点重重，有妖魔鬼怪的嫌疑，然而依着本心，他其实更希望沈之恒只是个普通人。

　　是人，是有背景的富豪，是社会上的名流，是和他势均力敌的同类，是他可击败和征服的对象。他又不是道长天师，降服一只妖怪不会给他任何快感，他所追求的乃是人世光辉。

　　很矛盾的，厉英良继续观察着沈之恒，正当这时，沐梨花到来："厉会长，池长官回来了。"

　　厉英良立刻做出惊喜的表情："哎哟，太好了，我这就上去迎接。"

　　沐梨花笑道："不必，他已经亲自下来了。"

　　走廊里响起了一队足音，整齐划一，由远而近，让沈之恒也抬起了头。厉英良终于关掉了一盏探照灯，让他的眼前暗了些许，空气似乎也随之清凉下来。

　　他此刻是真的饿了，饿得好像胃里着了火，烧得他昏头昏脑。走廊里"咔嚓咔嚓"地响了两声，是厉英良和沐梨花一起打了立正，而在问候声中，有人停在了牢门之外，正是池山英。

　　池山英戎装笔挺，彬彬有礼："沈先生，你好。敝姓池，池山英，是这里的掌权人。"

　　沈之恒站了起来，力气是有的，虚弱的是头脑。恍惚着向前走去，他一方面想着如何与对方谈判，一方面勉强维持着自己的体面。他想自己可以拿这个池山英做人质——只要能够碰触到这个人，他就一定能够制住他。制住他，然后……

　　然后，他的眼前不停闪烁着伤口与鲜血的画面，让他简直无法继续思考。

　　在牢门前停下来，他抬起双手，各攥了一根钢筋栅栏，同时听见自己轻飘飘地说了话："原来这位就是要抓我的大人物。"

　　池山英上下打量着沈之恒，心里很不安。沈之恒看起来非常正常，比绝大多数人都更有人样。如果他其实只是个身手过人的功夫高手，却被自己当成了妖怪对待，岂不是太愚蠢太滑稽？

　　这时，沈之恒向他伸出了一只手："池先生，幸会，只不过没想到我们第一次正式见面，会是在这种地方。"

　　他的语言和举止都文质彬彬，池山英不假思索地想要和他握一握手，然而右手刚刚抬起来，厉英良忽然伸手一拦，几乎是喊了一声："小心！"

　　池山英一惊，厉英良也意识到自己这一嗓子太过孟浪，连忙压低声音解释道："他毕竟是个危险人物，您还是小心为上。"

　　池山英听了这话，倒是深以为然。重新转向沈之恒，他说道："我听闻，沈先生拥有不死之身。"

　　沈之恒慢慢收回了手："荒谬至极。"

　　池山英笑了笑："是的，也许是荒谬的谣言，但敝人心中确实好奇得很。可惜今日太晚了点，不宜再做长谈。还请沈先生好好休息一夜，明日清晨，敝人再来向沈先生请教。如果我们谈得投机，那沈先生也不必留在这里了，我愿和沈先生交个朋友，请沈先生到寒舍喝几杯酒。"

　　说到这里，他直视着沈之恒的眼睛，又点了点头："夜很长，沈先生可以好好地考虑一下，是要与我为敌，还是与我为友。"

　　然后他转身离去。

　　沐梨花把厉英良拉到一旁，低声嘱咐了几句。与此同时，沈之恒莫名其妙地站着，倒是很有意外之感。根据厉英良下午那一番恐吓推测，他还以为池山英今夜会对自己大动干戈，孰料那人只撂下几句淡话便走了，又要熬他一夜。

　　这时厉英良按照沐梨花的嘱咐，把余下那盏探照灯也关闭了。走到牢门前，他对沈之恒说道："最后一夜，最后的机会，你好好考虑吧。"

　　厉英良和沐梨花一起撤了，只留下了几名卫兵在走廊里站岗。

　　沈之恒当真考虑起来，考虑的结果是自己得逃，而且就在今夜。今夜逃了，回家吃饱喝足沐浴更衣，明天还是沈先生。他们也不会再有偷袭他的机会，他也会尽快送厉英良这个大麻烦上西天。若是今夜不逃，那么到了明天后天，自己的情形会恶化到什么程度，就不堪想象了。

　　午夜时分，沈之恒动了手。

　　下方那个送饭送菜的四方狗洞，不足以让他通过，于是他站在栅栏式的牢门前，双手各抓住了一根钢筋，决定直接采取最笨的方法越狱。

　　他气运丹田，咬紧牙关，手背渐渐浮凸了青筋，手指关节也缓缓地泛了白。相邻着的两根钢筋一点一点地扭曲变形，扩出了一个可以容他探头出去的空隙。

然后，他就当真把脑袋伸了出去。

脑袋先探出去了，肩膀和胸膛也随之挤出去了，他吸气收腹提臀迈腿，无声无息地出了牢房。而与此同时，走廊一端的两名士兵还在半闭着眼睛犯困发呆。

沈之恒左右看了看，然后走向了那两名士兵。其中一位士兵先发现了他，发现了，却又不敢相信自己的眼睛，于是连连伸手去推同伴，而等第二名士兵望向他时，他已经走到了二人面前。

两名士兵后知后觉，慌忙一起端起了步枪，吼着让他止步。他们吼他们的，沈之恒忙沈之恒的，将最近的一根枪管往自己怀里一拽，他的力量与速度都超乎寻常，士兵只觉手中一滑，步枪已被沈之恒夺去了。而沈之恒抡起步枪劈头砸下，随即步枪横扫出去，两名士兵一声不吭地倒成一堆。

沈之恒背对着他们向前走了几步，体力随之恢复了些许。打开了步枪的保险，将子弹也上了膛，他走向了走廊另一端。

那是厉英良等人离去的方向，尽头一定通着出口。

他需要立刻离开此地。大步走到走廊尽头，他一边拐弯一边举起步枪，对着前方靠墙站岗的卫兵开了火。

电灯光下，前方就是向上的水泥台阶。沈之恒扔了空枪，从地上捡起了一支新步枪。新步枪的子弹是满的，枪口上了刺刀。他提着步枪冲上台阶，台阶盘旋向上，越是向上，空气越凉，证明他走对了路，然而冷空气已经无法给他降温，他心跳剧烈，肺腑翻腾，像是肠胃将要被胃酸溶解。他不能再耽搁了，他得赶紧逃。

忽然，他停了下来。

上方传来了杂沓的脚步声，和声音一起逼近的，是清凉的夜风——地牢的大门开了，有大队的人马冲下来了！

沈之恒用力地眨了眨眼睛，摇晃着转身靠着墙壁。凭着余下的一点理智，也凭着生存多年的一点经验，他卸下刺刀握住了，然后弯腰轻轻放下了步枪，又脱了脚上的皮鞋。

　　无声无息地冲向上方，在冲过了盘旋的两层楼梯之后，他和列队跑步下来的士兵迎头相遇。打头的士兵见了他，只发出了一声惊呼，就被沈之恒解决了。

　　狭窄昏暗的螺旋楼梯上，立刻大乱。

　　沈之恒要速战速决地杀出一条路来，然而蜂拥而下的士兵也不是吃素的。近战肉搏之中，士兵的步枪全都没了用武之地，有那动作快的，也火速卸下刺刀扔了步枪，要打一场白刃战，可同伴的尸首栽过来阻碍了他的动作。他推开尸体正要挥刀，沈之恒已经和他擦身而过，顺便回手一刀扎透了他的脖子。然后他手一松，是沈之恒把砍钝了的旧刀留给了他，接管了他刚卸下来的新刀。

　　地牢之外，站着池山英和厉英良。

　　池山英让沈之恒今夜"好好考虑"，他自己也并没有回家高卧，当地牢内隐隐传出枪声时，他正在和厉英良开小会。

　　厉英良一直提防着沈之恒越狱，早在地牢门外安排了士兵值班，所以地牢内一有异动，他立刻就和池山英冲了过来，而牢门打开，荷枪实弹的士兵也立刻就冲了下去。此刻他和池山英并肩而立，他紧张地攥紧了拳头，池山英则是微微地皱了眉头——下去的那支小队若不是沈之恒的对手，后果自然可怕；可沈之恒若是被那支小队重新押回牢房了，又会让人感觉失望。和厉英良的想法正好相反，他认为沈之恒最好是个奇人异士，否则自己这样大张旗鼓地把他诱捕来，属于杀鸡用了宰牛刀，未免有些可笑。

　　两人各怀心思地凝视着地牢大门，这凝视并未持久，因为地牢之内很快就传出了声音。

　　池山英的脸顿时失色，厉英良则一把抓住了他的手臂，池山英任他抓着，缓缓举起了一只手。

　　后方待命的机枪班小跑上前，架起轻机枪瞄准了地牢大门。与此同时，地牢大门内，出现了一个人影。他面貌模糊不清，拖着两条腿向外走。

　　厉英良猛然抓紧了池山英的手臂，几乎是尖叫出声："沈之恒！"

　　池山英一挥手，两架机关枪同时架起来，沈之恒随之向后一仰，顺着楼梯滚了下去。

　　公馆的墙壁极其坚硬，跳弹伤人不是玩的，所以沈之恒一消失，轻机枪也立刻停了。池山英扭头看了厉英良一眼，厉英良圆睁二目，还抓着他，于是他安抚似的又拍了拍他的手背："好了，没事了。"

这是池山英第一次对厉英良百分之百的满意，厉英良没有胡说八道，公馆也不会蒙羞，他们当真是抓回来了一个——池山英不知如何描述沈之恒，沈之恒虽然真的只是个人，但也是人中的超人，不枉池山英为他劳师动众一场。把今夜值班的沐梨花叫了过来，池山英让她负责守卫工作，自己则集合了一队士兵，要亲自下地牢。沐梨花欲言又止，仿佛是想要阻拦，但终究还是没有说话，厉英良则紧跟着池山英——他为沈之恒费了这许多心血，如今终于到了真相大白的时刻，他宁可冒险，也不舍得缺席。

然而刚一迈进地牢大门，厉英良就有点后悔了。

空气是潮的热的，地面是湿的滑的，台阶又陡峭狭窄，他们简直无法摸黑下楼。池山英让士兵打开了手电筒，光束滑过墙壁楼梯，是八个字的景象：尸横遍野、血流成河。

楼梯上没有沈之恒，下了楼梯进了走廊，池山英还是没有找到沈之恒。

地牢是池公馆自设的秘密牢房，规模不大，格局简单，下了楼梯顺着走廊一路走下去，拐几个弯就能走到底，没有岔路。池山英单手握枪，每走一步都加倍小心。这座地牢里向来不缺少血火与亡魂，可即便如此，它也从未像今夜这样恐怖过。

并且是过分寂静。

厉英良一边跟着池山英前行，一边暗暗计算着沿途尸首的数量。走着走着，他忽然和池山英一起停了下来，因为意识到身边就是关押过沈之恒的牢房。

池山英撼了撼那变了形的钢筋，和厉英良对视了一眼。厉英良面色惨白，双眼泛红，像是太兴奋，也像是太恐惧。

池山英没说话，知道自己此刻的心情和厉英良一样，也是太兴奋，也是太恐惧。

让两名士兵端枪开路，他带着小队走过这一段走廊，又拐了弯。

然后他看到了沈之恒。

沈之恒，也就是他们先前所见的那个人形，然而在他们做好了战斗准备之后，却发现沈之恒保持着那个昂首跪坐的姿态，不动了。

一盏电灯悬挂在他正上方，昏黄灯光笼罩了他，短发十分凌乱，微微张了嘴喘息着，他一双眼睛半睁半闭，显出了清晰的双眼皮痕迹，和同样浸了血的沉重的睫毛。

厉英良轻声开了口："就是现在，抓住他。"

池山英举枪瞄准了沈之恒，同时带头迈步走向了他，可未等他们走到近前，沈之恒的眼珠忽然转动了。

他望向池山英，又望向厉英良，然后，他摇晃着站了起来。

厉英良打了个冷战，依旧是出于直觉，他猛地冲向池山英，抱着他就地一滚。有液体飞溅到了他的脸上，是沈之恒在一瞬间冲了过来，抓住了池山英正后方的士兵。周围众人吓得发了狂，抢起枪托拼命地去砸沈之恒，而沈之恒手中的士兵歪着脖子，已经没有气息。

池山英扶墙爬了起来，爬起来之后又弯下腰去，疯了似的找手枪。幸而就在这时，沐梨花来到。

沐梨花早就觉得池山英的行动有些贸然，所以自作主张地赶来支援。而她的方法也真是高明——以捕捉猛兽的方法，她命人张开一面钢丝大网，将沈之恒以及怀中的士兵尸体，一起网住了。

厉英良、池山英和沐梨花，以及所有活着的士兵，围着沈之恒站立，长久不发一声。

这一回他们面对的抵抗者，既不是冥顽不化，也不是视死如归，以至于他们的凛凛凶气自动消散，甚至想要后退再后退，一直退到祖先神灵的光辉之后。钢丝网下的沈之恒竟然恬静地昏睡过去了。

最后，还是厉英良最先说了话："趁着他还没醒，我们是不是应该尽早地……处置他？"

池山英告诉沐梨花："去叫医生。"

公馆机构严密，人员齐全，可以关起门来自成一统。

在医生到来之前，士兵们全副武装，冒着极大的危险，打开了钢丝网，然后用精钢镣铐锁住了沈之恒的手脚。

沈之恒换了新牢房，新牢房是一座尚未启用的水牢，乍一看上去，是个四四方方的干池子，池底和四壁都用水泥抹平，上头盖了一层钢筋焊成的格栅，格栅坚固，四边几乎与水泥地面融为一体，只在一角开了个带锁的天窗。

水牢挺深，牢内的人纵是举了手向上跳，也绝对触碰不到格栅，而格栅的格子眼也不大，卫兵尽可以安全地在上面来回走。

通过天窗上下出入，不是容易的事，士兵们先将一张小木床送了下去，再把沈之恒放到小木床上。小心翼翼地完成了这两样任务，士兵们顺着梯子爬上地面，换了两名医生下到牢里。

医生给沈之恒注射了双倍量的镇静剂。

厉英良和池山英站在水牢岸边围观，池山英低声说了话："他的家族在哪里？家里还有别人吗？"

"这个还不清楚，他四年前才迁来了这里长住，之前似乎是在外国混了几年，有人说他是在那儿学习艺术，也有人说他是在那儿做生意。"

池山英垂眼望下去，就见医生正在清洗沈之恒的身体。沈之恒赤裸裸仰卧在床上，身体瘦削颀长，具备一切男性应有的器官。没了鲜血的遮掩，他现出了周身七长八短的伤口，膝盖上有一处甚至深可见骨。

"他的伤很重。"池山英又说。

厉英良立刻附和了一声。

"他的力量也很大，速度也很快。"

"是，他相当危险。"

池山英抬手摸了摸下巴："普通人里，身体素质最好的青年，接受最严格的训练，也不会有他的水平。如果他是我们的人，或者，我们也有像他一样的人，就好了。只要稍加学习，他就会成为最优秀的士兵。"

厉英良感觉池山英的话风不对，连忙扭头望向他："长官，他年龄不详，我认为他很可能已经不能被我们收服，他的头脑和思想已经顽固了。"

池山英点了点头。

凌晨时分，池山英和厉英良撤退休息，换沐梨花前来看守。沐梨花趴在格栅上，对着沈之恒看了半天。她的头脑是灵活的，无须说服，她已经承认自己今夜网罗住了一位能人异士，然而池山英并不认同。池山英之所以不认同，也不是因为他本人有什么高见，他纯粹只是看不起女人，而沐梨花就正是个女人。沐梨花刚一开口，话还没有说完，他就已经把她彻底地否定了。

到了中午，厉英良替换了沐梨花。

厉英良睡了几个小时，然后洗漱更衣，吃饱喝足，精神恢复了亢奋。而他刚到来，沈之恒也醒了。

沈之恒很久都没有睡过这样的长觉了。

他连个梦都没做，单只是睡，睡得关节都松弛开了，睡成了一条长蛇。如今醒了，他仰面朝天地睁开眼睛，先是看到了上方的格栅，随后又看到了格栅上趴着的人。那人背着灯光，四脚着地，像个蛤蟆似的，正低头直视着他，是厉英良。

他和厉英良对视了一会儿，同时把前尘旧事全记起来了——他暴露了自己的秘密，暴露了自己那不可见人的真面目。他这些年来苦苦维持的所有假象一朝崩溃，而上头那个蛤蟆似的东西就是罪魁祸首。

暴怒让他一跃而起，剧痛又让他跌回了床上。他呻吟了一声，这才发现自己一丝不挂，只有一条毯子蔽体。

厉英良忽然问道："你也疼呀？"

他怒吼了一声："疼！"

厉英良被他震得一哆嗦，哆嗦过后，他忽然意识到了对方的失态——在此之前，沈之恒可从来没有像困兽一样吼叫过。

"还逃吗？"他又问。

厉英良意识到的，沈之恒自己也意识到了，所以拉起毯子盖住了头，他在暗中做了个深呼吸，想要镇定下来。

盖了十秒钟，他又一掀毯子露了脑袋："给我一身衣服。"

"这里不冷，冻不着你。"

"我不是冷，我是觉得我这个样子不雅。"沈之恒望着厉英良，"难道你愿意面对这样的我？"

"愿意啊。"

"我又不是女人。"

"你何止不是女人！"厉英良一拍格栅，脸上有笑，眼中有光，激动得咬牙切齿，他啪啪地拍着格栅，想要给自己加些节奏，"这回人证物证俱全，你还有什么可狡辩的？你还装什么？你趁早实话实说你到底是什么，对大家都有好处！你一定要耍花招，也可以，没关系，我就把你关在这里，关到你老实为止，反正我厉某人对你奉陪到底！"

厉英良这突如其来的愤怒让沈之恒颇感困惑，他想自己越狱失败，厉英良本人又不曾受到什么伤害，这笔账无论怎么算，厉英良都应该是得意的。然而此刻的厉英良气得咻咻直喘，一点得意的神色都没有，倒像是受了什么打击。

厉英良不回家，就在这里住下了。

第一天，沈之恒长久地躺着。

第二天，沈之恒向厉英良要水，厉英良不给。

第三天，沈之恒饿了，起初厉英良没看出他的饥饿，后来发现他在床上辗转反侧，这才感到了不对劲。

"哎！"他蹲在了格栅上，低头问道，"怎么了？"

沈之恒裹着毯子蜷成了一团："我要见池山英。"

"你少耍花招，有话就对我说！"

"我饿了。"

"饿了就给我老实点，我问什么你答什么。只要你肯乖乖地和我合作，我就给你扔个吃的。"

"你还是先给我一身衣服吧。我又不会用一套衣服越狱，你怕什么？"

"你又不是正常人，还穿什么衣服！"

"你天天趴在上面看我，你好意思我还不好意思。"

厉英良冷笑一声："不好意思？不好意思就对了。你不是大亨吗？你不是名流吗？你不是有钱有势，不把我往眼里放吗？好，我羞辱的就是你这个大亨、你这个名流！有钱有势又怎么样？照样得光着屁股给我蹲着！"

沈之恒披着毯子坐了起来："好好好，你已经成功了，你已经羞辱我了。劳你给我一套衣服好不好？再这么光下去我就要羞死了。"

"求我。"

沈之恒抬腿坐到了床里，床位于角落，挨着两面墙，他靠着犄角盘腿坐了，仰起脸望向了厉英良："厉会长，求你给我衣服。"

"我要是就不给呢？"

沈之恒看着厉英良，看了好一会儿，末了说道："你太幼稚了。"

厉英良万没想到他会说出这么一句话，而这句话堵得他半晌无话——沈之恒没说错，他也发现自己的所言所行是挺幼稚。如果池山英知道他一点正事没干，光顾着对沈之恒报私仇打嘴仗，他想自己怕是要挨骂。

"记住你的话。"他指了指沈之恒，"我给你衣服，你和我合作。"

沈之恒向他一点头。

厉英良花自己的钱，让李桂生上街买了一件衬衫和一条裤子回来。

李桂生挑大号的买，结果还真买对了，衬衫正合沈之恒的尺寸，就是裤子稍微短了一点。沈之恒穿戴整齐，在床边坐了下来，抬头对厉英良说道："来吧，你想问什么，我回答你。"

厉英良方才一直蹲在格栅上，蹲得双腿酸麻，一屁股坐了下去。揉着小腿俯视着沈之恒，他忽然发现这不是个问讯的局面，他不能总是在沈之恒的头顶上蹲着或者坐着，趴着当然更不像话。他得和沈之恒面对面——前提是要保证安全。

厉英良让士兵围住水牢，举枪瞄准了沈之恒，又打开天窗，派人下去给沈之恒上了镣铐，最后从格栅上方垂下一条铁锁链，他让人用锁链将沈之恒拦腰缠了几道。沈之恒受了锁链的牵扯，即便想要造反，也休想行动自如。

沈之恒任人摆布，完全没有反抗的意思。厉英良顺着小铁梯爬了下去，李桂生随即又往下吊了一把木头椅子。

厉英良搬过椅子，隔着一段距离，在沈之恒面前坐下了。二郎腿一跷，脑袋一歪，他摆出了睥睨之姿，冷眼观看前方的沈之恒。沈之恒的短发垂下，乱糟糟的，遮了半侧额头，鼻梁结着血痂，嘴唇露出干皮，他像是承受不住厉英良那油头与皮鞋的光芒，微微地眯了眼睛，眼角现出了浅浅的细纹。沈之恒的眼神倒是很真诚，他巴巴地看着厉英良，等着对方发问。

厉英良第一次见识如此不体面的沈先生，按理来说，应该痛快淋漓地爆笑一场，以抒胸中愤懑之气。可是一想到池山英有跟沈先生合作的想法，他又感觉自己的胜利毫无意义，不但无法爆笑，反而更加愤懑。

他忙忙碌碌地和沈之恒斗了一大场，斗得满肚子刀光剑影爱恨情仇，最后告诉他沈之恒其实不是他心目中高级上等的人物——世上还有比这更荒谬的骗局吗？这不是在拿他当傻瓜耍吗？

厉英良都要恨死了，可不知道究竟要恨谁才好，所以只能去恨沈之恒。定定地盯着沈之恒，他的眼睛渐渐泛了红，是他憋气窝火到了一定的程度，自己把自己逼得要哭。

而沈之恒还在那么眼巴巴地看着他，一派镇定，一脸纯良。

厉英良深吸了一口气，开了口："看什么呢？"

沈之恒微微一笑："真的是没想到，我会栽到你的手里。"

"你当然没想到。你看不起我，不信我比你厉害。"

沈之恒似笑非笑地低了头，用细长手指拨弄镣铐："我也没有那么看不起你。"

"无所谓，看得起又不能当饭吃，我不在乎。说吧，你到底是个什么东西？"

"我……"沈之恒拖了长声，沉吟着答道，"我想，我应该算是一个病人。"

"什么病？"

"我不知道，大概是一种传染病。"

病人

Chapter 06

　　厉英良认为沈之恒所说的每一个字，都处于可信与不可信之间。他不是傻子，他有他的智慧和经验，一般的谎言蒙蔽不了他，但他摸不清沈之恒的底。此时此刻，他只能见机行事。

　　"继续。"他说。

　　沈之恒说道："事情要从我父亲那辈讲起。"

　　厉英良盯着他："嗯。"

　　沈之恒抬起手——手被镣铐牵扯着，抬不高，他只能垂头俯就，把凌乱短发向后理了理，又顺便正了正衬衫领子，然后直起身面对着厉英良："从我身上，你应该能够想象出家父年轻时的风采吧？"

　　厉英良"嗯？"了一声，随即明白过来，倒是忍不住一翘嘴角："嗯。"

　　"他老人家那时候年纪还轻，在外面认识了一位红颜知己。后来那女人怀了身孕，家父就把她接回了家中，我唤她一声姨娘，她后来生了个男孩子，算是我的弟弟。"

　　"然后呢？"

　　"然后时间久了，家里就有人发现那女人有问题。沈家是老太太当家，就是我的祖母。老太太认定了我这姨娘有害，要除了她。家父当时吓坏了，也没敢阻拦。"

"再然后呢？"

"后来，老太太想要放火，把姨娘母子烧死，但是没成功，姨娘逃出来抓住我，咬了我一口。"

"然后你就得病了？"

沈之恒苦笑了一声："我不知道，不记得了。"

"怎么会不记得？"

"被她咬过一口之后，我就开始发高烧，进而昏迷，几乎病死，很久之后才痊愈。我在病中一直昏昏沉沉，很多事情都不记得了。"

"痊愈？你不是说你得了传染病？"

沈之恒低了头，厉英良顺着他的视线往下看，看到了被镣铐缠绕着的一双手，手指修长，骨节分明，是成年男人的手，然而双手拇指互相抠着指甲，又是个小孩的动作。

"我生病……"沈之恒喃喃地说道，"很痛苦，痛苦到极致的时候，我就喝一点特制的药，喝了就会感觉好一点。"

"就这么一直这样到了今天？"

沈之恒抬头看了他一眼，这一眼恨而冷。有这一眼对比着，他才发现沈之恒方才的语气是多么虚弱和难为情，甚至在沈之恒抬眼的一瞬间，他还能从对方的眉目之中瞥到一瞬间的痛苦与驯良。也许十三四岁的沈之恒就曾这么虚弱和难为情过，而在得病之前，他也曾是一个天性驯良的少年。

厉英良有点不自在，沈之恒不回答他的问题，他也没有逼迫，继续往下问："那……你的那个姨娘，和她的孩子呢？是活着逃了，还是死了？"

"活着逃了。"

厉英良忽然一笑："你家老太太没把你也烧了？"

沈之恒答道："姨娘不只咬了我一个人，家里年轻一点的人，都受了她的袭击。但他们都没有熬过第一场高烧，只有我活了下来。"

说到这里，他停了停，又补充了一句："沈家很快家破人亡，就只剩下我一个人。"

厉英良轻轻一拍大腿，故意击节赞叹："悲剧呀！"

沈之恒平静地看着厉英良，方才他是实话实说，因为在这种陈年旧事上撒谎，没有必要，反倒容易闹出破绽。撒谎的要诀，是小处真、大处假。

厉英良这时笑着又问："如果让你咬我一口，你会把你的怪病传染给我吗？"

沈之恒答道："试一试就知道了。"

厉英良一挑眉毛："不敢，我做人做得挺好。"

厉英良俯视着他的头顶："自从知道你得病之后，我感觉我们之间的种种恩怨，也很没有意义。"

沈之恒抬头望向了他："我们之间存在'种种恩怨'吗？我一直认为我们的关系很简单，无非就是你杀我我杀你而已。"

"还有闲心和我打嘴皮子官司？刚才看你那样子，我还当你伤了心了。"

沈之恒轻声问道："你要不要擦擦眼泪？"

厉英良红着眼睛，眼中泪光闪闪，不是他要哭一场，他是一见了沈之恒就五内如焚，不知道是气的还是累的，反正反映到面孔上，就是要红眼。

"我的眼睛就不劳你关心了。"他一撩敞开的西装，将双手插进缎子马甲的小口袋里，摆了个拿破仑画像的姿势，"你还是想想你自己的前途吧！"

然后他转身走向天窗："今天的讯问到此结束，一会儿给你上正餐。"

厉英良爬梯子回归地面，士兵随即收起梯子锁好天窗。

李桂生负责沈之恒的这顿正餐，厉英良则忙着去向池山英汇报。自从旁观了厉英良和沈之恒的面对面长谈之后，李桂生就发现姓沈的仿佛也不是什么狂野的恶魔，言谈举止都很有斯文人的样子，对他便不是那样怕了，甚至还敢和他说几句话。

提着吃食下了水牢，他走到沈之恒面前问道："还认得我吗？"

沈之恒看着李桂生，摇了摇头。李桂生说道："那一夜是我给了你一梭子，想没想起来？"

沈之恒"哦"了一声："想起来了，是你。厉英良好像很信任你。"

李桂生答道："我对会长忠心，会长当然信任我。"

沈之恒又问："你看着很年轻，今年多大了？"

李桂生有点糊涂，也有点警惕："二十五，怎么了？"

"那一夜我看你当机立断，心狠手快，还以为你是个身经百战的老江湖。"

李桂生嘴上没说话，心里认为沈之恒挺有眼光。

沈之恒忽然换了话题："你在厉英良手下，一个月能拿多少薪水？"

李桂生这回是彻底糊涂了，看着他不说话。于是沈之恒继续说道："别误会，我是看你的身手和胆识都不错，将来如果有一天，比如你娶妻生子了，想要换个安稳差事，那么可以到我那里去，我那里一直缺少像你这样的人手。"

李桂生忍不住问道："你凭什么认为你还能活着出去？"

"你们起初要杀我，无非是因为我不肯和你们合作。这个问题很好解决，大不了，我和你们合作就是了。"

李桂生认为沈之恒太乐观——谁现在还要跟他合作？

上方的士兵再次举枪瞄准了沈之恒，而李桂生壮胆上前，卸下了他身上的那些锁链镣铐。

沈之恒一直不动，直等李桂生爬梯子上去了，他才走到吃食跟前蹲下来，低头望着。

身陷囹圄有一点好处，就是让他趁机吃了个餍足。他的伤口正在火速愈合，用不了多久，他就可以再逃一次。

沈之恒吃饱喝足，然后沉沉入睡。

他睡醒之后，重新被戴上镣铐，因为厉英良卷土重来，二次"下凡"。

厉英良换了一身褐色条纹西装，料子偏于单薄，可见外面一定是春光明媚的好天气。在沈之恒面前坐下来，他跷起二郎腿，脸一扬眼皮一耷拉，第二次睥睨沈之恒。

沈之恒看他像只斗鸡一样，就对着他笑了一下。厉英良的脸色登时一变，不过万变不离其宗，终归还是冷若冰霜，声音也是懒洋洋阴森森："笑什么？有病啊？"

他摇摇头："没什么。"

"吃饱了撑昏头了？"

沈之恒收了笑容："你不会是专程下来骂我一顿的吧？"

"我不可以吗？"

"当然不可以。"

"我就是骂了你了，又怎么样？笑，笑，你笑什么笑？我很可笑吗？我上辈子欠了你的，这辈子让你这么对我笑？"

沈之恒摇摇头："不可理喻。"

厉英良站起身，双手叉腰做了个深呼吸——恨什么来什么，最恨沈之恒的笑，结果沈之恒一见面就冲他咧了嘴。呸！

他定了定神，进入正题："他们要让你接受一次检查，由他们自带的卫生队来检查，也就是抽点血化验一下，再看看眼睛牙齿什么的。反正卫生队规模小，仪器也少，太复杂的检查也做不了。"

"这样的检查毫无意义。"

"我们早就知道，用你放这个屁？但是总要检查一下，这个过场不能不走。"

"然后呢？"

"什么然后？"

"你们是打算一直养着我？还是杀了我？还是放了我？"

厉英良的眼珠子在眼皮底下悠悠一转，转向沈之恒，相当富有挑战性："这和你有关系吗？我们想怎么样就怎么样，你受着就是了！"

沈之恒发现厉英良今天特别生气——一不是含怨，二不是怀恨，就是纯粹地冲着自己生气。他真不知道自己那一笑能有多可恨，反正厉英良是气得又红了眼睛。

厉英良像条疯狗似的，在水牢里吠了一通，然后爬上地面，通知医生过来。

沈之恒以为在医生到来之前，厉英良又要在步枪环伺之下，把自己五花大绑起来。然而出乎他的意料，厉英良打开天窗放下梯子，趴在天窗口向下唤他："你上来。"

沈之恒走到梯子前，仰头看他，而厉英良扶着天窗窗框，面无表情地说道："我这么干，是信任你。你要是给脸不要脸，一定要逃，那也请便，反正大不了咱们同归于尽。"

然后他向后退去，沈之恒也抬腿上了梯子。从天窗中爬了出来，他回头看了看那水牢，然后转向前方面对着厉英良。先前在水牢里，两人相对而坐，倒也罢了，如今面对面一站，厉英良就发现沈之恒怎么这么高，竟把自己的气势全压了下去。

对着靠墙的一张条凳一摆头，他说："坐。"

沈之恒赤脚走过去坐下来，厉英良站在原地，四面八方都是荷枪实弹的士兵，也有他的手下，全都把子弹上了膛，时刻预备着把沈之恒打成肉酱。沈之恒看起来也很识相，可是……

"可是"后头的内容，厉英良没来得及想下去，因为医生到了。

医生给沈之恒抽了血，看了他的牙齿和眼睛，让沈之恒站起来，脱了他的衣服看他的皮肤，又从头到脚摸遍了他的骨骼。在医生检查之时，又有士兵合力运送下了一架大机器，一直运进了一间空牢房之中，是池山英想办法弄到了一台爱克斯光机。

这机器要在暗房中操作，医生这边都已经检查完毕了，那边的机器还在安装。医生走过去帮忙，沈之恒独自坐下来，低头一粒一粒地系纽扣。系着系着一抬头，他看见了面前的厉英良。

厉英良在条凳的另一端坐了下来。

沈之恒低头继续系纽扣，而厉英良仿佛刚经过了一场深思熟虑，慢吞吞地说道："我这样坐到你身边，其实是一种极大的冒险。因为你也许并不在乎和我同归于尽。况且你也不是那么容易就会死。"

沈之恒放下手，扭头望向他："怕我啊？"

厉英良眼望前方，嘀咕："我对你的怕，和对狮子老虎的怕是一样的。你再厉害也不过是抱病之躯，你应该为你自己悲哀。"

"我习惯了，我不悲哀。"

"你的下场不会好的，闯到人间的狮子老虎，不是被抓起来关进万牲园，就是死。真的，你不会有好下场。"

"你方才无端骂了我一顿，现在又开始诅咒我。接下来是不是该大刑伺候了？"

"你欺骗了我，我对你用刑，你也不委屈。"

沈之恒笑了起来，笑出了嗬嗬的声音，听着有点傻气："我骗过你吗？我记得我们之前没有什么交往，是我失忆了还是你记错了？我什么时候还骗过你？"

厉英良倒是不恨他这种傻笑，对着前方摇摇头，他回答道："我曾经那么高看你，然而现在你告诉我你什么都不是，这不是欺骗又是什么？"

沈之恒收了笑容："这一点，我倒是无可辩驳。"

厉英良忽然把脸转向了他："你成天东骗西瞒的，也没什么真正的亲人朋友，活得不痛苦吗？"

沈之恒垂了头，双手十指互相缠绕了个不可开交。厉英良没等到他的回答，便乘胜追击地道："怎么？戳到你的痛处了？"

沈之恒扫了他一眼，然后说道："很痛苦，但是没关系，我也习惯了。"

厉英良发现他已经将指甲抠破了，下意识地想要出声提醒，哪知沈之恒随即就将那手指送进嘴里吮了一口。

厉英良一脸嫌恶，发现沈之恒具有不少男童式的恶习。他就没有，他小小年纪就进了裁缝铺子当学徒，他要是敢无所事事地在那儿玩手指头，师父能一烟袋敲死他。

爱克斯光机终于安装完毕，牢房门前垂下帘子，暗室也算布置完成。医生给沈之恒照了许久的爱克斯光，然后又是一场大费周章，和机器一起撤走了。

地牢内的众人，都对沈之恒今天的表现很满意。厉英良和医生同行，继续去向池山英汇报——对于沈之恒，池山英虽然是无比好奇，但他把好奇心按捺住了，死活不肯露面。因为沈之恒可怕归可怕，但还不像狮子老虎那样可怕得一目了然，他有人类的经验和智慧，对着他，能谈条件，能讲道理。

想要把这人的秘密挖掘出来，就得智取；想要智取，就得斗智；想要斗智，就要留出后手，不能太痛快地把底牌全亮出来。所以作为最高领导，他打算先给自己蒙上一层神秘面纱，露脸的差事先交给厉英良。等厉英良实在是对付不了这个人了，自己再闪亮登场。

厉英良说沈之恒自称是个"传染病受害者"，这个名词启发了他，如果可以的话，他真希望沈之恒成为他本人独占的战利品——更准确地讲，他要的是那改变了沈之恒的病毒。可卫生队的医疗设备太简陋了，卫生队里的医生也都是只会处理伤口的庸医。

庸医对沈之恒做了全面检查，检查的结果等于没有结果：沈之恒的身体没有任何异常，健全人类该长的器官他都长了，屁股后头也并没有偷夹了尾巴。

池山英听了庸医的汇报，痛心疾首之余，自知别无选择，只能将他的战利品上交给上面了。现在他只希望上面会比自己高明一些，能将沈之恒物尽其用，千万不要浪费了这个天赐的宝贝。

池山英给了厉英良极大的权限。厉英良将在三天之后押解沈之恒北上，由更高一级来接收沈之恒。对于交通工具的选择，池山英很是考虑了一番，最后为了安全起见，他决定调用一辆专列。调用专列花费了一些时间，否则厉英良也不必再等三天。

厉英良手握重权、肩负重任，忽然成了个极其要紧的人物。越是有人抬举他，他受宠若惊，越要上进，立志要把这趟差事干得漂亮。池山英看着他那个感恩戴德、眉飞色舞的样子，简直莫名其妙——感恩戴德是能理解的，可眉飞色舞就没道理了。从这里过去，几千里地的长路，谁知道那个沈之恒什么时候会忽然发难？谁也不能把地牢原样挖出来搬到火车上去，就算是一路一直把沈之恒关进十层铁笼子里，也还是不保险的啊！

但池山英很快就发现，厉英良确实是个聪明人。

地牢全体人员都对沈之恒保守了秘密，所以沈之恒直到第三天清晨，才得知自己将要离开此地。

他新换了一身衣裤鞋袜，没戴镣铐，直接跟着士兵上去。走出楼门后，他停下来看了看久违的太阳，心中疑惑，不知道怎么忽然对自己放松起来。

这时，院内一辆汽车开了后排车门，有人从车内探身出来向他招手，正是厉英良。他走过去，厉英良向后一退，给他让了座位："上来。"

他坐上汽车，越发奇怪："我们去哪里？"

李桂生不知从何处跑了出来，用力关上了车门。厉英良把手伸进怀里："去坐火车北上，离开这里。"然后他发现沈之恒还在盯着自己，便问道："没听明白吗？"

"去北边儿做什么？"

"那里有专门的医学研究所，也许能查明你到底得的是什么怪病。"

沈之恒看着厉英良，看了好一会儿，末了他向后一靠，扭头望向了窗外："原来是送我去死。"

厉英良嗤笑了一声："怕了？我还当你是天不怕地不怕。别怕了，你死不了，那地方真是个医学研究所。还有，路上给我老实点儿，要不然，别怪我对这二位不客气。"

　　他一边说，一边从怀里摸出了一张照片递到沈之恒面前，沈之恒扫了一眼，登时变了脸色。

　　照片上站着一高一矮两个人，矮的是米兰，高的是司徒威廉，背景则是火车的车厢。米兰面无表情，司徒威廉的卷发乱糟糟，全不是正常的模样。

　　厉英良收回照片："他们半夜就上了火车了，放心，我并没有委屈了他们。这可怪不得我，谁让你光棍一条没有家眷呢，要是你有老婆孩子，我不就不用非得找他们的麻烦了？只要路上你乖乖的，我保他们平安无事，让他们舒舒服服地被送回来。可你要是想半路逃跑，那就别怪我心狠手辣了。反正他们两个就算死了，也没人知道是我干的，对不对？"

　　说到这里，他仔细观察着沈之恒的表情，又把照片对着他，凑近了指着上面的人问道："这二位在你心中，哪一位更重要？是米大小姐？还是这个卷毛小子？还是都无所谓，全死了也没关系？"

　　沈之恒抬手抓住厉英良的脑袋，用力向后一搡，厉英良猝不及防，一头撞上了车窗。前方副驾驶座上的李桂生当即拔枪对准了沈之恒，而厉英良挣扎着坐正了身体，一手捂着头上痛处，一手揣好照片，竟还一笑："生气了？"

　　然后他捏住沈之恒的衣袖，将那搡过自己的手拎起来，放到了对方的大腿上："别气了，玩手吧。这回长途漫漫，你连玩带吃，可以乐个够了。"

　　沈之恒闭了眼睛，被厉英良气得发昏。先前都是他气厉英良，如今厉英良终于扳回一局，不能不乘胜追击："要闭目养神啦？那我就只再问一句，这二位知道你的真面目吗？米大小姐知道吗？卷毛是个医生，他应该是知道的吧？"

　　沈之恒答道："都不知道。"

　　在火车站，厉英良一行人走特殊通道，上了火车。

　　火车经过了伪装，车头连着几节客车车厢，客车之后便是满载着货物的闷罐车——起码乍一看上去，确实是满载了货物。

　　沈之恒随着厉英良进了一节客车车厢，就见这里桌椅俱全，论布置，和特快列车的头等车厢相仿，只是车窗里层焊了一层铁栅栏。厉英良表面上看起来轻松愉快，其实一颗心一直悬在喉咙口。谁知道他手里的那两个人质到底有没有资格做人质？万一沈之恒忽然兽性大发，把自己弄死了怎么办？

幸而，沈之恒一直很文明。同行的沐梨花进来看了一眼，顺便向沈之恒打了个招呼，然后把厉英良叫了出去。车厢外站着一个人，乃是专门负责接应工作的翼青山，这一路也听从厉英良的指挥。

待到他离去，厉英良悄声问沐梨花："到地方再接应不就够了？怎么还一路接到这儿来了？"

沐梨花小声回答："那边好像对沈之恒的情况，非常重视。"

这时，两人身后的车厢门忽然开了，沈之恒站在门口，问道："我要求和人质见面。"

厉英良吓得向前迈了一步，沐梨花倒是稳如泰山。厉英良随即转身答道："等火车开了再见！"

沈之恒答道："我要求现在见。如果你不同意，我就和车上所有人同归于尽。"

"威胁我？"

沈之恒向他点了点头："对，我们现在是互相威胁。"

沐梨花看了看沈之恒，又看了看厉英良，犹犹豫豫地说道："火车马上就要开了，现在见面应该也行。沈先生回车厢等一等，厉会长现在就去带人过来，不就……好了吗？"

说到这里，她也有点含糊："是吧？"

厉英良就坡下驴，沈之恒也转身回了车厢。片刻过后，火车扯着汽笛开动起来，厉英良也带回了米兰和司徒威廉。

厉英良把沈之恒的人际关系调查了个底朝天，调查到了最后，他发现自己只能对着米兰和司徒威廉下手。沈之恒几乎是个没有私交的人，和谁的关系都不坏，但又从不和谁特别亲密。米兰，他在医院照顾过，算是他身边的特殊人物了；更特殊的是司徒威廉，竟然可以自由出入沈公馆。还有一个人福列，和沈之恒在商业上往来频繁，厉英良一度想顺手把他也绑了，但念在他较为高贵，便暂且放了他一马。况且人质这种东西，有价值的话，一个就够；没价值的话，绑一车也无用。

米兰一直被他软禁在米公馆里，昨晚直接领出来就行，所以她还保持着整洁的仪表；司徒威廉是下夜班回家时，在街上被他绑回来的。司徒威廉和他的人搏斗了一场，所以此刻看着就不那么体面，新夹克被扯了一道口子。

司徒威廉和米兰现在成了一对难兄难弟，随着厉英良穿过车厢走过来时，司徒威廉一直领着米兰。米兰握着盲杖，其实不是很需要他领路，但他非要拉着她，她也不好意思拒绝。摸摸索索地穿过了几节车厢，她的心跳渐渐剧烈起来，忽然间，她听见司徒威廉哭唧唧地呻吟了一声："沈兄。"

她当即深吸了一口气，同时摆出侧耳倾听的姿态，要捕捉虚空中的一切气味和声音。前方响起了桌椅声响，然后是沈之恒开了口："威廉，米兰。"

米兰迈步上前，一把抱住了沈之恒。沈之恒一愣，还以为她受了大委屈，刚要低头看她，哪知她松开双臂后退两步，自己摸了椅子坐下了，神情还挺安然，仿佛就是为了那一抱来的，抱完就算万事大吉。

他不知道米兰这些天筹划着救他，筹划得将要走火入魔，方才那一抱也是她情不自禁，一抱之下，她确认了沈之恒依然结实温暖地活着，一颗心便落回了原位，一口气也暗暗地呼了出来。

人是要靠着一口气支撑的，没了这一口气，她虚得站不住，只能后退两步，找个地方坐下来。

厉英良在一旁看着，心想米兰和沈之恒果然关系匪浅——就说小，也是十几岁的姑娘了，要是没有点特别的关系，男女有别，一个大小姐，能上去说抱就抱？

然而下一秒，司徒威廉也把沈之恒抱住了。

"沈兄啊！"他晃着大个子，几乎就是连哭带号，"我就说你别惹事，你死活不听，结果现在可好，连我都连累了。我昨夜让他们给打了！"

此言一出，厉英良和米兰一起皱眉头，感觉这个司徒威廉太不懂事，说的这叫什么话。哪知不懂事的还在后头，司徒威廉看清了沈之恒的面貌，忽然指着他的鼻子破涕为笑："你怎么变成这个样子了？真的，咱们认识了这么久，我第一次见你胡子拉碴。不过你留撇胡子也不错，挺有派头的。"

沈之恒没理他，抬头问厉英良："我要和他们单独谈一谈。"

厉英良答道："可以，请吧！"

然后他单手插进裤兜，翩然一转，走了出去，只留下前后门的士兵。士兵全都端枪做好了射击准备，而枪口瞄准的对象，正是司徒威廉和米兰。

沈之恒推开司徒威廉，让他和米兰并排坐下，自己则坐到了他们的对面。他先问米兰："这些天过得怎么样？有没有受苦？"

米兰答道："我没事，你呢？"

"我也没事。"

司徒威廉问道："沈兄，我听说咱们这一趟是要往最北边去？"他压低了声音："你不就是得罪了眼前这帮人吗？怎么还得罪到那么远的地方了？"

沈之恒看了米兰一眼，心知自己无论如何轻声，都逃不过米兰的耳朵，所以索性不做隐瞒："我的事情，他们发现了。"

司徒威廉拧起了眉头："那——"

沈之恒叹了口气："要把我送去做检查。"

司徒威廉向他做了个口型："那不行。"

沈之恒想这小子原来还没糊涂到底，还知道"不行"。他正想嘱咐司徒威廉几句话，不料米兰开了口，向着他劈头便问："沈先生，你真的得病了吗？"

沈之恒张口结舌，和司徒威廉对视了一眼，司徒威廉开了口："他——"

米兰对司徒威廉的回答毫无兴趣，继续说道："厉叔叔说，你得了传染病。"

司徒威廉倒像是来了兴致，凑近了去问米兰："要是他得的是传染病，你怎么办？是不是从今往后就不理他了？"

米兰转向司徒威廉，冷淡的小脸上露出了一丝困惑："为什么不理他？"

"传染病，很吓人的，你不怕？"

米兰感觉司徒威廉有点傻，至少也是头脑不清楚："我看不见，我不怕。"

"那他万一哪天病变了，传染给你呢？"

沈之恒忍无可忍，呵斥了他一声，而米兰圆睁着一双无焦点的大眼睛，漠然地把脸转向沈之恒，决定将司徒威廉彻底忽略掉，只对沈之恒说话："沈先生，你得的真的是传染病吗？"

沈之恒略一迟疑，然后一边在心中咒骂着厉英良，一边低声答道："是。"

米兰答道："哦。"

"哦"过之后，就结束了。她心里想：厉叔叔没有骗我。

厉叔叔这一阵子可没少折腾她，先是带了手下闯入她家赖着不走，后是连劝带哄地逼她离家上了火车，态度倒是始终很好，闲下来就和她聊闲天，讲他小时候怎么怎么穷，他妹妹怎么怎么好。她对这位厉叔叔兴趣不大，满心里只装了个沈先生，也许是因为她这人心胸狭窄，只容得下一位外来者，而那一夜，是沈先生先来，厉叔叔后到。

至于沈先生是什么，她倒不很在意。在她这里，世界蒙昧黑暗，色即是空，空即是色，哪怕沈先生一觉醒来长出毛变成狗，也无所谓，她正好可以抱着他养着他，一人一狗做伴。

米兰自有一套理论，不与外人道，所以尽管她自己思索得头头是道，沈之恒和司徒威廉看着她，却是有些摸不着头脑。司徒威廉悄声又问沈之恒："这几天，你有没有挨饿？"

沈之恒也悄声回答："这几天，伙食不错。"然后他向着米兰一抬下巴："你们是在一起的吗？"

"是，不过从我们那儿到你这儿，中间穿了四五节车厢。"

沈之恒看着车厢门口的士兵，抬手挡了嘴，无声地嘀咕："好极了，那你们——"

话未说完，因为厉英良忽然出现在了门口，傲然发话："米大小姐，司徒医生，今天的谈话结束了，请二位回去休息吧！"

司徒威廉望向沈之恒，沈之恒说道："去吧，你是大哥哥，照顾好米兰。"

司徒威廉听到"大哥哥"三个字，忍不住一笑，笑过之后，他见米兰也站起来了，就又牵起了她的手。米兰想再触碰沈之恒一下，然而一只手被司徒威廉牵着，一只手拿着盲杖，她身不由己，只得恋恋不舍地转身向外走去。

厉英良让李桂生押走了他们，自己在沈之恒面前坐了下来，微笑着跷起了二郎腿："沈先生，我这一手如何？"

沈之恒答道："卑鄙无耻。"

"我若不卑鄙无耻，也制不伏你。没想到你真还有几分人心，我昨天还担心你冷血心肠，不在乎那二位的死活呢。"

沈之恒忽然想起了一件事，皱着眉头问道："你对小孩子胡说什么？"

"我怎么了？"

"米兰。"

厉英良恍然大悟："我看那孩子很喜欢你，就想试试她对你是真情还是假意。"

"结果如何？"

"结果她说'随便'。哈哈，有意思，她是真的不在乎。至于你那个威廉，他对我装疯卖傻，说我污蔑你。我看他应该是早就知道，他为什么不害怕，还能一直替你保守秘密？你们之间是不是有什么交易？"

沈之恒答道："我们的交易，不过就是金钱的交易。"

"那他的胆子还真不小。"

"我的手笔大。"说完这话，他向着厉英良一笑，是那种最可恶的笑法，仿佛洞察一切，要看得厉英良无地自容、走投无路。而厉英良迎着他的目光，脸色果然渐渐苍白起来——本来就不是英姿飒爽的相貌，如今再一苍白，越发丧失了男子气概，倒像个女扮男装的人物，而且不是上等人物，要么是个过了气的戏子，要么是个失了宠的姨太太。

"有钱是好。"他咬牙切齿地点头微笑，"还能买来朋友。"

"如果我买厉会长做朋友，厉会长会开价多少？"

厉英良知道他这话肯定不是好话，但不知道究竟坏在哪里，故而只盯着沈之恒，不回答。沈之恒等了片刻，问道："你不愿意给我一个机会？"

厉英良还是不明白——也好像是有点明白，但是不能相信，所以归根结底，就还得算是不明白。他直勾勾地看着沈之恒，死活不言语，于是沈之恒最后就垂下眼皮，仿佛也有点失望："遗憾，原来厉会长还是个无价之宝。"

厉英良缓缓扭头望了前后车门，然后转向沈之恒，迟疑地开了口："你是想贿赂我？"

沈之恒的双手落在大腿上，十根手指又绞作了一团，他一边拆解着自己的手指，一边抬眼注视着厉英良："顺便也交个朋友，不好吗？"

厉英良看着沈之恒，眼睛又红了。

其实是好的，他和沈之恒之间又没有私人的深仇大恨，只不过是为了命令才追杀他。他曾经万分痛恨沈之恒那种拒他千里的眼神，可现在他知道他的底细了，见识过他那些不可见人的疯狂和虚弱了，原来大家彼此彼此，沈之恒还比他多了一样抠手吃手的幼稚恶习。

接受一笔贿赂，再交沈之恒这么一个朋友，对外吹嘘时都能多一份傲气，也可以像司徒威廉一样，开口就是"我沈兄"如何如何。沈兄有财势，有名望。他对沈兄那个圈子向往已久，并且一直是可望而不可即。

所以，如果可以的话，其实是好的。

种种的好处，让厉英良几乎当着沈之恒的面落泪，他看不见自己的脸，不知道自己此刻的神情几乎就是悲哀。沈之恒不只是沈之恒，沈之恒还代表着一个高贵高级的好世界，而他和那个世界一直是有缘无分。

"你在骗我。"他哑着嗓子说道，"别把我当傻子。"

然后他起身离去。

沈之恒的钱，他要不起。他必须完成任务，否则池山英饶不了他。

沈之恒望着他的背影，感觉这个人也算是与众不同。厉英良似乎是一直在努力地去做一个坏人，一次又一次挑战他的底线。沈之恒时常想要找机会宰了这家伙，可有时候看他坏得这么死乞白赖不漂亮，又只想皱眉头躲避开。

把厉英良从脑海中驱逐出去，沈之恒开始考虑如何逃脱。

计划

Chapter 07

　　沈之恒在车厢里枯坐了一整天。手托着下巴，他歪着脑袋往窗外望，托了前些年东奔西走的福，他凭着那一闪而过的小站站名，判断出这列火车高速行进的方向。但这也算不得什么新发现。

　　傍晚时分，火车在一处小站暂停了片刻，加水加煤。沈之恒站起来向窗外望，就见车上车下的人如临大敌，两侧窗外都站了成排的士兵，两排人夹着他所在的这节车厢，直等火车重新开动了，他们才小跑着跳上车来，不知道各自隐藏到了哪里去。

　　沈之恒并不是无所不能的神明，重新坐下来，他一时间也没了主意。车厢一端开了门，他抬头望去，看到了厉英良。

　　厉英良端着个人头大的搪瓷缸子，表面印着一串数字。搪瓷缸子显然非常沉，他一手端着，一手托着，把它运送到了沈之恒面前的小桌子上。沈之恒深吸了一口气，而厉英良揭开盖子，在他对面坐了下来："你的药。"

　　一边接过来，他一边顺便扫了厉英良一眼。然后把胳膊肘支在桌上，开始低头小口地啜饮。厉英良看了他这个喝法，以为他得喝到天荒地老去，哪知他熟能生巧，无声无息间就把搪瓷缸子喝了个底朝天。

　　厉英良饶有耐心地等待着，沈之恒才慢慢地抬起了头："你还没走？"

厉英良看着他，就见他头上短发凌乱，脸上胡子拉碴，便眉头紧锁："你看你这个样子。"

沈之恒向后一靠，抬手搓了搓脸，然后垂下手叹了口气："谁要你看了。"

厉英良——自从认为自己在厉沈战役中全面获胜之后——对沈之恒的感情就有了变化。当沈之恒是位劲敌时，他对他是壁垒森严死缠烂打；如今沈之恒沦为囚徒，他便小规模地解除武装，对着沈之恒真情流露起来。只不过他那真情也不是什么好真情，这等真情催出来的话语，也是不甚中听："你这个人不人鬼不鬼的样子，怎么对得起我当初对你的高看？"

沈之恒被他说糊涂了："你是在批评我的吃相，还是在批评我的形象？"

"都有。"

沈之恒抬手摸了摸下巴："那我洗把脸？能做人的时间不多了，趁着还没到地方，我应该多保持一点体面。"

"你不必这么悲观，我并不是送你去死。"

沈之恒抬眼看着厉英良，夕阳的光芒斜照着他，照得他瞳孔清澈透明，一泓泉似的，几乎映出了厉英良的影子。

厉英良昂然地回望他，因为理直，所以气壮："送你去死不必这么大费周章，那里只不过是个医学院，换句话讲就是个大的医院。"

沈之恒苦笑了一下："好了好了，你还是让我洗把脸吧。"

厉英良跷着二郎腿，坐看沈之恒洗漱。

沈之恒侧对着他，从一只大铁盆里水淋淋地抬起了头。旁边站着两个人，一个提着暖壶，一个拿着毛巾。沈之恒接过毛巾，垂了头慢慢地擦头发。

片刻之前，他们还用剃刀给沈之恒刮了脸，所以此刻擦干头发递回毛巾，他摸着光滑的下巴，也感觉神清气爽。对着窗外暮色伸了个懒腰，他回头问厉英良："有雪茄吗？"

厉英良从裤兜里掏出了皱巴巴的半盒香烟，往桌上一扔："没雪茄，就这个。"

沈之恒走过去，拿起烟盒看了看："就这个？"

厉英良道："看不上可以不抽。"

沈之恒抽出一支香烟，在他对面坐了下来："你应该试试雪茄。"

"我没那个闲情逸致，能冒烟就行。"

沈之恒笑了一下："烟囱行吗？"

厉英良从裤兜里又摸出个打火机，摁出火苗送到了沈之恒面前："兴致不错啊！"

沈之恒吸燃了香烟，道了一声"谢谢"，又环顾了黑沉沉的车厢，问道："接下来我就这么干坐着？"

"也可以躺着。"

沈之恒说道："躺着没意思，何况我也睡不着。你找几个人过来，咱们打牌。"

厉英良莫名其妙："打牌？"

"麻将，梭哈，都可以。把威廉也叫上，他很喜欢玩。"

"我要是不同意呢？"

他这句话说完，窗外黑到了一定的程度，车厢内的电灯骤然一起亮起来，沈之恒随之在他面前现出了清晰眉目。厉英良这才发现他双目炯炯，竟是一直凝视着自己。

"你不同意。"他鲜红的嘴唇开合，心平气和地说话，"我就和你同归于尽。"

说完这句话，他自己先笑了起来，一边笑一边往地上弹了弹烟灰。厉英良板着脸，是个不受软化的模样："别总拿这四个字吓唬我，你和我同归于尽，那二位也得给我们陪葬。"

"我知道。"沈之恒抬手一指四周，"要不然，你以为一节车厢关得住我？"

"我还有一个问题，你之所以心甘情愿地不逃，是为了米兰，还是为了司徒威廉？"

"都有。"

"哪个更占分量？别告诉我他们两个一样。"

沈之恒不假思索地答道："威廉。"

"我还以为是米兰。"

"是威廉。你不要看威廉那个没心没肺的样子，他其实很忠于我。"

"是忠于你的钱吧？"

沈之恒摇了摇头，转向车窗，看窗外那星星点点的灯火："你总是把复杂的事情简单化，一个人做什么事，仿佛就必须要有个目的，而且只能有一个目的，这是不对的。你不懂人。"

"你懂？"

"我懂。"

"那你懂我吗？"

沈之恒对着车窗点点头："懂。"

"既然懂，怎么还把我得罪了？"

"得罪你的时候，和你还不熟，还不懂你。"

"现在我们熟了？"

沈之恒再次对着车窗点点头。

"可惜晚了。"

沈之恒抬手拉拢窗帘，把烟蒂摁熄在了桌面上："是晚了。"

然后他搓着手站起来，忽然显出兴致高昂的模样来："不谈这个了，你去叫人，咱们打牌，玩它一夜。"

厉英良鬼使神差似的答应了沈之恒的要求。答应过后，他立刻给自己找到了足够的理由——与其让沈之恒彻夜在车厢里独处，不如让他暴露在灯光和眼目之中，要不然，凭着这人神鬼莫测的本领，谁晓得他会不会半夜做出什么大乱来？

他找来的人，一位是沈之恒点名要的司徒威廉，另一位是沐梨花，牌桌上需要女性的点缀，况且沐梨花智勇双全，又总是笑盈盈地和蔼可亲。司徒威廉下午睡了一觉，睡得满头卷毛都蓬了起来，出现在沈之恒面前时，他惶惶然也茫茫然，及至得知自己是过来打牌的，他才长出了一口气，低了头开始揉眼睛。

沈之恒问他："你和米兰今天过得怎么样？有没有受气？"

"受气倒没有，就是心里害怕。"

厉英良的手下搬进来一张小四方桌，沈之恒先在桌前坐下了："心里害怕还能睡成这样？"

司徒威廉瞟了厉英良一眼，嗫嚅着答道："昨晚没睡。"

厉英良从餐车取来了麻将牌，还在餐车中发现了雪茄，也一并带了过来。沐梨花脱了军装，换了一身碎花布旗袍，瞧着宛如邻家新过门的少奶奶，眼中放着诚恳的光芒，一笑就是一口白牙齿。正如厉英良所料，牌桌上有了她，气氛果然变得温暖甜美起来。她先向司徒威廉打探了几支医药股票的情形，问得司徒威廉一头雾水，于是沈之恒接过了话头，两人谈着谈着，沐梨花笑了起来："我也真是傻了，总觉得司徒先生是个医生，就一定连医药的生意行情都要懂。其实这两行是不相干的呀。"

司徒威廉跟着笑："这方面的事情，你问沈兄就对了，股票这东西，他总能搞到一点内幕消息，投资是一投一个准。"

沐梨花一边摸牌，一边深以为然地点头："要不人家都说，钱这东西爱聚堆，越是有钱人，赚钱越容易。"

沈之恒笑呵呵地打出一张牌去："哪有那么容易，看着容易罢了。"

厉英良摸着牌，发现这三人越聊越火热，沐梨花的言语之中充满了人间烟火气，越说越俗，并且好像当真有意去投资股票。沈之恒也慢条斯理婆婆妈妈的，和她有问有答，司徒威廉偶尔插嘴，说两句没出息的蠢话。

他感觉这个局面不好，自己又被无视和抛弃了。

伸出舌头舔了舔嘴唇，他冷不丁地开了口："沈先生身上一分钱没有，一会儿输了，这账怎么算？"

此言一出，整个车厢都静了静。

他立刻知道自己又说了不合时宜的话，鲜血瞬间涌上了他的脸，他恨不得掀了桌子再掏出手枪，将在场诸位杀人灭口。

幸而，沈之恒这时开了口："我可以打欠条呀。"

他并没有专对着厉英良回答，而是对着整张牌桌的人说话："拿着我的欠条去海河报馆找总经理，绝对领得出钱，不过你们大概没有这个试验的机会，因为我向来是情场失意，赌场得意。"说到这里，他打出了一张牌，"九条！"

司徒威廉说道："你哪有情场啊。"

沐梨花也笑问："好像是没听过沈太太的消息。"

厉英良心想：他有没有太太你会不知道？

沈之恒答道："我是独身主义者。"

沐梨花笑道："真够摩登的。司徒先生呢？"

"我可不独身，我心里已经有一位女神了。"

厉英良听到这里，简直纳罕起来，恨不得质问沐梨花和司徒威廉：你们笑什么？你们高兴什么？

牌局进行到天明时分，沈之恒果然是赌场得意，失意的是厉英良。

他身上没有那么多现金可以结账，所以要来纸笔，给沈之恒写了一张欠条。沈之恒把欠条看了几遍，末了却给了司徒威廉："回去把钱给威廉吧，我未必花得到你的钱了。"

司徒威廉愣愣地接了欠条，仿佛是有些疲倦，一言不发。厉英良请沐梨花把司徒威廉带走，又让人搬走了房内的方桌和麻将牌。隔着铁栅栏，他挺费劲地把车窗拨开了一线，让晨风透进来。

他的本意是换换车厢内的空气，可沈之恒像是很惊喜似的，走过来弯腰凑到窗前，迎风连着做了几个深呼吸。

厉英良也许是熬夜熬得神经麻木了，此刻竟对他一点也没感觉怕。肩膀抵着窗框，他垂眼看着沈之恒头顶心的发旋："你们都太会装了。"

沈之恒闭上眼睛，将清新空气吸入肺中，吸到了极致。

然后他呼出了一口气，站起身转向了厉英良："我再给你一次机会。"

厉英良轻声问道："什么？"

"我给你一百万，你和我一起走，我带你离开，并保证你未来十年的安全。你知道我无须欺骗你，我也有能力保护你。"

"一百——"

厉英良打了结巴，在他宏伟烦琐的人生计划中，尽管他志向远大，可也没敢把百万身家四个字放入计划中。这诱惑太大了，以至于他圆睁二目望着沈之恒，问道："这么骗我有意思吗？还是你觉得我已经傻到会相信你了？"

"这是一场交易，本来我也打算离开。你放了我、威廉和米兰，我带你们一起走。至于你的酬金，一百万虽然不是小数目，但还不至于让我倾家荡产，我认为我的命值这个价，你以为呢？"

他越说越真，有理有据。厉英良听得变脸失色，认定了他在撒谎："够了，我没兴趣听你这些鬼话！"

然后他转身就走。

沈之恒必须是撒谎，否则他会活活地心痒而死。他这么不要脸不要命地给别人当走狗，图的是什么？不就是图个荣华富贵吗？不就是图个一百万吗？可沈之恒那一百万他怎么拿？他怎么敢得罪那些人？再说他哪有那个本事放人？这里说起来数他最大，可他心里知道，那是因为沐梨花还没发话。

他终究是个小角色，无事的时候他做主，出了事就轮不到他指挥了。

他逼着自己去恨沈之恒，然而心里依旧像猫抓一样，慌慌地不能安稳。他怀疑自己犯了低血糖，走去餐车喝粥，结果热粥刚喝了两口，他遇到了翼青山。

厉英良向来很尊敬池山英那边的人，上至池山英本人，下至面前这个翼青山，他一视同仁，见了全要起立问候。他这么一问候，倒是问候到了翼青山的心眼里——他久闻沐梨花的大名，颇想和她搭一搭话，然而沐梨花那一团和气并不是谁都能享受的，她可以对着沈之恒谈笑风生，但是并没有兴趣搭理一个愣头青似的自己。

旅途漫漫，所以翼青山决定先认识认识厉英良，再通过厉英良，熟悉熟悉沐梨花。他一屁股在厉英良对面坐下了，他也要吃早饭，正好和厉英良边吃边谈。

厉英良和翼青山谈了一场，谈话转移了他的注意力，也稍微缓解了他的心慌；下午二人再次相遇，厉英良看出翼青山是个挺爱说话的人，便搜索枯肠，想要找些不太难的话题来聊一聊。

"翼先生在那边工作多长时间了？"

翼青山向他伸出一个巴掌："五年了。"

厉英良含笑点头："哦，五年了。那边还太平吗？"

翼青山答道："还好，医学院的工作不难。"

厉英良"噢"了一声，算是应答，然而翼青山以为他没听懂，就决定再说得细致一点，这回他说了大概有十分钟。

十分钟后，他闭了嘴，厉英良又"噢"了一声，"噢"过之后，他停了停，说道："那你们对于沈之恒，到时候一定要特别小心些。"

"是的。"翼青山答道，"我也读过你们送来的报告书，对于他的情况，我们都很好奇。"

厉英良又道："翼先生，恕我失陪一下，我可能真的是有点低血糖，早上晕了一次，现在又犯晕，我得去找些糖吃。"

说完这话，他摇晃着离开了，脸煞白的，眼睛泛红。一路穿过了几节客车，他摇晃进了沈之恒的车厢。

沈之恒坐在窗前，正在向外望。厉英良进来时，他没有回头，只对着窗外说道："有晚霞了。"

厉英良一肩膀抵上窗框，看着他的头顶，不说话。

沈之恒又道："这一天也过去了。"

他说话时常有一种腔调，慢条斯理的，好整以暇的，是好日子过多了才能养出来的高姿态。厉英良自知穷凶极恶，拍马追也赶不上他。

可是穷凶极恶的能活下来，有姿态有腔调的，却是一路往地狱里奔去了。原来研究所和医院是有区别的；原来里面的兔子白鼠，是用来做研究的。

那沈之恒呢？他要被研究到什么地步？他最后会变成什么样子？

沈之恒是他亲手抓进来的，如今也正在被他亲手送走。可是其实他们之间真的没有什么深仇大恨，他们不是一个世界的人，各过各的，无非就是他对他仰慕已久，而他不理他。

就这些，没了。

这点恩怨，不至于让他把沈之恒送到地狱里啊。

沈之恒抬头看了他一眼，看他脸白眼红，像只饱受折磨的兔子。重新望向窗外，他以为厉英良正在进行激烈的内心交战，犹豫不定，所以会格外神经质。他疯他的，沈之恒说沈之恒的："我应当珍惜这趟旅途，在旅途中，我至少还能保持几分体面和尊严，等下了火车，也许就是另一番局面了。可话虽如此，这种等待的感觉，还是让我感到了疲惫和厌倦。也许我们应该转乘超特急号列车，那样的话，我们现在应该已经到了。厉会长，你有没有坐过超特急号？"

"我没有。"

"我坐过两次，非常快，非常好，车内有空调系统、观景车厢、高级料理、金发女侍，应有尽有，是科技与财富的造物。世上的好东西太多了，只要有钱，什么都能享受得到。我这话是庸俗了点，但它是真的，我爱这个世界。"

厉英良以为他又要用金钱诱惑自己了，然而沈之恒自顾自地继续说道："我这些年走过很多地方，在这里住几年，在那里住几年，为的是寻找我的弟弟，就是我那位姨娘的孩子。我想他和我应该是不同的，他如果是和那位姨娘一起长大的话，也一定比我知道得多。我始终不明白自己是怎么回事，我想明白。"

厉英良清了清喉咙："要是你有机会能回来，我买一等车票，请你坐超特急号。"

沈之恒抬头望向了他，显然是有点惊讶："怎么对我大方起来了？"

厉英良斜靠着窗框，用嘶哑的声音回答："因为我对你，是仰慕已久。"

沈之恒向后一靠，笑了："仰慕已久，但还是不肯合作。"

厉英良一言不发，转身离去。走出车厢的时候，他想流泪，不知道是为了沈之恒，还是为了一百万。

他仰慕他，但不敢信任他。他不能为了一份虚无缥缈的承诺，拿自己的生命冒险。

天黑了。

司徒威廉躺在床上，隔着一张桌子还有一张小床，床上躺着米兰。晚饭吃过一阵子了，车厢内也熄了灯，他们静静地躺到现在，就是为了让门外的士兵以为他们已经入睡。

这种假象很好营造，要不然司徒威廉也是睡了吃吃了睡，米兰更是如同一缕幽魂一般，活得无声无息。别说那些兵摸不清她的思想，就连司徒威廉也怀疑她是被她母亲虐待傻了——她看起来好像是没有思想，也没别的，什么都没有。

忽然，司徒威廉轻声开了口："哎，你穿鞋了吗？"

桌子后头响起个轻细的嗓音："穿了，还藏了一包饼干。"

司徒威廉放了心，自己的脚趾头也在皮鞋里动了动。清晨牌局散场时，沈之恒将厉英良所打的欠条递给了他，他当时就觉得里头有问题，带着欠条回来一看，欠条背后果然写了两行小字，让他和米兰今夜别睡，等着和他一起逃。

他不知道沈之恒是什么时候写下这两行字的，不过他无条件地相信这个人。

皮鞋厚重，有些捂脚，应该换新的了。他也知道即将面对一场生死之逃，自己此刻应该紧张肃穆，然而心思自成一派，不听他的指挥，一会儿跳到新皮鞋，一会儿又跳到金静雪，乱跳一气，没个重点。

这是他天生的一种缺陷，所以他需要沈之恒。

与此同时，沈之恒已经开始了行动。

沈之恒认为如果自己有足够的时间，是能够策反厉英良的。厉英良对他有股子爱恨交织的劲儿，而爱恨之间的这个空子，就够他钻的了。

然而他没有足够的时间。火车已经走了很久，估计快到终点了。而据他这两天的观察和判断，今日凌晨时分，或者更早一点，超特急号将会与这列火车擦身而过。

他不可能带着威廉和米兰走回家去，他需要这趟车带他一程。

行动的第一步，是把床上的毯子撕下了一大块，塞进了车窗和铁栅栏之间。把毯子展开来盖住了玻璃，他从栅栏间伸手过去，用力向外一摁。

沉闷的破裂声音被火车行进时的"轰隆隆"掩盖住了，他把碎玻璃一块一块掰下来扔了，同时尽力捂着毯子四角，否则夜风呼呼地鼓进来，能把车厢门吹得震动。门外昼夜都有士兵站岗，随时可能推门进来。

然后他一脚蹬了窗框，一手抓了栅栏，一点一点地把栅栏拉扯变形。对他来讲，这不是太费力气的活，只是两只手不敷分配，让他手忙脚乱。待到栅栏间的空隙能容他伸出头了，他轻轻地撤出了毯子——还好，风势没有想象的那样大，车厢门还是稳固无声。

忽略了窗框支出的玻璃碎碴，他先是头后是肩，一点一点地从车窗中钻了出去。车外风声浩浩，亏他身手不凡，否则立刻就会被吹到车下去。手扒脚踩地爬上了车顶，他先向前望，看到了火车头，人质总不会被关在火车头里，所以他转了个身，快步走向后方。后方是接连的四节客车车厢，客车之后是更长的闷罐车厢。司徒威廉和他谈话时，说自己和米兰住得还好，既是还好，那闷罐车厢就和他们没有关系，他们只能是在这几节客车车厢里。

走过这节车厢，他纵身一跃，在第二节车厢顶上轻轻落地。这节车厢半开了天窗，他跪在天窗旁向内扫了一眼，车内亮着电灯，有张小床，床上躺着厉英良，厉英良叼着烟卷枕着双手，正仰卧着发呆。

沈之恒继续向前爬，第三节车厢也开着天窗，他向内望去，发现这一节是餐车，天窗正下方的座位上坐着沐梨花和一个人，车厢一角的吧台里还站着个侍应生。很好，前方还剩两节车厢，他很快就能和那二位人质见面了。

他正要继续前行，然而就在这时，沐梨花一边说笑一边抬头，向上扫了一眼。

笑容在她脸上凝固了，她立刻就站了起来，身旁的人也随之抬头，拔出手枪指向了沈之恒。沈之恒起先想要躲闪，可随即想到车内的沐梨花可以在几秒钟之内穿过车厢控制人质，便索性一头扎了下去。沐梨花身旁的那个人——翼青山举起右手扣动了扳机，子弹和沈之恒擦身而过，沈之恒在下落之时抱着他的脑袋一扭，他的手还未落下，人已经没了。

沈之恒站稳了，转向沐梨花，就见她冲到了吧台后面，按下了墙壁上的红色按钮，车内立时警铃大作。她随即冲向后方车厢，沈之恒也跑向了吧台，他不是冲着警铃去的，他是看到了警铃旁的一扇小小木门。他打开木门向内一看，看到了一排电闸和红绿电线，回头再看到那瘫软在地的侍应生，他从侍应生手中夺过一条餐巾垫了手，对着电闸一通乱扳，对着电线也是一通乱扯。火花闪烁之间，警铃哑然，五节客车瞬间陷入黑暗。接着沈之恒推开车厢门追向了沐梨花。

他不知道沐梨花在哪里。

第四节车厢已经乱作一团，所有人一起惊叫，他们知道沈之恒已经到来，可黑暗让他们不知向何处开枪。沐梨花屏住呼吸站在最暗处——已经没有时间去控制人质了，即便她能够一马当先地冲进人质车厢，沈之恒也会随后赶到，而她不敢单枪匹马地与他为敌。

在大混乱中，沈之恒杀出了一条路，最后一脚踹开了第五节车厢的车门。借着窗外月光，他看到了面前一对整整齐齐的人，是司徒威廉和米兰。两人不知在门口站了多久，司徒威廉牵着米兰的左手，米兰右手执着盲杖。司徒威廉的眼睛亮晶晶，米兰的面孔冷森森。

沈之恒一把抓住了司徒威廉的手："走。"

司徒威廉一俯身，用手臂环住了米兰的胸口，像个小女孩单臂夹着娃娃一样，他也单臂夹起了米兰。就在这时，车厢另一端的门开了，成队的人涌了进来，对着前方开始进行无差别射击。

在枪声响起之时，沈之恒也打开了火车车门。无暇去看车外地形，他拽着司徒威廉就是一跳。就在他们翻滚落地的一刹那，火车发出了惊天动地的刹车声音，车轮与铁轨之间火花飞溅，同时备用电机开始供电，客车内大放光明，将铁路两侧照得通亮。

沈之恒慌忙爬起来，就见司徒威廉趴在地上，米兰已经被他脱手甩了出去。他先跑去把米兰抱起来扛上了肩，又弯腰扯起了司徒威廉，也不管他们是否受伤，拔腿就往铁路旁边的树林里跑。

刹车是个漫长过程，火车在火花中放缓了行驶速度，士兵们从这条钢铁长蛇的各个关节处跳了下来，潮水一般地漫入了树林。厉英良和沐梨花会合，两人全都有点魂飞魄散，也没有什么对策，直接各自带队开始了搜捕。

今夜是个云遮月的阴天，起初空中还有一弯残月，残月只亮了片刻便被乌云遮住了，遮得人间伸手不见五指。树林中活动着光点，是手电筒，而沈之恒和司徒威廉跑得深一脚浅一脚，沈之恒本来不想远离铁路，只想逆着火车的方向在林中暂时躲避，可现在的情势也由不得他了，他和来抓他们的人一起成了没头苍蝇，互相乱飞。司徒威廉跳火车时崴了脚，一瘸一拐地拖他后腿，拖了好一阵子，才又恢复了正常的步态。而司徒威廉刚刚恢复正常，米兰趴在沈之恒的肩膀上，又挣扎了起来，沈之恒心急火燎，也不管她是大姑娘还是小女孩了，照屁股就是一巴掌："别闹！"

米兰细细的小嗓音在他耳边响起："路不好走吗？天很黑吗？"

司徒威廉龇牙咧嘴地低声答道："黑得什么都看不见了，我们现在和你一样了。哎哟——"他一脚踩进坑里，狠狠地趔趄了一下。

米兰一个挺身，硬从沈之恒肩上翻了下来，双脚落地站稳了，她说道："那我来领路，你们要去哪里？"

沈之恒一怔："你？"

司徒威廉抢着答道："先别管去哪儿了，反正别让他们追上咱们就成。"

米兰伸出右手盲杖，杖尖"唰啦"一声掠过地上野草。歪头做了个侧耳倾听的姿态，她随即向前伸出左手："沈先生。"

沈之恒握住了她的手："行吗？"

她转身，迈了步："行。"

她不知道久居黑暗世界的自己，已经进入了妄想境地。她至真至诚地相信自己能把沈之恒引领出去，没有理由，就是相信。

他生命中的一部分由她造就。她亲手造的，她便要亲手拯救，所以只要她还活着，他就不会死。盲杖拨开荒草，她想起了在教堂里听过的《出埃及记》，一刹那间，她觉得茫茫前路即是红海，而她就像那摩西，她向海中伸杖，海水便分开，道路便出来。

这个念头让她狂热起来，她越走越快，并且当真对周遭一切了如指掌。闪烁的光点越来越远，她带领他们逃离了搜捕他们的大部队。

忽然间，她猛地收住了脚步。

沈之恒扶了她的肩膀，警惕地环顾四周，司徒威廉莫名其妙："怎么停了？迷路了？"

米兰竖起一根食指，"嘘"了一声。

她从来没有这样激烈地运动过，热血涌上她的大脑，她耳中一阵阵地轰鸣，更糟糕的是起了大风，大风摇动整片树林，林海涛声此起彼伏，彻底扰乱了她的感官。她一时间混乱了起来，而在混乱之中，她又感觉自己依稀听到了什么异响——听到了，却分辨不出，这才最令她迷茫焦灼。

下意识地，她张开双臂，挡住了身后的沈之恒。

与此同时，前方走出了一小队黑黢黢的人，为首一人攥着个坏了的手电筒，是厉英良。

厉英良一手拎着个半路不亮了的手电筒，一手提着手枪。在他和沈之恒迎头相遇的那一刻，天空横过一道闪电，把他们眼中的对方照了个雪亮。厉英良不假思索地举了手枪，然而手指搭在扳机上，他没有扣下去。

沈之恒强行把面前的米兰推到了司徒威廉怀里，然后对着厉英良开了口。厉英良知道他对自己说了话，可迟来的隆隆巨雷淹没了他的声音，他只能隐约看见他的嘴唇开合，他是说了很长的一句话。

握着手枪的右手有些颤抖，他理应开枪，他开了枪身后的手下也会一起开枪，密集的子弹足以让沈之恒暂时失去抵抗能力。可那样的话沈之恒就会被送走，就会被绑到手术台上任人宰割了。

短暂的僵持过后，天上又是一道闪电，电光影中，厉英良忽然看见了沈之恒后方的沐梨花。

她带着一队人马，不知何时逼近而来，并且也已经对沈之恒举起了手枪。

他看得见她，她自然也看得见他，而他怎么敢在别人的眼皮底下放过沈之恒？

惊恐之下，他开了枪。沈之恒应声而倒，不是中了枪，是米兰推开司徒威廉一头撞向了他，把他撞倒了。后方的沐梨花哼了一声，想要摸黑补枪，可对面厉英良的手下先她一步开了火，本意是对着沈之恒等人射击，然而子弹无眼乱飞，反倒逼得她也连连后退。

厉英良站在人群中，也不知道自己方才那一枪到底打中了沈之恒没有。又一道电光闪过，他再一次看见了沈之恒——沈之恒向他掷出了一道寒光，他侧身一躲，随即大声惨叫起来。

寒光是一把餐刀，扎进了他的上臂。与此同时，大雨点子伴着雷声砸了下来。沐梨花打开手电筒扫视前方，就见雨水之中瘫坐着厉英良，厉英良的手下傻子似的围着他，而沈之恒一行人已经无影无踪。

大暴雨救了沈之恒和司徒威廉。

他们乱跑一气，最后被一股泥水冲进了个小山坳里。大雨下得扯天扯地，司徒威廉脱了夹克当伞，撑在了沈之恒头上，沈之恒跪坐在泥水之中，怀里抱着米兰。

米兰替他挡了厉英良那一枪。

沈之恒凑到她耳边唤她的名字，她听见了。他的声音惊惶悲痛，于是她知道了自己或许死期将至。她不怕死，为了救他而死，更是死得其所，远远胜过一个人忍辱负气跑出去，在废墟之中孤零零地冻死。他的声音带了哭腔，是哭了吗？没必要哭的，他还是不懂她，不懂她对这个世界并无留恋，不懂她其实早就想离去。

一股温暖而又酸楚的感情包裹了她的灵魂，她先是凭着这感情去为沈之恒挡了子弹，如今又被这感情托举着飘浮起来。这强大的感情源于何处？归于何类？她不知道。

她这些年来，一直活在黑暗之中与世隔绝，没人理会她，没人教导她，她什么都不知道。雨水砸进她大睁着的眼睛里，她用最后一口气，喃喃地说出了三个字。

她说："谢谢你。"

谢谢你，做我长夜中的一轮月。

司徒威廉看出米兰是失血昏过去了。

他累得双臂酸痛，沈之恒又抱着米兰始终不动，于是他放下了夹克，在电闪雷鸣之中高声问道："沈兄，我们接下来怎么办啊？还跑不跑了？"

沈之恒抬了头，电光闪烁之中，司徒威廉看清了他，登时一惊——他的额角皮肉翻开，肩膀上有一处枪眼，原来他也中了枪。

他直视前方，喃喃说道："你留在这里，我去给她报仇。"

说完这话，他把米兰放了下去，然后站了起来。司徒威廉慌忙拦住了他："你疯啦？这时候还报什么仇，能逃出去就算谢天谢地了。"

沈之恒甩开了他的手："我没疯，我理应给她报仇。"

司徒威廉追上他，压低声音急道："还说你没疯？你知不知道这里有多少人在抓你？我告诉你，我们现在就应该赶紧跑，要不然等天亮了他们把这里一包围，到时候想逃都没有路了！"

他一边说一边去抓沈之恒的手臂，然而沈之恒强行扯开了他的手："我杀光他们，就有路了。"

"那要是杀不光呢？他们有枪有炮，你还真以为你是刀枪不入？要是你也死了，我怎么办？你只顾米兰不顾我了？在你心里我没有米兰重要？我没有一个将死之人重要？"

沈之恒轻声答道："死就死吧，我受够了。"

"谁死？你说谁死？我允许你死了吗？你想死我还不想死！回来！你给我回来！沈之恒！我让你回来！"

沈之恒充耳不闻，依旧是走。司徒威廉看出来了，米兰受伤刺激了沈之恒——他不相信沈之恒对米兰有什么如海深情，他看沈之恒纯粹就是受了刺激。

司徒威廉知道沈之恒即便是在最春风得意的时候，心底深处也还是意气难平。这么一个常年含恨的人，又受了一场折磨与囚禁，精神自然可能濒临崩溃。而那个米兰中了邪似的一味地对他好，如今又为他挡枪昏迷了，他一时发个小疯，也不稀奇。但现在乃是非常时期，逃命要紧，他可不能由着沈之恒跑回去大开杀戒，还是那句老话——你想死，我还不想死。

紧追慢赶地撵上了沈之恒，他看不清沈之恒的神情，于是从裤兜里摸出了个湿漉漉的打火机，连打几下，打出了一簇小火苗。火苗一闪而灭，但足以让他看清沈之恒的面貌。

沈之恒的面貌，很狰狞。

这回，司徒威廉也急了。

双手抓住了沈之恒的衣领和腰带，他把这人抓着狠狠掼下，然后一抬腿跨坐下去，他压住了他。沈之恒向上一挺身，站了起来，他猝不及防地滚落在地，随即一跃而起再次扑倒了沈之恒："镇定，米兰还没死，你听我的话，我可以——"

沈之恒当真是失去神志了，竟然伸手掐了他的脖子。司徒威廉勃然变色，一把抓住了他的手腕。

沈之恒猛地挣扎了一下，司徒威廉给了他一耳光，是脸颊的刺痛让他瞬间恢复了痛觉。

痛觉先恢复了，然后是听觉与视觉，他如梦初醒一般，听见了风声雨声，看见了漆黑天幕裂开一隙，露出了半弯月亮。

一线月光之下，刺痛转为麻痹，他打了个冷战，而司徒威廉抹着嘴唇直起腰来，低头望向了他。

他眼中有了神采，正在恢复理智。于是司徒威廉很满意："清醒了？"

沈之恒盯着他，没反应。

司徒威廉又道："米兰真的没有死，我能救活她，条件是你不许再闹着报仇。真是怕了你了，竟然为了个小孩发疯，连我的死活都不管了，真不够意思。"

沈之恒心里恍惚得很，像是刚刚饱餐了一顿，脑筋转不动，身体也是软的："你救？你怎么救？"

司徒威廉无可奈何似的叹了口气，把自己的衣袖挽起来，拿出藏在身上的特效药。

沈之恒怔怔地看着他的胳膊，忽然站起来抓住司徒威廉的衣领，指着他胳膊上和自己一样的印记问："你到底是谁？"

司徒威廉也站了起来："我是你的弟弟。"

然后他挣脱沈之恒的手，抓住了他的后衣领，把他拖回了那一处小山坳。

嫌隙

Chapter 08

在山坳里，司徒威廉找到了米兰。

沈之恒坐在泥泞之中，就见司徒威廉跪下来，抓住米兰的一条手臂，拉扯布娃娃似的把她拉扯到了怀中。自后向前地将她抱住，他俯身低头，把那剂特效药用在了米兰身上。

药剂慢慢进入米兰的身体，与此同时，雨势越来越缓。片刻过后，在这场持续了半夜的大暴雨彻底停息之时。

又过了片刻，她猛一抽搐，像是沉睡的人被呛醒了，以至于她沉闷地咳嗽了一声。

一声咳嗽过后，她缓缓闭了眼睛。

司徒威廉一抬手，从裤兜里掏出一条湿漉漉的手帕，胡乱缠了米兰的伤口。把米兰往地上一放，他低头审视了她片刻，然后四脚着地地爬到了沈之恒面前："你要不要过去看看她？其实我也没有百分之百的把握，不过抢救及时的话，她还是能活的。"

沈之恒盯着米兰，米兰仰卧在地，胸口有了隐约的起伏，像是睡了。

沈之恒一点一点地转过头，他注视着司徒威廉。司徒威廉向他一笑："干吗？不认识我啦？"

沈之恒也笑了一下，笑容突兀，一闪即逝。随即抬手捂着眼睛低了头，他低声自语："怎么可能，我真是疯了。"

然后他抬起头环顾四周："威廉呢？"

司徒威廉一拽他："我在这儿呢！你也瞎啦？"

沈之恒望向他——只看一眼就扭开了头，仿佛见了什么不堪入目的东西，不但不能正视，甚至不能相信，要自己说服自己："你不是威廉。"

司徒威廉举起双手，做了个话剧中叩问苍天的姿势："哎哟我的沈兄，要疯你回家再疯好不好？我都救活米兰了，你要说话算话的呀！你看天都快亮了，我们再不逃就晚啦！要是再被他们抓回去，恐怕就不止你一位要遭殃，我和米兰也要遭殃了。"

沈之恒再次望向米兰，米兰闭着眼睛，看起来正是一位沉睡中的少女，如果忽略她的伤口的话。仅存的一点理智让他爬过去背起了米兰，也是这一点理智，让他仿佛出于本能一般，忽视掉了身后的司徒威廉。

他必须忘掉方才的一切，忘掉司徒威廉其人其事，否则他很可能再次失控。天真的是快要亮了，远方天边已经有了隐约霞光，他走得一呲一滑，踉跄着向前疾行。司徒威廉紧紧追上了他："方向对吗？可别又撞到了他们的枪口上。"

过了一会儿，他又问："你到底走的是什么路线？我怎么都糊涂了？"

又过了一会儿，他再次开口："那些人怎么都不见了？难道他们这一夜没找到我们，就放弃了？"

沈之恒的耳朵隔绝了他的声音，他问天问地，始终只是自言自语。而距离他们两里地远，厉英良正在预谋着放火烧山。

厉英良穿着衬衫，被餐刀扎伤的右臂剪了袖子，胡乱缠了几层绷带。面无表情地迎着朝霞光芒，他指挥人从火车上往下搬汽油桶。

他和沐梨花搜寻了半夜，虽然没有收获，但也能够确定沈之恒应该没有逃远。昨夜的大雨下成那样，他还带着两个拖油瓶,怎么逃？就算他会飞，大雨也会把他拍下来。

昨夜是老天爷帮忙，可现在天晴了，他们找起来容易，沈之恒逃起来也容易，所以那个大海捞针式的找法就行不通了。唯一的办法就是建立大包围圈，然后放火烧林，把沈之恒逼出来。

他对沈之恒依旧存有仰慕之情，可昨夜他对沈之恒开了枪，沈之恒也对他动了刀，他们刚刚建立起来的一点关系——说不清道不明的一点关系——就在这刀来枪往之中夭折了。接下来沈之恒一定又要找他报仇，而他若是想活下去，就必须先下手为强。

而且，对池山英也得有个交代。

汽油桶搬下了一大半，应该够用了，火车停了一夜，为了避免造成交通堵塞，如今不得不缓缓开动，驶向前方。他们推倒汽油桶，让汽油汩汩流出。沐梨花走到了厉英良身边，两人都是无话可说。

远方传来了轰隆巨响，大地随之震颤，厉英良回头望去，就见朝阳光芒之中驶出一列闪亮快车，正是超特急号。

流线型蓝色车头牵引着一长列褐色客车，以一百公里的时速飞驰而过，厉英良目送着这一列轰轰烈烈的豪华列车，目光随着它望向了极远之处。很奇异的，他生出了一种平静而绝望的心情，仿佛送葬一般。

忽然，他抬袖子一擦眼睛，感觉自己好像看见了两个人影。那两个人影一前一后，扑向了超特急号——扑上去，然后就随着列车一起消失了。

回头望向沐梨花，他颤声问道："你看见了吗？"

沐梨花变脸失色："你也看见了？"

晨风忽然转向，一股黑烟扑向了他们，厉英良逆着黑烟望去，发现是那林火熊熊燃烧起来了！

而且火借风势，席卷向铁路来了！

厉英良留下了大部分的士兵扑火，然后凭着两条腿，和沐梨花跑到了最近的小火车站，想要打电话给铁道总局，让总局下令拦停超特急号列车。

小火车站确实装有电话，但是线路不长，只能联系前后两处小站。厉英良到了这时，精神崩溃，完全没了主意，并且一阵一阵地翻白眼，仿佛要昏过去。

沐梨花对他失望透顶，也懒得搭理他，直接自己做主下令，让各站采取接力赛的方式，把消息一站一站地传递出去，一旦传到装有无线电台的大站了，就通过电台直接向总局发电报。

拦停的原因，因为涉及机密，她只能含糊说明，所以她的消息虽是一站一站地传出去了，并且确实是通过电波，赶在列车之前到达了铁道总局，但局听了这种语焉不详的无理要求，就像她现在懒得搭理厉英良一样，也直接拒绝了她。

她心急如焚，又一站接一站地去联系了池公馆，而在等待回音的期间，她站在小站门口眺望远方，先是见天边霞光如火，后来又感觉这如火的程度未免太高了点，火中竟然还配了几柱冲天的黑烟。

"啊！"她睁圆了眼睛，"火烧大了？"

这场大火燃烧的基础，是他们泼下的大桶汽油，基础既是如此之好，又有晨风助兴，自然就烧了个铺天盖地，留下来扑火的士兵只逃出了个零头，其余诸位全被当场火化。而大火犹不满足，顺着铁路乘兴而走，又烧毁了三里多地的轨道。

在大火顺着枕木蔓延之时，超特急号已经缓缓驶入了火车总站。公馆那边终于还是帮上了沐梨花的忙，列车刚一停车，几队警察就已经等候在了车门外。列车在火车站只停五分钟，而且车上不乏达官贵人，他们只能在五分钟内搜查全车，不能拖延。

五分钟后，警察一无所获，列队下车。

警察离去四个小时之后，沈之恒和司徒威廉进了火车站。

沈之恒在林子里并非乱走。

当时他脱了衬衫撕扯成条，把米兰牢牢绑在了自己的后背上，然后匍匐在地，静静等待，一直等到了超特急号如期而来。他了解它的结构，所以未等它驶到眼前，便起身开始了冲刺。而当他一跃而起扑向列车时，它的车头刚刚掠过，他正好跳上了车头与后方车厢的连接处。

车头后方的第一节车厢，是行李车。

超特急号的客车车厢全部是安装了双层车窗的全封闭车厢，唯有行李车简陋一些，可以容他撬门潜入。司徒威廉一直紧跟着他，而他在行李车的角落里坐下时，司徒威廉很识相地和他保持了一点距离，也坐下了。

他们一路还是无话，等到列车临近终点之时，沈之恒撬开了几只大皮箱，从里面挑选洁净的衣裤换上，又找了件女人的短上衣给米兰，为的是遮住她的伤口。

然后把一顶新草帽扣到头上，他再次跳车下去，背着米兰步行向前。司徒威廉在他身旁说了话："我背着她吧，你歇一会儿。"

　　他望着前方，终于给了司徒威廉一点回应："有钱吗？"

　　司徒威廉掏裤兜，掏出了皱巴巴的一团钞票："有。"

　　"一会儿到了火车站，你挑最近的一趟火车，买三张三等车票。"

　　"回哪儿？"

　　"回家也行，去哪儿都行。"

　　司徒威廉低头把钞票展开："好像买二等票也够。要不要买二等票？三等车厢人太多了，还总是臭烘烘的。"

　　沈之恒没理他。他抬手嗅了嗅自己的袖子，"嘿"地笑了一声："我也臭烘烘的。"

　　无论是池山英还是沐梨花，都没想到沈之恒会如此都市化，竟敢在逃脱之后公然进入火车站，手持三张三等车票上了回家的火车。

　　三等车厢，正如司徒威廉所述，人太多了，并且臭烘烘，检票的都挤不进来，索性不检。沈之恒在角落里席地而坐，怀里搂着缩成了一团的米兰。米兰面颊通红，身体滚热，正在无知无觉地发着高烧。沈之恒搂着这么一小团生命，像个父亲搂着新生的小女儿。两人的缘分竟然强烈到了这般地步，他几乎因此感到了恐惧。

　　肮脏的裤脚拂过他的膝盖，他顺着裤脚向上看，看到了司徒威廉那张白皙的脸。司徒威廉靠着板壁站着，低头向他一笑，笑容挺烂漫，没心没肺的。

　　他扭开了头。

　　后半夜，沈之恒背着米兰，带着司徒威廉，回了家。

　　他有若干处私人公馆，爱住哪儿就住哪儿，没人问也没人管，仆人定期过去打扫一番，每月除了领薪之外，和他几乎不打照面。但为了保险起见，他今夜还是特地回了一座僻静公馆，没有钥匙，翻墙跳窗费了些周章，才终于进了房屋。

　　房子是座二层小楼，天花板上的水晶大吊灯一开，光芒四射，照耀得处处流光溢彩，正是一派冷冷清清的富贵气象。这气象本是沈之恒看惯了甚至看厌了的，近些年来他活得顺风顺水，生活圈子里全都是政客富豪资本家以及名利兼具的富贵文人，他几乎以为他的生活将永远太平荣华。

然而此刻把背后的米兰向上托了托，他环顾四周，只觉得陌生而又恍惚，简直要怀疑自己是在梦中。

地牢、雨夜、追杀……种种画面在他眼前轮换着闪烁，他不知道自己的太平荣华是否还能继续下去，他只知道自己背上正趴着个生死未卜的小女孩。

还有司徒威廉……司徒威廉就在他身后，因为是第一次来到这座公馆，所以正在好奇地四处乱看。

他依旧是不理他，背着米兰径直上了二楼。

沈之恒给米兰清理了伤口，然后花了不少的工夫取出了子弹，之后给米兰洗了头发。

用干毛巾把她的长发擦得松散了，他用浴巾包裹了她，把她抱去了卧室。然而一进门，他登时皱了眉头——司徒威廉光着膀子坐在床上，正扳着一只脚丫子在抠脚。闻声抬头望向沈之恒，他苦着脸说道："我说怎么一路都脚疼，原来是脚心扎了根刺。"

沈之恒说道："滚下来。"

司徒威廉这才看见了他怀里的米兰："你要把她放在这里？"

"是。"

"这可是你的卧室啊。她万一死了，这屋子你还怎么住呀？"

"怎么住轮不到你管，滚下来！"

司徒威廉从床上溜了下去，又问："你给她洗澡了？我也想洗，浴室在哪里？"

沈之恒把米兰平放在了床上，又把她的长发理了理。他想如果米兰当真死了，那么她这个遗容，也不算凄惨。

然后他直起腰，对着司徒威廉说道："你跟我来。"

司徒威廉立刻跟着他出了门："干吗？要跟我算总账啦？我不怕算，反正我对你没有坏心眼。但是在算总账之前，我建议你我都洗个澡，要不然互相熏着，没法说话。"

沈之恒的脚步顿了顿，承认司徒威廉说得有理。自己确实是应该洗漱一番，否则以这副狼狈面貌，会没有足够的底气和司徒威廉谈判。

"楼下有浴室，你去吧，然后在书房等我。"他背对着司徒威廉说道。

司徒威廉答应一声，一路小跑着下楼去了。沈之恒扭头望着他的背影，第一次发现他是真的欠缺人性。

原来他只以为这小子是没心没肺。

司徒威廉沐浴了一番，自己找了一身衬衫长裤穿上，然后继续凭着自己的探索，找到了沈宅的书房。

书房位于楼下走廊的尽头，若是天晴日暖的时候开了窗子，外面有花有树，情调大概会很不错。

司徒威廉双手插进裤兜里，在那整面墙的大书架前看了看，没找到什么有趣的书籍，便走到写字台后，在那黑色皮质的沙发椅上坐下来颠了颠，感觉挺舒服，然而也不过如此。

一切都挺有趣，一切又都"不过如此"，人家都有个痴迷的爱好，他却没有。他对什么都是三分钟热度，倒是一直都挺爱钱，总伸手向沈之恒要，但其实他对钱也不是很热衷，到手就花，从不积攒，花没了再要，要不到就憋着。

除了钱，还有什么能让他生出长情呢？啊，还有一位佳人，他单恋她很久了，现在那爱情之火还在熊熊燃烧，她就是美丽的金二小姐。一想到金二小姐那动人的一颦一笑，他的脸上就也浮出了笑意，仿佛她就坐在他眼前似的。

然而房门一开，走到他眼前的人是沈之恒。

沈之恒穿了一身暗色长衫，头发梳得一丝不苟，额角有伤，贴了一小块纱布。司徒威廉没有起身，隔着写字台向他哧哧笑："沈兄，往后我改口叫你大哥吧？我们今天兄弟相认，你高不高兴？"

虽然他知道沈之恒要和自己"算总账"，可他确实挺高兴，他也计划过何时向沈之恒袒露身份，计划来计划去，总是没计划出个准日子，如今真相大白，倒是省了他的事。三年的时间相处下来，他对这位大哥是相当满意，大哥又有身份又有钱，够资格做他的大哥。

在他哧哧的笑声中，沈之恒说了话："为什么骗我？"

司徒威廉抬手抓了抓卷毛："开始的时候，我也不知道你这人是好是坏，就想要先考察考察你，结果一考察……就忘了日子了……不过我心里早就认你是我大哥了。"说到这里，他对着沈之恒又是一乐："这三年来，你对我最好。"

沈之恒紧盯着他："你明明知道我一直在找你，我找了你不止三年，我从很久之前就开始找你，我为了找你四处奔波——你全知道，但你不说，你瞒着我。"

他对着司徒威廉点了点头："如果不是这次你想拦我报仇，你还会继续瞒着我，继续看着我四处找你，是不是？"

说到这里，他的眼圈红了，这让司徒威廉有些惊讶。茫然地望着沈之恒，他还是不认为自己犯了什么大错："大哥你别这样，我也是有苦衷的，我一是感觉这样有点儿好玩，二是……我怕你恨我妈和我，所以一直没敢说实话，万一你找我是报仇呢？我喜欢你，只想和你做兄弟，做不成兄弟做朋友也好，反正不想和你结仇……"

他越说声音越小，最后，沈之恒打断了他的嗫嚅："在生死关头，你也还是不肯告诉我吗？"

"生死关头？是你救我和米兰的时候吗？"司徒威廉发自内心地困惑了，"我不知道那是生死关头啊！我以为你一个人就能成功，所以就和米兰一起等着你了。再说，后来我也帮了你呀，我不是帮你救活了米兰吗？"

沈之恒一步一步地走向前方，绕过写字台，停到了司徒威廉面前。

"你那是救吗？"他低声问道，"把她救成像你我一样的怪物？"

司徒威廉勉强笑了一下，抬手去握沈之恒的手臂："大哥，我——"

沈之恒反手攥住了他的手腕："威廉，我在这个世界上无亲无故，只有你，我敢信任，也敢依靠。在跳车之前我曾经想过，如果两个人中我只能救一个，我就救你，如果我也死了，没关系，律师那里我已经签了文件，你将会是我的唯一继承人，我把我的全部财产留给你。"

他微微俯下身，直视着司徒威廉的眼睛："这就是我对你的感情。"

司徒威廉听到这里，终于感觉到了事态的严重，可是未等他开口，沈之恒忽然一松手，放开了他的手腕。

"我们的感情到此结束，从此你走你的阳关道，我过我的独木桥。"他直起身让开道路，"好走不送，请吧。"

司徒威廉慢慢地站了起来："我骗你瞒你，是我不对，可除此之外，我没干过任何对不起你的事情。我为什么一直在济慈医院混日子？还不是为了你吗？你那一夜被厉英良派人暗杀，半条命都没了，为了给你弄特效药你知道我费了多大的劲？"他伸手叩了叩沈之恒的胸膛："你自己想想吧，我对得起你。"

沈之恒握住他的手，甩开了。

"不。"他告诉司徒威廉，"我对你毫无保留，你想要了解我，用不了三年。我认为你一直是在看我的好戏，因为我是你们母子制造出来的怪物，你就是喜欢看我被蒙在鼓里，就是喜欢看我团团乱转的样子。我是如此无知和无助，你看在眼里，是不是觉得很有趣，很可笑？"

司徒威廉叹了口气："你神经病啊？"

沈之恒看着他那无可奈何的无辜表情，感觉这个人简直是无辜到了无耻的地步。毫无预兆地暴怒起来，他双手抓了司徒威廉的衣领，提了他就要往玻璃窗上撞，司徒威廉的双脚离了地，但随即拼命一挣落下去，他一把扯开了沈之恒的手。不等沈之恒再动手，他钳住沈之恒的脖子一转身再一摁。

司徒威廉真发了威，沈之恒也不是对手。身不由己地踉跄一步后仰过去，他的后背砸上了写字台。他尤不服，拖在地上的两条腿抬起来要蹬，可司徒威廉狠狠向下一卡他的咽喉，让他的后脑勺也撞上了写字台。

"敢对我动手动脚，"司徒威廉有点喘，"真是反了你了！好言好语哄你不听，你非得逼我把实话说出来吗？我告诉你，你不过是我妈留给我的一件遗产，我肯认你做大哥，是你的荣幸！"

沈之恒奋力地挣扎，可是竟然挣不开司徒威廉这一抓一摁。忽然用力一闭眼睛，他急促地呻吟了一声。司徒威廉垂眼看着他："你怎么了？哦——"他想起来："你也受了枪伤。"

说到这里，他慢慢地松了手，让沈之恒一点一点地挺身坐起，可在沈之恒起到一半时，他忽然出手，又把沈之恒摁了下去，让沈之恒的后脑勺在写字台上撞出一声闷响。

垂眼望着沈之恒，他开了口："我还是觉得我们之间有误会，要不然我对你又没存坏心，你为什么要拿我当个坏人？我们坐下来再谈一谈吧，好不好？"

沈之恒被他卡着咽喉，既不能出声，也不能点头，只好向他重重地闭了下眼睛。司徒威廉看了他这个表示，当即粲然一笑，抓着衣领把他拽了起来："我们去餐厅，顺便找点吃的，我饿了。"

在餐厅里，两人隔着餐桌，相对而坐。

沈之恒面前摆着一杯自来水，司徒威廉则找到了一筒陈年饼干，幸而未开封，饼干保持了干燥，尚未变质。

他塞了满嘴饼干，嚼得乌烟瘴气，忽见沈之恒正盯着自己，他说道："我们不一样，我什么都能吃一点，比你容易活。你呢？你要不要雪茄？要的话我去给你拿。"

"不必。我的事情你都知道，现在说说你自己吧！"

"我？"司徒威廉欠身端过沈之恒面前的那杯水，仰头喝了一口，"那一年，沈家人要放火烧死我们母子，你还记得吧？"

"怎么可能不记得？"

司徒威廉又笑了："我妈只是爱爸爸而已，又不是傻子，怎么可能看不出沈家人的主意？那一夜她早早地就把我送到柴房去了，让我等着她，我等啊等啊等，终于等来了她，可她还是被火烧了，烧得破破烂烂，我都要认不得她了。她抱着我逃离了你们沈家，逃得好快，像飞一样。"

说到这里，他翻着眼睛向上望，做了个苦思的姿态："后来……后来是住进了一间破房子里，破房子外面什么都没有，是荒地，里面也什么都没有，冬天冷极了。妈天天哭，也不管我吃什么喝什么，就只是哭。我起初以为她是疼，长大之后才知道，她是伤心。"

笑悠悠的神情消失了，他对着沈之恒一耸肩膀："原来伤心欲绝不是夸张的词，后来她真把自己活活哭死了，自己把自己哭死，多奇怪。"

"不奇怪。"沈之恒直视着司徒威廉，"当我知道你欺骗了我三年时，我也伤心，也欲绝。"

司徒威廉又往嘴里塞了一把饼干："那我提前向你道个歉吧，因为等你听完了下面的话，可能还会更伤心。"

"请讲。"

"我妈哭死的时候，我是十二岁。我告诉她，我会去找沈家人报仇，可她说这仇她已经自己报完了，该死的人都死了，没死的人，是她留给我的。我想她还是恨沈家，所以要让沈家的孩子，侍奉她的孩子。"

沈之恒听到这里，也回想起了那一夜的大火。

那女人疯魔一般从火中冲出来，在整座沈宅里东奔西突，最先抓住的人就是他。他被那女人的惨状吓坏了，便昏了过去。等他醒来之后，沈宅的主子们非死即伤，无一幸免。

和他一样被弄伤的人，还有好些位，包括他的父亲。心狠手辣的沈老太太倒是安然无恙，人人都说老太太福大命大。后来众人才发现那女子不是一般毒辣，她专门留下了沈老太太这么一个好人儿，为的是让她给她的孙男娣女们发丧。

受伤的人，全在清醒过后发起了高烧，这一场高烧来势汹汹，有的人连一天都没熬过去就咽了气。沈老太太偏心眼，眼看下头的晚辈们救不得了，索性只顾最心爱的长子和长孙。沈大爷熬了三天才咽气，这已经算是能熬的，唯有他在三天之后出现了退烧的征兆。

而在天翻地覆的混乱与络绎不断的死亡之中，沈老太太瞒天过海，让这心爱的长孙一天一天好转起来。

等沈之恒脖子上的伤口愈合了，家里的白事也办得差不多了，沈家的各路亲戚蜂拥而至，盯着这个鸡皮鹤发的老太太和她病恹恹的孙子，他们各显神通，誓要从这险些死绝了的沈家里，尽量地揩些油水回去。

沈老太太那样一位横不讲理的巾帼老英雄，本不该让这些闲杂人等讨了便宜去，可是对着家中这番惨相，长孙又成了她的心病，她终于精疲力竭，再厉害不动了。

后头的事情，沈之恒记忆不清，只记得自己是和祖母住进了一位远房表叔家里。沈老太太成天精神高度紧张，又要给孙子治病，又要为孙子藏秘密，紧张到了一定的程度，她草木皆兵，几乎有点要疯。

幸而，这样的日子只维持了一年，一年后的春天，她突发了脑出血，除了沈之恒，再无旁人愿意送她去医院治疗。

她临死之前身体麻木，一句话也说不出来，两只眼睛直瞪瞪地看着沈之恒，憋着千言万语，憋得眼珠子鼓凸，后来死了，也还是死不瞑目。

　　沈老太太一生都极其自私和豪横，家里的大小媳妇，都被她欺压得连大气都不敢喘。儿子从外面弄回来的一个姨奶奶，在她眼中就是蝼蚁一般的存在，她一指头就能碾死她。蝼蚁生得卷毛大眼细腰长腿，看着已经是碍了她老人家的眼。后来这蝼蚁行踪诡异，疑点重重，那老太太就更是铁了心，非要治死她不可。

　　沈老太太没想到这蝼蚁会有灭她沈家满门的本事。

　　老太太死后，留下的沈之恒和表叔一拍即合——表叔在继承了沈老太太留下的财产之后，立刻就想把沈之恒赶出去；而沈之恒藏着那样一个天大的秘密，又没有祖母给他打掩护，表叔不发话，他也是下定决心、非走不可的了。

　　平常人的往事是酒，时间越久，回味起来越醇。

　　可沈之恒的往事经过了他无数次的回忆，烟尘水火全褪了色，终于再也不能让他动容。依着他的意思，他更想把这前尘旧影全部忘记。他这么个信奉实用主义、一心只要向前看的人，不爱在那血色记忆里徘徊。

　　"我，"他问司徒威廉，"是她留给你的？"

　　司徒威廉点点头："是的，我们总是这么干。"

　　"你们？"

　　沈之恒把胳膊肘架在桌子上，单手托着下巴，仿佛是来了兴致，然而面目依然冷峻："你们，究竟是些什么东西？"

　　司徒威廉抬袖子一抹嘴上的饼干渣子："我们不是神。"

　　"看出来了。"

　　"也不像身患传染病的病人。世界各地都有这样的人，有的家族庞大显赫，喜欢群居；有的像我一样，是单枪匹马的流浪汉。我们这种症状有很多种说法，其中有一个是你最讨厌的，不过我无所谓，我是天生的不拘小节。"

　　沈之恒一点头："嗯。"

　　"我们需要特效药，原料越纯越好，次一点的也凑合。可惜虽然我们可以生孩子，也能生孩子，但是我妈告诉我，生得很少。我们也不知道是为什么。"

　　沈之恒继续点头："嗯。"

"我不清楚我妈的来历，也不知道她为什么到这里来，总之就像我爱上了金二小姐一样，她爱上了我们的父亲。唉，我都忘了父亲的模样了，你还记得吗？"

"他老人家的相貌，和我差不多。"

"啊，怪不得我第一次见你就感觉亲切，原来见你如见亲爹。"

"不敢当，请继续讲吧。"

"讲到哪儿了？生孩子？哦，对，是讲到我们的关系了。我妈说，沈家没死的人，都是她留给我的。她大概没想到，沈家的人会这么脆弱，竟然就只活下了你一个。不过你很好，一个顶十个，我有你一个就心满意足了。"

"她把我留给你，做什么？"

"做我的——"

司徒威廉顿了顿，把后头的话咽了回去，并且向沈之恒补了个微笑："我若说你是她留给我的奴仆，你一定又要生气了。不过我从来也没把你当奴仆看待过，现在是文明时代了，人人平等，谁也不能奴役谁，是不是？这个道理我懂，我读过大学的。"

沈之恒忍无可忍地冷笑："你们母子是从哪里得来的自信，认为我会心甘情愿做你的奴仆？"

司徒威廉显出了几分呆相，像是被沈之恒问傻了："为什么？当然是因为你有求于我呀！"

"我有什么有求于你的？这些年来，难道不是你一直依附于我？"

司徒威廉"扑哧"一声笑了："是吗？"

他歪着脑袋，笑眯眯地又逼问了一句："是吗？"

沈之恒感觉他这一笑一问之间，藏着一种天真的险恶，简直要令人招架不住。表面上看，当然是司徒威廉依附于他，他是如此有财富有地位，而司徒威廉只是个没前途没志气的小医生。

表面上看，的确是这样。

沈之恒，出于某种自保的本能，只考虑到了这一层，不肯再往深想了，宁愿让司徒威廉自己说出真相。而司徒威廉一边审视着他的神情，一边轻声开了口："我虽然跟你同辈，可和你相比，我还是有优势。比如我对这种症状知道得更多，力量更强，尤其是，我完整而健全，永远不会失控。

当你失控时，我还可以控制你，救你。"

"大哥，我们一直都是这样的，我给你特效药，让你不失控，你负责供养我，保护我。我们互惠互利，合作愉快，不好吗？"

"我现在不想同你合作了，可以终止关系吗？"

司徒威廉看着他，看了好一阵子，最后忍俊不禁似的，摇头笑了："不行的，你的病已经到了无法控制自己的阶段了，要么就是这样活下去，要么就是自杀，可凭你的身体状况，你未必能够自杀成功呀！"

"那我就一个人这样活下去好了，未必非要和你合作。"

"还是不行的呀，你的状况一直在恶化，记得我们刚认识的时候，你还能吃点水果什么的，可是现在，你胃口越来越差。我妈告诉过我，说你这种人，叫作转变者，你们只能以吃药维生，而且年纪越大，越容易失控。如果没有我管你，你迟早有一天会发疯，兴许还会冲到大街上杀人伤人呢。到时候警察出动了，新闻记者也来了，要把你抓起来，还要给你拍照片。别人在旁边看着，就得问这不是沈先生吗？怎么变成怪物啦？你说你有多没面子？往后还怎么见人？"说到这里，他站了起来，"说得我渴死了，你家里有没有汽水？"

沈之恒直勾勾地望着前方，没有回答。

司徒威廉找了一圈，没有找到汽水，于是又回到了沈之恒身边："大哥，别生我的气了，我为了你被厉英良抓去当了好几天人质，我也没记恨你呀。现在你给我五百块钱，我明天找金二小姐玩去，再给我表哥院长买点礼物，要不然无缘无故地旷工了好几天，我怕他要开除我。"

沈之恒还是纹丝不动，司徒威廉等了一会儿，等不及了，隔着长袍摸他的裤兜："现钞有没有？开支票也行的，我早上去银行兑款子也来得及。"

沈之恒一把攥住他的手，甩开了。

然后沈之恒站起身，面对着他说道："司徒威廉，我一直拿你当挚友相待，但你辜负了我的信任，我们之间的友情已经不复存在。如果你一定要说我们之间是所谓的'合作'关系，那么我现在宣布，退出合作。"

他向着门口方向一伸手："请。"

司徒威廉皱起了眉毛："大哥，你知不知道你在说什么？你离不开我，你需要我，而且会越来越需要。我说了，你不健全！还有米兰，如果米兰活下来了，那她也会同样需要我。"

沈之恒的薄嘴唇动了一下，轻轻巧巧地吐出一个字："滚。"

司徒威廉长出了一口气："滚也行，那你得给我五百块钱。"

"你我二人已经一刀两断，我没有义务再给你钱。"

司徒威廉瞪着沈之恒，瞪了好一会儿，末了他一甩手，扭头就走。沈之恒以为他是长了志气，可是楼后很快传出呜呜的汽车喇叭声，竟是这小子找到了汽车钥匙，私自把楼下的汽车开出去了。

在接下来的几天里，沈之恒闭门不出，只守着米兰。

米兰发了将近两天的高烧，到了第三天清晨，她忽然抽搐起来，沈之恒先是望着她抽搐，后来他挽起衣袖，将手腕送到了她嘴里免得她咬伤自己，米兰睫毛同时剧烈地忽闪，像是运了浑身力气，要拼着性命睁开眼来。

沈之恒看着米兰，像是看着另一个崭新的自己。

他不知道自己是在救人还是在害人，只知道米兰也出现了跟他一样的印记，以后也不能光明正大地活了。

米兰又昏睡了一天。

入夜之后，她再一次惊厥抽搐，几乎从沈之恒的手腕上咬下了一块肉。幸而这回也有惊无险。

沈之恒饿了，他不敢离开米兰，然而干饿着也不行，他不知道自己何时会失控。如果司徒威廉还在——

沈之恒忽然意识到了这样一个事实：自从认识了司徒威廉之后，他就再也没有为生活而劳心费力过，司徒威廉让他维持住了他那体面的生活方式。

这样想来，司徒威廉那天并非大放厥词。无论他承不承认，在过去的三年里，他们确实达成了某种合作关系，只不过，他误以为那是友谊，所以连金钱带感情，一并错付了出去。

黎明时分，米兰有了苏醒的征兆。

她轻轻地呻吟出声，像是陷在了噩梦之中。沈之恒拧了一把热毛巾，擦拭了她的脸和手。她的嘴唇开开合合，像是在喘息，也像是要说话，忽然向上一挺身，她从喉咙里发出"呃"的一声。沈之恒以为她是在干呕，然而她落回床上，大大地透了一口气，胸脯也开始有了明显的起伏。长睫毛向上一掀，她睁开了眼睛。

沈之恒看着她，一时间竟不知该喜还是该悲。俯身握住了米兰的手，他柔声唤道："米兰，是我。"

米兰大睁着双眼，慢慢合拢手指回握了他，又轻轻地"啊"了一声。

这一声是如此迷茫和惊惶，让沈之恒以为她还沉浸在噩梦中。伸手拂开了她脸上的几丝乱发，他安慰道："别怕，我们没事了，我们回家了。"

米兰将他的手指抓紧，缓缓牵到了自己眼前。沈之恒先是不明所以，后来，他忽然看到米兰的眼珠一转，瞳孔转向了自己的指尖。

然后，她慢慢抬起了另一只手。

准确无误，她和他指尖相触。

她随即扭过脸朝向了他，呼吸变得急促起来："沈……沈……"她抓住了他的衣襟："是你吗……"

沈之恒立刻答道："是我，别怕，我们安全了。"

米兰挣扎着坐起来，抬手狠命地揉眼睛。沈之恒以为她是眼睛疼痛，想要为她查看，可她一翻身从床上滚了下去，又跌跌撞撞地爬了起来。裹在身上的浴巾散开了一角，她不知羞，继续踉跄着在这屋子里乱撞。沈之恒冲上去抱住了她："米兰，你不记得我的声音了吗？我是沈之恒，我们安全了！"

浴巾落在地上，米兰在他怀中发出颤音："我的眼睛……怎么……变了……"

沈之恒扳着她的肩膀，让她面对着自己："你的眼睛怎么了？"

米兰颤抖着向他仰起了脸，嘴唇哆嗦了好一阵子，才哆哆嗦嗦地说出话来："沈先生……我、我好像看到你了……我不知道是不是真的……我好像……好像是看到了……"

沈之恒这时才发现米兰的眼中有了神，瞳孔里有了光。

米兰从小眼盲，不知道光明为何物，所以当她的黑暗世界忽然变得五颜六色光怪陆离之时，她的第一反应，是又惊又惧。

惊惧过后，便是狂喜。她的精神几乎崩溃，一边哭一边从沈之恒怀中挣脱出来。双手抚上印着凹凸花纹的壁纸，她一点一点地摸，一点一点地看，看过墙壁，再去看家具，看她睡了三天的大床，看羊毛地毯上织着的大团红牡丹。最后她跌坐在地上，看自己的手，看自己的胳膊，看自己的身体。

"我不是瞎子了！"她哭得热气腾腾，长发蓬了起来，涕泪几乎喷到了沈之恒的脸上去。沈之恒跪在她面前，向她张开双臂，她便一头扎进他的怀里，哇哇地号啕起来。

米兰大哭了一场。

她哭得东倒西歪，满脸都是头发，满身都是热汗。渐渐地，她意识到了自己的赤裸，可是人类的文明礼貌她都顾不得了，她忙着哭，哭得四肢百骸都通畅了，几乎就像是在自己的泪海里遨游。

苦海无边，沈之恒拥抱着她，是她的舟。

哭尽了泪水之后，她抹着眼泪望向窗户，窗外朝阳初升，给了她一个更灿烂的新世界。处处都是颜色，处处都有形状，她应该从何看起？她怎么看得过来？

沈之恒陪在她身边，她却偏偏就不看他——不舍得看，她要先去洗个澡，洗得心明眼亮了，然后再面对他。

初次见面，应该隆重。

而沈之恒抱着个女孩，一时间也忘了他的绅士礼仪。他被米兰哭得心力交瘁，连饥饿和沉痛都忘怀了，单是跪坐在地，连个哈欠都不打。

非常难得地，他竟也有了几分困意，想要睡上一觉。

米兰洗了个冷水澡。

冷水让她的肌肤泛了红，她穿了沈之恒的大衬衫，衬衫下摆垂到了她的大腿，露出了她瘦削玲珑的膝盖。站在浴室内的玻璃镜前，她对着自己看了许久，又扯开领子，去看自己心口上的那枚红色疤痕。

在沐浴之前，沈之恒用三言两语，讲清楚了她伤愈和复明的原因，此刻用手指戳了戳那枚圆疤，她不疼不痒，真是想象不出几天前，曾有一粒子弹射中自己。

等她出了浴室，沈之恒也从外面回来了。他方才强打精神出门去，到百货公司买了两套女装和一些女士所需的小零碎，半路还遇到了福列。福列足有一个多月没看见他了，然而不以为奇，因为他算是个富贵闲人，完全有理由和资格出远门旅行一个月或者半年。

他买回来的两套衣裙，被米兰摊开来欣赏了好半天，各种颜色的名称，她全不懂，她只是觉得这个五光十色的世界太美丽——美丽，更奇异，繁复到令她目眩。闭上眼睛伸出手，她又换回了前十五年的活法，在前十五年里，她只能用手指来了解她的新装。

指尖抚过那薄衫子上的大翻领，她摸到了领子上镶着的一道道蓝色条纹。这样的衫子，叫作水手服，她知道。

摸着摸着，她忽然睁开了双眼，望着眼前的水手服，她缓缓绽放笑容，一扭头再望向窗外，窗外还有一整个花红柳绿、无边无际的大世界！

"厉叔叔，谢谢你杀我。"她在心中低语，"司徒医生，更谢谢你救我。"

在楼后那一道白石砌成的长廊里，米兰找到了沈之恒。

长廊比下方草坪高了几个台阶，廊柱顶天立地，带着古希腊风，沈之恒倚着廊柱席地而坐，一条腿蜷起来，一条腿伸长了，仿佛是在休息乘凉。米兰走到他身旁蹲了下来，这才发现他闭着眼睛，已经睡了。

抱着膝盖歪了脑袋，她开始静静地看他。他多大了？不知道，她还不会看人的年龄，反正对她来讲，他是个"大人"。

这就是她的沈先生呀！

她忽然又不确定起来，伸手轻轻捧住了沈之恒的脸，她闭上了眼睛，要用双手再做一次确认。

沈之恒受了打扰，哼了一声，两人随即一起睁了眼睛。沈之恒盯着米兰，心里也有了一点不确定之感——面前这个女孩子穿着雪白的水手服和短裙，披散着一头长发，面貌确实是米兰的面貌，然而除了面貌之外，她的神情和姿态全变了，她的大眼睛清澈有光，面颊清瘦紧绷，泛着淡淡的血色。

"米兰？"他试着问了一声。

米兰答道："沈先生。"

沈之恒向她笑了一下："对不起，自从遇到了我，你就一直受我的连累。"

米兰摇了摇头："不对，是你救了我。"

"不是我救的你，是司徒威廉。"

米兰起身走到长廊边坐下来，垂下了两条长腿。沈之恒不懂她的意思：他不是从死亡里救了她，他是从黑暗里救了她。早在相遇的那个寒夜里，他就已经救了她。从那一夜开始，她单是想到世上有着沈先生这个人，单是想到沈先生正在这座城市的某个地方好好活着，便能得到极大的安慰，便能在那黑暗的世界里心满意足地活下去。

这就是她所说的救啊！

她想得明白，可是说不明白，说不明白就不说了，反正她在这些年里，一直活得很沉默。

沈之恒走到她身边，也坐了下去："从今往后，就是我们两个相依为命了。我会对你负责到底，等你以后长大了，如果你想，也可以随时离开我，去自立门户。"

米兰忽然扭头望向了他："我可以一直和你在一起了？我不用回家了？"

"你想回家吗？"

"不想！"

"那就不回。"

"可以永远都不回吗？"

"可以。"

"真的？"

"真的。"

她眼睁睁地望着他，有点相信，又不敢全信，于是垂下头去，打算走着瞧。纵算沈之恒将来反悔了，她也不大怕。她现在有了一双好眼睛和一具好身体，她已经断然抛弃了黑暗的旧世界，她已经成为一个新生的自由人了。

她爱这光明的新世界，然而又仿佛不是慈悲温柔的好爱，因为胸中含着一波汹涌的快意——快意恩仇的那个快意。

沈之恒疲惫不堪，也就没太关注米兰的所思所想。反正这孩子是活下来了。还有米将军——米将军当然不会允许女儿无故住进陌生男人的家里，不过这是后话，等米将军发现女儿失踪了再说吧。

接下来，就是厉英良。

厉英良只是个奉命行事的走狗，算不得罪魁祸首，他知道。可厉英良——阴差阳错地——总能害得他死去活来。

他也真是受够这个人了。

沈之恒睡了一天，然后出门露面，结果发现自己对于这个世界，还真是无足轻重。

大部分人都笃定地认为他出门旅行去了。如今他回来了，倒也还是那么地受欢迎，酒会晚宴的请柬像雪片似的往他怀里飘。这天晚上，他应邀前往俱乐部参加舞会，舞会乱哄哄的，很热闹，而他在跳舞厅里，遇到了司徒威廉。

司徒威廉是跟着金静雪来的，可见他这些天的求爱很有成绩，已经有了陪伴金静雪赴宴的资格。他西装革履地打扮着，偶然一回头瞧见了远处的沈之恒，他立刻向着他招手一笑。

沈之恒没理他，扭过头去和身边的朋友谈话。

司徒威廉收回目光，把笑容的余波送给了面前的金静雪。他现在很快乐，因为美丽的金二小姐这几天给了他许多好脸色，让他的心房中充满了阳光与蜜。他想自己定然继承了母亲浪漫的天性，所以才会如此喜欢爱，需要爱。

他手里还有一点积蓄，是原来沈之恒给的，先花着；沈之恒的汽车，崭新的，也先开着。沈之恒正在和他赌气，没关系，让他自己赌去吧。他如今正忙着追求佳人，等忙完了这件头等大事，再去向他服软也不迟，顺便再向他要笔钱，用来租房买车雇仆人。据说组织一个小家庭，花费是很大的，尤其要是组织一个配得上金二小姐的小家庭，那更是寒酸不得。

司徒威廉盘算得头头是道，越想越美，对着金静雪一味地眯眯笑。金静雪心不在焉地回了他一个笑，心里则是另有其人。

她想的人，是厉英良。

厉英良连着失踪了许多天，不知是死到哪里去了，也许根本就是在故意地躲着她，横竖他现在不需要她金家的庇护和抬举了。厉英良不稀罕她，那她也不稀罕厉英良，爱她的男子成千上万，她怎么就非得和个学徒出身的男人较劲？现在司徒威廉是她的新宠，司徒威廉高大英俊，一头卷毛尤其新鲜好玩，又总是那样天真热情，她觉着要是收了他做自己的男朋友，大概也不坏。

司徒威廉这也不坏，那也不坏，可金静雪和他在一起，总是有点提不起精神，舞会尚未结束，她就提前离场，让司徒威廉送自己回了家。

她是真的无聊，真的疲惫，到家之后也懒怠请司徒威廉进去坐坐，径直自己走进了楼内。结果刚一进门，家里的丫头小桃迎了出来，对着她低声说道："二小姐，良少爷来啦。"

金静雪吃了一惊："谁？他？他怎么来了？"

"来了好一阵子了，一直在客厅里等着您呢。"

金静雪拔脚就走，一个急转弯进了客厅。客厅内亮着吊灯，灯下的长沙发上坐着个人，正是厉英良。不见厉英良的时候，她总是恨恨地惦记着他，如今他坐在她眼前了，她把小脸往下一沉，反倒爱搭不理的了。把手袋往丫头怀里一扔，她在厉英良对面的小沙发上坐了下来。厉英良站起来向她浅浅一躬，礼数还是那么周到："二小姐，抱歉得很，这一阵子事忙，一直没有过来问候你。"

她从鼻孔哼出了两道凉气："这话说得稀奇，你又不是我什么人，为什么一定要来问候我？况且我也不敢当。"

说完这话，她横了他一眼，却发现他又瘦了一圈，面颊都凹陷了，虽然分头梳得锃亮，下巴刮得干净，然而那种憔悴忧愁的模样，是掩饰不住的。心中微微地一动，她又想也许厉英良没有说谎，这些天他是真的忙。

于是扭头望向门口，她摆着冷淡姿态，高声呼唤丫头上茶，一方面表明自己没有逐客的意思，另一方面还要表现出自己对他是爱搭不理。而厉英良坐回原位，先是不言语，等丫头送上热茶、蛋糕和糖果了，他端起茶杯喝了一口，然后才抬头说道："我出了趟远门，这是刚回来。"

金静雪也端起了一杯热茶，慢吞吞地抿着，心想你爱去哪儿爱回哪儿，和我有什么关系？怎么今夜忽然想起向我汇报了？

厉英良又道："我闯了个大祸。"

金静雪一愣，万没想到厉英良会说出这话来。首先，厉英良是贫苦出身，最有心机，根本就不是那惹是生非的人。况且他现在有靠山，就真是惹上那了不得的人物了，也不至于让他这么失魂落魄。

"那……要不然，你和我回家去，避一避风头？"

厉英良摇了头："不行，避不开的。"

金静雪狐疑地看着他："你到底惹上谁了？"

"沈之恒。"

"沈——"

金静雪几乎被嘴里的热茶呛着，伸手把茶杯往茶几上一顿，她皱着眉头啼笑皆非："我当你是惹了谁，原来是个沈之恒。沈之恒是有点本事，可还不至于把你吓成这副模样吧？再说你为什么会惹上了他？是不是你仗着自己身后的势力狐假虎威欺负了人家，人家一急眼，就请了青帮老头子出头，要找你的晦气，对不对？"

"要是这么简单，倒好了。"

金静雪来了兴致："奇怪，你这是和我认真讨论起来了？难不成这个难关，我能帮你渡过？"说到这里她冷笑了一声："我就说嘛，平时三催四请都请不来你，要不是今天有求于我了，你也不会大晚上的登门问候我。可是我的本事，你都知道，我又能怎样帮你呢？"

厉英良向她那个方向凑了凑，两只水汪汪的杏核眼注视着她，眼白缠着红通通的血丝，像是含泪已久，一开口，嗓子也是沙哑的破锣嗓子："司徒威廉，你认识吧？"

金静雪微微一笑："怎么，你调查我？"

厉英良继续说道："我听说，他最近和你走得很近。"

金静雪恍然大悟："你不会是要请司徒威廉做说客吧？可司徒威廉只是个傻小子，他虽然和沈之恒是朋友，可在沈之恒面前，说话未必有分量。"

厉英良情不自禁地反驳："他有，他别的没有，分量有的是！"

金静雪扭开了脸，嘴角噙了一丝笑意，不和他争辩。

厉英良伸长脖子，向着金静雪凑了凑，继续追问："明天，你和司徒威廉有约会吗？"

"怎么？你要管我呀？"

"你只告诉我有没有就是了。"

金静雪颇俏皮地一歪脑袋："明天下午我和他一起看电影去，看完了电影还要共进晚餐，怎么啦？"

厉英良保持着先前的姿势，双手夹在两腿之间，一个脑袋几乎探到了金静雪眼皮底下。两只遍布血丝的眼珠紧盯着金静雪，他压低声音问道："司徒威廉，是不是对你动了真感情？"

金静雪冷不丁地听了这么一句话，先是惊讶，随即一扭头一扬脸："对我动真感情的人多着呢，很稀奇吗？"

"那……你对他呢？"

金静雪觉得厉英良那呼吸已经喷上了自己的面颊，烘得她面红耳赤，所以僵着脖子，她是死活不肯回头："我还没想好呢。"

她这话说得硬邦邦的，厉英良觉察到了，这才意识到自己像条蛇似的，竟把脑袋探出了如此之远，怪不得金静雪气色不善。把脑袋往回缩了缩，他说道："二小姐，明天你去见司徒威廉，可否带我一个？"

"我们两人约会，带你干什么？"

"我想……我们毕竟还有一层兄妹的关系，你对司徒威廉似乎很有好感，那我去看看他是怎样的一个人，若是好，我也就放心了。况且家里现在只有你我二人在这边，我若是对你不闻不问，将来干爹知道了，恐怕也是要怪罪我的。"

金静雪不置可否，从茶几上的香烟筒子里抽出一支烟来叼在嘴上，厉英良连忙从裤兜里掏出打火机，打出一朵小火苗，用双手拢着送过去给她点了烟。她浅浅吸了一口，然后撮起红唇吁出了一道白烟，黑白分明的大眼睛悠悠一转，她向厉英良射去了目光："你是真的关心我？还是想通过我联络司徒威廉，请他帮你说服沈之恒？"

厉英良攥着打火机，累得似乎连眼珠都转不动了，就那么木呆呆地看着她："我惹了一个沈之恒，别的事情就都顾不得了？我就不可以一边对付沈之恒，一边看看你的新男朋友是何许人也？"

金静雪一撇嘴："哟，急啦？跳了一晚上的舞，我也怪累的，你要急就急，我可懒得理你。"

厉英良站了起来——在直起腰的那一瞬间，他原地一晃，金静雪慌忙起身要去扶他，然而他定了定神，已然自行站稳了。

"见笑了。"他哑着嗓子说话，"这几天可能睡得太少，总爱头晕。我不打扰二小姐了，二小姐早些休息吧。明天——明天中午吧，我打电话过来。"

他对着金静雪一鞠躬，然后退了一步一转身，向外走去。金静雪大声招呼丫头，让丫头送良少爷出门。

等厉英良真走了，她徘徊在客厅里，先是心不在焉地吸着那一支香烟，香烟吸到一半，她忽然眉飞色舞地暗笑起来，甚至穿着高跟鞋原地转了几个舞步。她想良哥哥平时不服不忿的，非要自己出去闯荡江湖，结果现在终于踢到了铁板，知道外面江湖险恶，还是做她金家的好姑爷最便宜。

良哥哥总是那么别别扭扭的，她不奢望他能和自己甜言蜜语地恋爱一场，只要他肯收起那一身的棘刺，好好地和她相处，她就心满意足了。良哥哥是苦出身，苦得怕了，活得穷形尽相一点，也是情有可原，反正她能体谅他。

"唉。"她美滋滋地想，"虽然司徒也很可爱，可是如果良哥哥肯爱我，那我就要对不起司徒啦。反正司徒年纪还轻，将来还会遇到新的爱人的。"

报复

Chapter 09

厉英良出了金公馆的后门，没敢往两边看，直奔自己的汽车而去。汽车后排坐着李桂生，提前推开了车门，以便他能以离弦箭之姿一头扎进车里。等厉英良冲入汽车了，李桂生欠身一关车门，前方的司机早已发动了汽车，此刻不消吩咐，一踩油门直接上了路。

汽车是防弹汽车，李桂生和司机也都是全副武装，厉英良本来想在衬衫里穿一层防弹衣，后来又觉得没有用。如果沈之恒真把他堵住了，那他除非把自己锁进钢铁箱子里去，否则沈之恒有一万种方法宰了他。

他是昨夜才和沐梨花一起回来的，他们俩在外面闯了一大堆的祸，放跑了沈之恒是一大桩，烧毁了三里多地的铁路，是另一大桩，至于这两桩祸事引发出的其他大小麻烦，一时间也算不清，总之他是首犯，沐梨花是从犯。池山英气得鼻子不是鼻子眼睛不是眼睛，整个人都变了形，指着这一对男女二犯，大骂："两个大傻瓜！"

厉英良在池山英面前做过几次傻瓜，"大傻瓜"的评语倒还是第一次得到。若是放在先前，他一定吓得汗出如浆，恨不得跪地叩首乞求池山英的原谅，可如今沈之恒的阴影覆盖了他，有沈之恒对比着，池山英都显得不那么可怕了。

　　沐梨花抱定了"死猪不怕开水烫"的主意，随池山英骂去。她已经听闻了沈之恒的现状，知道他又像个没事人似的出现了。他如果不肯吃哑巴亏，一定要报仇的话，有池山英和厉英良在前面顶着，他也不会先找到她头上来。而沈之恒若是真能把池山英宰了，更好。她一直就没看出来池山英哪里高明，这个掌权人若是由她来做，局面一定要比现在好得多。

　　厉英良无暇去关注沐梨花，他只知道自己不能死，要活着。后悔的话就不必说了，说也没用，全都晚了，他只能赶在沈之恒动手之前先做准备，至少，不能坐以待毙。

　　汽车把他载回了办公室，他现在失眠得厉害，又想睡，又不敢睡。身边陪着五六名便衣特务，他在办公室内的小沙发上打了个盹儿，一睁眼见天亮了，他轻轻叹了口气，感觉自己是又熬过了一夜。

　　夜里是最危险的，只要沈之恒还想维持他那绅士的假面，就不会在光天化日之下杀过来。他睡得腰酸背痛，须得一点一点试探着起来，费了好些工夫，才算坐直了身体。

　　死气活样地在沙发上坐着，他等着工友送热水进来，同时心中忽然生出了个奇异念头：如果自己也变成了沈之恒那样的怪物，会不会活得更痛快些？沈之恒一提起自身的异样，就流露出几分怨夫的气息，可厉英良想了想，感觉做个怪物也没什么不好，只不过是要在饮食上受些限制，不过他本来也不馋，吃饱了就行。

　　用力晃了晃脑袋，他把这些古怪念头甩开，正好工友把热水也端进来了，他洗漱一番，又换了身西装。等到了中午时分，他和金静雪通了电话，得到了和她一同赴约的许可。

　　金静雪和司徒威廉约定了，先在一家咖啡馆里碰面，然后再同去电影院。司徒威廉早早地赶去了咖啡馆，占据了一间雅座，一边等待一边想着心上人，越想越美，就在他美得要上天时，雅座的门帘子一动，正是心上人到来。

　　司徒威廉连忙起身，欢喜得快要笑出声来，人也向前迈了一步，要为金静雪拉开椅子，然而一步迈出去后，他发现了金静雪身后的厉英良。

　　单手搭在椅子靠背上，他愣在了原地。而金静雪将两道柳叶弯眉一皱，露出了烦恼相："司徒，抱歉得很，我们的约会，要受这不速之客的打扰了。"

她含笑回头，得意扬扬地横了厉英良一眼，随后转向司徒威廉，又道："让我先做一番介绍——"

厉英良打断了她的话："不必了，我和司徒医生有过交往——"他对司徒威廉察言观色，把自己这话又修正了一下："我们是认识的。"

金静雪问司徒威廉："是吗？"

司徒威廉迟疑着不回答，金静雪回头又去瞪厉英良："既然你认识他，不需要我做介绍人，那你为什么不直接去联系他，非要麻烦我一下子？"

厉英良向她一弯腰："因为沈先生，司徒医生定然对我有些意见，我若贸然前去拜访，只怕司徒医生会闭门不见。"说着他又转向司徒威廉，依然是点头哈腰的："司徒医生，我先向你道歉，之前我对你多有冒犯，还请司徒医生大人有大量，体谅在下一二。"

说完这话，他毕恭毕敬的，又向司徒威廉鞠了个躬。金静雪在一旁看着，心里倒是有些难受。虽然幼时她也没少欺压厉英良，但她欺压他是小孩子闹着玩，他对着旁人鞠躬，就是他受了天大的折辱和委屈。

一鞠躬完毕，厉英良直起腰望向司徒威廉，见司徒威廉一脸的惊讶，便又说道："司徒医生请不要怕，我这一次是独自来的，没有带随从，也没有带武器，这一点二小姐可以作证。而我这一次来见你，坦诚地讲，我是来道歉和讲和的，我希望能有机会和你讲和，也希望能有机会通过你，和沈先生讲和。你——"他摸了摸脸，几乎心虚："司徒医生，请问你为什么一直这样看着我？"

司徒威廉保持着目瞪口呆的神情："没什么，我只是没想到。"

"没想到什么？"

"没想到你还活着。"

厉英良的表情僵了一下，紧接着一笑："所以我得趁着自己还活着，赶紧出来想想办法。司徒医生，对于我之前的所作所为，我再次向你诚挚地道歉。为了表示我的歉意，你可以向我提出任何要求，如果凭我的力量不能办到，那么我的长官也会出手相助，总之一定让司徒医生满意就是。"

司徒威廉一耸肩膀："你的意思我明白了，可是你找错了对象，我和沈之恒闹翻了，别说替你去传话求情，就连我本人，现在都进不去他的家门了。"说着他转向金静雪，拉开了一把椅子："静雪，请坐。"

厉英良回头看看门口，料想自己此刻应该是安全的，便也拉开椅子坐了下来："司徒医生，你和沈先生发生什么矛盾了？以你们的交情，这个……不应该啊！"

司徒威廉站到门口，一掀帘子叫了服务生，要了咖啡点心，然后回来坐到了两人中间，对着厉英良答道："一言难尽，总之短期内，我和他的友情是不能恢复的了。但是我无所谓，我有静雪一人足矣。"随即他转向金静雪，眯着眼睛一笑。金静雪也一翘嘴角，算是回应。

厉英良的目光在这一对青年男女脸上盘旋了个来回，最后感觉自己还是有一线生机的，就看自己的能力和运气如何了。

"那个……米大小姐，现在还好吗？"他小心翼翼地又问。

司徒威廉干脆地摇头："不知道。"

"你们不是一起回来的吗？"

"我们闹翻了嘛！沈之恒又不许我去他家里，谁知道他和米兰怎么样了。"然后他转向金静雪，"静雪，时间差不多了，我们现在出发如何？"

金静雪问厉英良："我们是有安排的，要去看电影了，你呢？你的话谈完了没有？"

厉英良也知道自己坐在这里挺烦人，不过性命要紧，他硬着头皮说道："二小姐，非常对不起，我想占用你们这一下午的时间，和司徒医生好好地谈一谈。"

金静雪微笑着不置可否，司徒威廉则是以手扶额，哀叹了一声："唉，你找我是没用的呀！"

厉英良和司徒威廉的谈话，金静雪十句里面只能听懂三四句，不过她不在意，只是饶有兴味地观察着厉英良和司徒威廉，可惜这观察的结果又很令她扫兴。因为厉英良对待司徒威廉除了卑躬屈膝之外，就是公事公办地讲些俗话，当真是一点醋意都没有。而司徒威廉大概是看出自己别想跑了，所以死心坐下来，有一搭没一搭地敷衍厉英良。

厉英良根本不信司徒威廉会真和沈之恒闹翻。司徒威廉拿假话来抵挡他，他却以真心相待，在咖啡桌上直接开出了条件：如果这一次司徒威廉肯从中斡旋，那么他先奉送五万元辛苦费，事成之后还有重谢，并且司徒威廉将来若想做官发财，也都包在他的身上。

"当然，杀了我是很解恨的，可解恨之后呢？池山英将会永远和沈先生为敌。沈先生是个要正正经经做事业的人，和池山英结仇，对他没有任何好处。"

他向司徒威廉百般譬喻，司徒威廉乖乖听着，有点提不起精神，但是又想先弄五万块钱花着也不错，五万块钱花完了，自己和沈之恒应该也已经和好了。而且他在这儿活得挺开心，不希望沈之恒在这里和那些人闹得太僵。沈之恒顶好是留在这里多发几年财，等自己在这里住够了爱够了，再跟着沈之恒换座城市。

"我试试吧。"他最后对厉英良说道，"不过我不敢打包票，我都不知道他会不会搭理我。但无论成功与否，你都要履行你的承诺。"

"好的好的，没有问题。你肯帮忙，这就已经是我的大幸了。"

这一下午，厉英良说了个天昏地暗，说得司徒威廉眼睛都直了。

傍晚时分，他终于放走了司徒威廉和金静雪。他看出来了，司徒威廉诚意不足，或许只是惦记上了那五万块钱，不过没关系，他肯参与进来就好，求人办事就是这么不容易，所以不做大官是不行的，没有权力是不行的。

厉英良几天来第一次感到了饥饿，正好这咖啡馆里也卖西餐，他点了一份大菜和一杯啤酒，连吃带喝地饱餐了一顿。吃饱喝足之后，他溜达出去，上了大街。

今天他是坐了金静雪的汽车来的，自己的汽车和保镖远远跟着，这个下午就停在面前这条大街的街口，咖啡馆这边一旦有变，那边一脚油门就能冲过来。此刻他站在咖啡馆的玻璃门外，昂起头抻了抻自己的脊梁骨，就发现这夏天真是来了，傍晚时分还是这么暖热，街上的摩登小姐已经有穿纱裙的了。他虽然没有什么审美的眼光，但是看着异性们衣袂飘飘，也觉出了几分愉快。将西装上衣脱下来搭上臂弯，他有了一点闲情逸致，开始往街口方向踱步。

踱了没有两三步，一条手臂从天而降环住了他的肩膀。他被那手臂搂着原地转了个圈，一屁股跌坐进了一辆汽车里。随即那人欺身而上挤得他向旁一栽，等他挣扎着再坐起来时，那人已经"砰"的一声关了车门。

他直眉瞪眼地看着对方，惊恐之下，开始哆嗦，一边哆嗦，一边被那人重新环住了肩膀。司机调转车头驶向前方，而后排的厉英良被肩上手臂压迫得弯腰驼背，只能扭过头仰起脸，颤抖着发了声："沈先生？"

沈之恒俯视着他，顺手拍了拍他的肩膀："厉会长，几天不见，清减了。"

然后他伸手在厉英良的腰间摸了一把，确认了他身上没带手枪。厉英良像被毒蛇盯住了似的，佝偻在沈之恒的怀里，一动都不敢动，只能拼命挤出一线又细又高的声音，仿佛要唱一段花腔："你……要带我……去哪里？"

沈之恒向后一靠，望向前方："去个僻静地方，与世隔绝，无人打扰，只有我和你。"

厉英良咽了口唾沫，要不是他见识过沈之恒的速度和力量，那么拼着丢去半条命，他也要跳车逃跑，至少也要撞碎车窗玻璃，伸头出去狂喊几声救命。喊不成救命，那么记住路线也是好的，也许沈之恒不会立刻宰了他，那他就还有逃生的机会。转过脸望向窗外，他正要定睛细看，可后颈忽然受到沉重一击，他眼前一黑，失去了知觉。

厉英良不确定自己是昏迷了多久，应该是不久，因为当他睁开眼睛时，在他面前来回踱步的沈之恒还保持着绑架他时的形象，而周围空气冷飕飕的，让他感觉到了自己身上残留的热度——一顿大餐和夏日傍晚联合起来，留给他的热度。

他的后脖颈很疼，后脑勺也很疼，以手撑地支起上半身，他仿佛还没有反应过来，先是垂眼望向了面前那一双踱来踱去的脚。那双脚穿着锃亮柔软的皮鞋，鞋带系成整齐的活结，鞋面一尘不染。

他盯着沈之恒的脚，直盯了好一阵子，才一点一点地回过了神，抬起头一路向上望去。沈之恒在他面前停了步子，低头也凝视了他，于是厉英良忽然发现这样一个事实：在不见沈之恒时，他怕死了这个人，想一想都要心悸；可如今真真切切地坐在这个人的眼前了，他却又平静了下来，是心如死灰的平静。

旁人到了绝境，是听天由命；他不听天，他得听沈之恒的，听他由命。

"那一夜，我没想杀你。"他哑着破锣一样的嗓子，喃喃开了口，"可是沐梨花看见我举枪对着你了，我不能不开枪。"

"不想杀我，为什么举枪对着我？"

"我知道我不想杀你，可我不知道你的心思，我怕你会先杀了我。"

沈之恒叹了口气。

厉英良沉默了片刻，爬起来跪了下去，低头说道："我知道，我没脸再求你饶命，我几次三番地害你，如果你不是沈之恒，你是个普通人，那你早就死了。"

"我确实是，不胜其扰。"

厉英良仰起头看他，一时看他很陌生，一张面孔也是虚情假意的冷面具；一时看他又还是地牢里的沈之恒，衣衫不整胡子拉碴，在虚弱茫然的时候，会把手指抠出血来。

两种印象交错闪烁，真作假时假亦真。厉英良忽然伸手抓住了他的裤脚，蜷缩着俯身低头，将额头抵上了他的鞋面："沈先生，你再给我一次机会。"

沈之恒一脚蹬上他的肩膀，把他蹬得直飞了出去。他疼得屏住呼吸，过了半晌才又发出了声音："我还有用，我能帮你，我可以为你做事，做任何事。你不是和司徒威廉闹翻了吗？换我来，让我顶替司徒威廉，你要我干什么我就干什么。"

沈之恒向他迈了一步，然后单膝跪了下来。

"你说那一夜，你没想杀我，我信。"

厉英良眼巴巴地看着他，原本以为他最不能信的就是这句话，没想到他信了他。世上竟有他们这样心心相印的宿敌，以至于厉英良有一瞬间生出冲动——他真的想抛弃先前的事业，跟沈之恒。

然而，沈之恒随即又道："但是后面的话，我就不信了。"

厉英良说道："你可以看我的表现。"

沈之恒摇摇头："你唯一的一次表现机会，就是在火车上，但是你没有珍惜。"

说到这里，他笑了笑："我们应该算是有缘的，可惜有缘无分。你杀了我几次，我没有死；现在我们换一下，换我杀你。"

话音落下，厉英良一把抓住了他的右手腕子，抓得死紧，仿佛抓住了他这只手，他就没法子再杀人。掌心的热汗立刻渗透了衬衫袖口，沈之恒低头看了一眼，随即抬眼告诉他："别急，今天不杀。"

说着他伸出左手摸了摸厉英良的裤兜，从兜里勾出了一小串钥匙。然后扯开了厉英良那汗津津的热手，他站了起来："我还有事要办，你等我回来吧。如果我一切顺利，心情好，那我会回来的。"

他转身推开前方一扇小门，弯腰走了出去，然后转过身来，一边对着厉英良一点头，一边伸手关闭了小门。厉英良后知后觉地扑了上去，一头撞上了小门，撞出了"轰隆"一声大响。

他几乎是被小门弹开了，撞门的半边身体像是散了架，而小门安然无恙。他忍痛爬起来凑近了再瞧，这才发现小门包着一层铁皮——不知道是包了一层铁皮，还是干脆就是一扇铁门。

小门是撼动不开的，他环顾四周，发现自己身处于一间空荡荡的小房间里，没有窗户，也没有通风口，天花板上垂下一个小灯泡，放出一点昏黄的光。屋角倒是还有一扇半截子木门，他推门向内一瞧，只见里面的空间只能容一个人站立，这么小的空间里，只放了一只空马桶。

米兰踩着个木头凳子，扒着沈公馆的后墙头，露出两只眼睛向外看。

墙外是条小街，街上行人不断，很有一点小热闹，像是个浓缩了大世界的小盆景。米兰很喜欢这样半偷窥似的"看"，一看能看半天，也不累，也不出声，单只是看，并且面无表情，像是个从天而降的旁观者，"冷眼看世界"。

太阳晒得她出了汗，她终于跳下凳子，转身走过草坪上了长廊，长廊上摆了一副躺椅，沈之恒躺在上面，腹部放着一叠整齐的字纸。他一张一张地拿着看，米兰在他身边俯下身，一边撩起耳边碎发，一边也好奇地看了一眼。

"这是书？"她问。

沈之恒答道："不是书，是文件。"

米兰现在已经学会了看画报，画报上的说明文字，她也能认识一部分，但是正式的书籍，她就看不懂了。文件不是书，也不是画报，她便又问："文件，有趣吗？"

沈之恒笑了起来："说老实话，这是我从你厉叔叔的办公室里偷出来的，上面写的都是外语，我不是很懂。下午找个翻译来帮忙看看，就知道它有没有趣了。"

"偷它做什么？是为了报复厉叔叔吗？"

沈之恒向她一点头："对喽！"

随即他又补了一句："但偷是不对的行为，你可不要学我。"

米兰蹲下来，用裙子遮盖了膝盖，笑着望向草坪："我又不是小孩子，我懂的。"

说完这话，她又看了他一眼，他刚欠身坐了起来，一手拢着腿上的文件，一手拿着一张字纸。他漫不经心地垂眼看着，眉眼是黑压压的英挺，嘴唇却标致纤薄，很有几分文秀。

米兰觉得他很美，看着他的时候，她的冷眼会融化，她的表情会流动，她甚至一直是笑吟吟的，仿佛他已经美到动人心魄。

在沈之恒得到文件的第二天，文件中的前三份见了报。

文件内容涉及了些许机密和图谋，以及两份重要计划。报纸一出，舆论大哗，各大外文报纸随即转载了新闻。待到第三天，又有新文件内容流出，清晨报纸刚一上市，便被抢购一空。

第三天傍晚，沈之恒夹着一卷报纸，去见了厉英良。

厉英良在空屋子里，与世隔绝地饥渴了三天，已经生出了绝望的情绪，以为沈之恒要让自己活活饿死在这里。所以当小门打开、沈之恒走进来时，他不假思索，"噌"的一下子就扑了过去。

然后他一把搂住了沈之恒的大腿，搂得死紧，要和这大腿同呼吸共命运，要走一起走，要留一起留。沈之恒锁了小门，然后把胳膊夹着的那卷报纸向下一递："要不要看一看？"

厉英良这时候哪还有心思读报纸，抱大树似的抱了大腿，他只用眼角余光扫了报纸一眼——一眼过后，他感到了不对劲。

但他犹未松懈，一手搂着大腿，一手接了报纸，他单手抖开报纸，看清了上面的头版头条。看完一张扔开，再看另一张，胡乱将一卷报纸浏览过了，他瞪着眼睛仰起了头："你干的？"

沈之恒低头看着他："是的，我到你的办公室，还有你的家里走了走。除了这些文件，我还拿走了你的存折，怎么，你的全部身家，就只有正金银行的十八万？"

他拍拍厉英良的脑袋："我本打算提出款来给你，如果你有命活着逃出去，也可以带着现金直接去浪迹天涯，可惜你的账户已经被冻结了。所以现在最大的问题，不是我会怎样处置你，而是机密文件从你手上流入新闻界，而你本人又无故失踪，你的上司会怎么看待你。"

他告诉厉英良："你的前途，已经毁了。我不杀你，别人也要杀你。"

厉英良愣愣地望着他："你是说，我现在一无所有了？"

他猛地推开了沈之恒，双手抓着大腿，跪在地上弓下腰去，大口大口地喘息。这么喘息也还是不行，他感觉自己的眼睛花了，心脏也不跳了，体内最后的一点水分化为黏腻的冷汗，顺着他周身的寒毛孔，爆炸似的渗了出来。

他一无所有了！

这么多年，他白忙了。

他还活着，可是能感受到死亡一寸一寸碾压了自己，碾压得他肝肠寸断、骨断筋折。眼角余光忽然瞥到沈之恒的双脚走向了门口，他慌忙又扑了过去："带我，带我一起——"

晚了一步，他摔了个大马趴，眼看小门在自己眼前又关上了。

沈之恒锁好了这扇小铁门。

小铁门一旦关闭，不但隔光，而且隔音。门外一道铁梯直通上层，上层是一座仓库，就位于海河附近的码头里。沈之恒去年和人合伙做了一阵子运输生意，租了这间仓库存放货物，后来生意告一段落，仓库和仓库下面的小地下室便一起空了下来——也空不久，到下个月，租期就满了。

交还仓库之前，他会先把厉英良的尸体处理掉。他一度想直接杀了这家伙，可事到临头，面对着他那双困兽一样的红眼睛，又不知如何下手。厉英良和他所有的仇敌都不一样，沈之恒总觉得他这个人感情过剩，排山倒海地专向自己一个人倾泻，对自己不是恨得要死就是怕得要死，要么就是"仰慕已久"。

对待这么一位神经质的仇敌，沈之恒本不想太过认真地和他斗。可厉英良对他似乎是不祥的，这个人分明本领平平，然而总能阴差阳错地往死里害他。就算害不死他，也要把他的小恩人变成怪物，也要把他的好兄弟变成陌路人。

天已经黑透了，沈之恒出了仓库，在夏夜风中向码头外的马路上走。仓库周围也都是仓库，四处暗影重重，远方有海浪拍岸的声音，海浪懒洋洋的，拍也拍得拖泥带水。他放下了厉英良，转而去想米兰——米兰没什么可想的，她像株直条条的水仙花一样，心满意足地活在他的家里，活得也像一株花，不大说话，也不大索求。也许再长大几岁，她会变得麻烦一点，可到底是怎么个麻烦，他目前还想象不出。单身汉做得太久了，他已经不大了解青年女郎是怎么过日子的。

这时，一只手轻轻拍上了他的肩膀。

他的感官向来敏锐，无论身在何处，都像是一切尽在掌握，所以如今这只从天而降的手掌就把他吓了一跳。吓归吓，他可是连个哆嗦都没打，直接停下脚步，回过头去。

这一回头，他差点和司徒威廉接了个吻。司徒威廉把脸直凑到了他眼前，给了他一张大大的笑脸："大哥，可让我逮着你了！"

沈之恒向一旁躲了躲："你找我有什么事？"

司徒威廉一抬胳膊揽住了他的肩膀，亲亲热热地带着他往前走："没事就不能找你了？你还真跟我生分了啊？"

沈之恒没理他。

司徒威廉沉默了半分钟，忽然说道："我知道了！原来你拿我当个宝贝，是因为你没有别的亲人。现在你有米兰了，就用不着我了，是不是？正好米兰还是个女的，正好她还特别喜欢你，过两年你们一结婚，兴许还能生出个小孩子呢！"

如他所料，沈之恒果然被他激得开了口："你这话是在侮辱我，还是在侮辱米兰？"

"我只是实话实说，难道不是吗？你就是为了这个才和我一刀两断的，你用不着我了。"

沈之恒缓缓地向前走，问道："你是不是没钱了？"

司徒威廉猛地望向了他，随即转向前方，吐了一口气："对，我没钱了，来勒索你了。"

"想要多少？"

"十万！"

司徒威廉狮子大开口，倒要看看沈之恒怎么回答，哪知沈之恒不假思索地点了头："好。"

司徒威廉听了这个"好"字，几乎当场翻脸。

他真的是不明白，不明白沈之恒为什么能够如此无情。他需要沈之恒，正如沈之恒也需要他，他们之间是平等互惠的合作关系，而三年来他对沈之恒一直尽职尽责，他对得起他！

放开了沈之恒的肩膀，他的声音冷淡下来："那你什么时候把钱给我？"

"明天下午，我派人把支票送去你公寓里，你等着就是了。"

"谁知道你会不会拿空头支票骗我。"

"我还不至于做出这种事情。"

司徒威廉哑口无言，可还是不甘心就这么放了他，于是又说道："我要本票。"

"可以。"

"我要二十万！"

"可以。"

"我改主意了，你的财产我全要了，明天你让律师准备文件，能转让的全转让给我，然后你自己滚吧！"

沈之恒不理会他，自顾自地只是走。司徒威廉紧跟了他，摸不透他的心思。两人走到了马路边，沈之恒在自己的汽车前停下来，转身面对了他："司徒赫也跟我一样吧？"

司徒赫就是司徒威廉的义父。从来没有收养大小伙子的，所以这里头一定有蹊跷。而司徒威廉干脆利落地摇了头："他不是。"

沈之恒狐疑地看着他。

司徒威廉把双手插进裤兜里，低头一踢路面的石子："其实我也一直在找你，可是怎么找也找不到，我就回了北方，我想你也许有一天会想回家乡，反正我也没别的地方去，不如留下来等一等，碰碰运气。可是我一个人活不下去，我也不知道自己哪里有问题，反正别人的思想，我经常不能理解，我总是得罪人，有很多事情我都不明白……我需要有人照顾我，需要花钱，需要——很多很多。"

说到这里，他对着沈之恒笑了一下："本来这些都应该是你为我做的。"

沈之恒也一笑："嗯。"

"所以，我就临时抓了个司徒赫……反正就是威逼利诱那一套……"

他像是有点不好意思，压低了声音，"我只是需要一个身份，需要一个立足之地。自从认识了你之后，我就再也没打扰过司徒老头，也没再花过司徒家的钱。"

沈之恒点了点头："我明白了。"

司徒威廉眼巴巴地注视着他："那，你原谅我了吗？"

沈之恒开门上车，摔上了车门："不原谅。"

然后他发动汽车，绝尘而去。

沈之恒今夜快刀斩乱麻，心里倒是有几分痛快。一夜过后，他神采奕奕地下楼进了客厅，见米兰正在听无线电，便随口问道："吃过早饭了吗？"

米兰抬头向他微笑："吃过了。"

沈之恒见她蹲在无线电旁，听得还挺来劲，便又问道："有什么新闻吗？"

米兰的微笑转为茫然："好像是要打仗了。"

沈之恒停了脚步："打仗？"

"广播里说的。"

沈之恒听到这里，还没太当回事，他是上午出了一趟门后，才意识到了局势的严重性。中午他坐在家里，四面八方地通电话。

米兰坐在一旁听着，听得心里慌慌的，自己也不知道慌的究竟是什么，忽然想起了一个人，她问沈之恒："厉叔叔会不会又来找我们的麻烦？"

沈之恒答道："他是没这个机会了。"

米兰听到了远方传来了呼喊口号的声音，又问："我可以出去看看吗？"

沈之恒当即驳回："不行。你就给我好好地待在家里。只要你平平安安，我这颗心就可以放进肚子里了。"

随后他一拍脑袋，想起了司徒威廉——下午还得派人去给司徒威廉送钱。

他派去的这个人，在司徒威廉的公寓吃了闭门羹。因为司徒威廉早把金钱抛去脑后，现在正满世界地寻找金静雪。

今天中午他见外头人心惶惶，便想去给金静雪做伴壮胆，哪知道他一到金公馆，就得知二小姐清早出门，也没说干什么去，直到现在还没回来。

而金静雪素来是中午起床，从来没有清早出门的记录。

司徒威廉四处奔波，姑且不提，只说这金静雪连着看了几天的报纸，又一直联系不到厉英良，心里急得火烧一般。昨夜熬了一整夜之后，今早她感觉再在家里这么傻等下去，自己会等出精神病，故而把心一横，跑出去了。

她先昂着头直奔厉英良的家。厉英良那个小家敞着院门，她迈步往里一进，就见正房台阶上站着个男人。那男人背着双手，正是个来回溜达的姿态，闻声抬头望向了她，那男人显然是一愣。

金静雪生下来就是阔小姐，天生底气足，见了谁都敢说话："你是谁？怎么在厉英良家里？厉英良呢？"

那男人答道："我也是来找他的，你不知道吗？他失踪了。"

金静雪听他口音僵硬，起了疑心："你是……池山英？"

那男人答道："敝姓池，池山英，是厉英良的上司。还未请教，小姐的芳名。"

"我是金静雪。"

池山英还真听过金静雪这三个字，忘了在哪儿听的了，反正是久仰大名，如今见了本人——尽管金静雪一夜未眠，凌乱卷发全掖进了帽子里——但他还是认为对方名不虚传，真是一位高傲的大美人。

"哦，久仰，久仰——"

未等他久仰完毕，金静雪已经开了口："我听人说，厉英良其实是潜伏在你们手下的卧底，专为了偷你们的秘密文件。现在他失踪了，其实是遭了你们毒手，你们把他暗杀了，有没有这回事？"

池山英一听这话，当场委屈："岂有此理，我们也在找他。"

"你们真没杀他？骗人可是要遭雷劈！"

池山英感觉她像是在诅咒自己，为了表明自己不迷女色，他也老实不客气地开骂："你这个大美人，实在是太粗鲁了！"

金静雪看了他这个急赤白脸的态度，凭着直觉，倒是有点信他。池山英又问："你和厉英良是什么样的关系？"

"我爹是他的义父，他是我的义兄，怎么了？"

池山英问的不是这个，他知道厉英良和金家的关系，但据他观察，厉英良对金家毫无感情，可金静雪显然是十分关心厉英良。

他先是怀疑厉英良对自己隐瞒了实情，随即又摇了头——不能，这不是什么值得隐瞒的事情。

那么另外一种可能，就是美丽的金静雪，对厉英良落花有意。

这个推测就合理多了，池山英一直认为厉英良长得挺俊俏，年纪也算不得大，配得上金静雪这位大美人。但是话说回来，美人落花有意，厉英良却是流水无情，那么……

池山英也是有过青春的人，尤其是在少年时代，春情勃发，四处暗恋，最了解这单相思一方的行为和心理。金静雪若是爱上了厉英良，那么心里眼里装的都是他，想放都放不下，厉英良先前若是有过什么古怪举动，旁人未发现，她却可能是早已看入眼中了。

于是池山英极力柔和了面庞，向着金静雪唱叹了一声，做了个忧郁嘴脸："实不相瞒，英良是我最忠诚的下属。现在人人都说英良欺骗了我，但我始终不愿相信。以我对英良的了解，他现在也许是遭遇了什么不测，不能出面发声。而我作为他的上司与朋友，很想找到他、救他出来，一是为了他的性命和前途，二是为了我自己的名誉。你明白我的意思吗？"

金静雪听了这一番话，吓得毛骨悚然，再开口时，竟带了一丝哭腔："良哥哥会出什么事呢？他结仇也是为了你们结的，都是你们逼他去做坏事，他才四处得罪人。现在他落难了，你们可不能不管！"

池山英侧身向着房内一伸手："金小姐请进来坐，我有些话想要问你。也许你对英良君的了解更深，能够帮助我找到他。"

金静雪当即迈步进门，和池山英做了一番谈话。她是知无不言，可惜所知有限，所以不过三言两语的工夫，也就把话说尽了。池山英凝神听着，等她全说完了，才问道："你是说，他曾经想要通过司徒威廉，去找沈之恒？"

金静雪看着池山英，看了三秒钟，忽然狠狠一拍大腿："啊哟，我怎么这么蠢？我怎么忘了沈之恒？他怕沈之恒怕成那个样子，肯定是受了沈之恒的威胁。他无缘无故失踪，也肯定是沈之恒把他绑架了！"说着她挺身而起："我这就去找沈之恒，大不了我出钱把他赎回来！"

池山英连忙起身阻拦："不行，不要轻举妄动，你不知道沈之恒的底细。"

"我怎么不知道？他有势力，我们金家也不是吃白饭的！"

池山英没想到这大美人有着霹雳火爆的脾气，并且步伐矫健，说走就走，几大步就穿过了院子。等他追出去时，美人已经出了大门，坐上车走了。

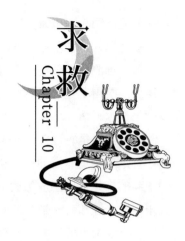

求救

Chapter 10

池山英因为没能捉住金静雪，故而临机应变，决定改变战术，先让金静雪闹着去。万一她真把厉英良闹回来了，反倒省了自己的事。反正在无法保证安全的情况下，他是绝对不会再去招惹沈之恒。而金静雪向来看不起池山英那帮人，所以根本没指望他们，甚至也没通过司徒威廉传话，直接查出沈公馆的电话号码，打了过去。

接电话的人是米兰，金静雪现在正恨着沈之恒，恨屋及乌，对待米兰也没有好声气："我是金静雪，你叫沈之恒来听电话！"

她的语气这样豪横，然而米兰在她娘手下活了十五年，也算是见过了大场面的，最不怕的就是悍妇："他不在家。"

金静雪又问："你是谁？"

"我是他的侄女。"

"侄女？好，那你传话给他，让他回家之后立刻给我回电，我有急事要和他面谈。如果今晚我等不到他的电话，那就别怪我明天亲自登门拜访了。"

"好。"

金静雪等了片刻，没有等出下文，这才知道对方快人快语，这是已经答应完了。把话筒往下一扣，她心里七上八下的——接电话的声音听上去还带着几分稚气，纵然不是个小孩子，也绝不会是个大人，她真不知道对方能否把话传给沈之恒。想到这里，她重新要通了沈公馆的电话："喂，还是侄女吗？"

那边的米兰挺有耐性："是我。"

"我是金静雪。"

"嗯。"

"我告诉你，我找沈之恒是有人命关天的大事，你一定要把话传给他，否则一旦酿成大祸，这笔账就要全算在他的头上。"

"好。"

金静雪再次挂断电话，挂断之后心里痒痒的，恨不得再打一次。沈公馆的侄女说话实在是太痛快了，让她简直怀疑对方是在敷衍自己。

而在电话线的另一端，米兰回味着"侄女"二字，暗暗感觉挺好玩，仿佛自己改头换面，在这世间又有了个新身份——沈之恒前天对着仆人介绍她，就说她是他的远房侄女，仆人唤她，也是一口一个"侄小姐"。

接了电话不久，沈之恒就从外面回来了，然后他霸占了电话机，一直打电话接电话。好不容易等他放下了话筒，米兰刚要开口，然而一转眼的工夫，他又走了。

于是直等到了傍晚时分，沈之恒回了家，她才赶紧说道："有个叫金静雪的女人，给你打电话，让你回电，说要见你，和你面谈人命关天的大事。"

沈之恒从鼻子里往外"嗯"了一声。"嗯"过之后，想起自己还有嘴，于是开口细问："金静雪？找我？"

米兰目光炯炯地审视着他："是。"

沈之恒上了楼："晚饭我带你出去吃——金静雪怎么会找到我？难道是为了厉英良？还是司徒威廉？"

米兰跟上了他："厉叔叔还活着吗？"

沈之恒回了头，有些狐疑："你是真开了天眼，还是跟踪过我？"

米兰摇摇头："没听懂。"

沈之恒笑了起来，转身继续向上走："不要管他，让他自生自灭去吧。"

米兰一转身，背靠楼梯扶手，昂头目送着沈之恒的背影。她怀疑厉英良是被他绑架了，也可能是被他杀了，不好说。她无意为她的厉叔叔求情，怕会惹恼了沈之恒，况且在她心中，厉叔叔这个人，无论死活，都是好事，死了也好，从此沈之恒能落个清静；活着也行，反正她并不如何恨他。她抬手摸了摸自己的头发，又低头看了看自己的裙子——她现在拥有了好些单薄的裙子，裙摆拂着膝盖，膝盖小小的，像只瘦骨嶙峋的鸟。

无论是对这个世界，还是对于自己本人，她现在都是相当满意。

沈之恒换了身西装，下楼带米兰出门吃晚餐，也没往远走，溜达过了两条街，他带她进了一家番菜馆。今天一整天，市面上都是人心惶恐，但再怎么惶恐，饭还是要吃的。沈之恒面前摆着一杯水，耐心地等着米兰吃饱。米兰现在还很会品尝美食，吃了这样吃那样，沈之恒倒是希望她有个好胃口。

等她吃饱喝足了，也就到了华灯初上的时候。沈之恒会了账，领着她往外走。这半晚不晚的时候，餐馆最是热闹，门口客人进进出出，沈之恒出门之时被人拦了去路，抬头一瞧，是金静雪。

金静雪沉着一张粉雕玉琢的面孔，本是气昂昂地要往餐馆里走，旁边跟着个一路小跑的狗腿子青年，正是笑嘻嘻的司徒威廉。双方走了个顶头碰，金静雪先看清了沈之恒，当即开了口："沈先生，真是巧啊！我正想要找你呢！"

米兰一下子就认出了她的声音，而金静雪的目光横扫，也扫到了她的脸上去。出于经验，金静雪认为米兰看起来不大像是沈之恒这种人会青睐的女郎，故而又问："你是侄女？"

米兰答道："嗯。"

金静雪当即转向沈之恒，冷笑了一声："那么，我白天打到贵府上的两个电话，想必你家侄小姐，也一定已经转告给你了。"

沈之恒向旁挪了挪，退到了门旁的阴影处："是的。只是不知道金二小姐急着见我，有何贵干？"

金静雪跟着他挪了几步，开门见山："自然是为了厉英良的事情，他失踪了这么久，是不是你把他绑去了？"

沈之恒一扬眉毛，一脸愕然："金二小姐这是从哪里听来的荒唐话？在下只是一介商人，厉会长不找我的麻烦，我就已经谢天谢地了，怎么还可能去绑架厉会长？我又不是土匪。"

"你少装模作样！如果这事和你完全没有关系，我也不来问你，我既然敢来找你，自然就是有证据。现在我也不想和你打嘴皮子官司，我只问你一句话，你要多少钱才肯放人？我们痛快做事，你开个价吧！如果你还有顾虑，我可以以我金家的名誉保证，将来他绝不会再去纠缠你，他若敢不听我的话，我爸爸也饶不了他。"

沈之恒呵呵笑了起来："金二小姐，你不要和我开玩笑了。厉会长失踪的事情，我也知道，说句老实话，我怀疑他可能真是一位仁人志士，现在既是失踪了，那么极有可能是完成任务，逃去安全的地方了。金二小姐不必太担心，也许过不了多久，他还会再回来的。"

沈之恒是轻松愉快地连说带笑，却不知道金静雪这些天惦念厉英良，已经惦念得五内如焚，而凭着她所得的信息，她思来想去，怎么想怎么认为沈之恒的嫌疑最大。沈之恒此刻若是大发雷霆地否认，她可能还会疑惑，认为自己兴许分析错了，可沈之恒一直这么和蔼可亲笑眯眯，像看好戏似的看着她，她就感觉自己是受了公开的挑衅。

在朋友面前，她总是那么地活泼开朗，可对待敌人，她就没那么好的脾气了。抡起手里的小漆皮包，她一皮包砸向了沈之恒的脸。

沈之恒万没想到这等千金大小姐竟会在街上打人，想要躲闪，为时已晚，愣怔怔地挨了一下子，偏那皮包坚硬，一个尖角正中了他的眼睛，他当即抬手捂眼低下了头。而金静雪自知暴露了泼妇嘴脸，名媛形象已经毁于一旦，索性不图声誉，只要痛快，举起皮包接二连三砸向了沈之恒的脑袋。沈之恒这时候倒是反应过来了，然而被绅士身份束缚着，无论如何不能还手。他单手捂着眼睛，想要顶着攻势强行突围，司徒威廉犹犹豫豫地伸了手，也想要阻拦金静雪，可是又不大敢——他真是太爱她了，爱到深处，不由得就转成了怕。

就在这时，米兰忽然从黑暗处向前一钻，自下而上钻到了沈之恒胸前，扬手对着金静雪就是一记耳光。

沈之恒有好些年没听过这么响亮的巴掌了。

好家伙，小爆竹似的，仿佛米兰是一掌拍出了个雷。金静雪应声跌倒，落地之后才哭叫出声。司徒威廉也愣了，后知后觉地赶过去扶起了金静雪，见她半边脸上已经浮凸出了隐隐的五指红印，连忙问道："达令，你觉得怎么样？要不要我先送你去医院？"

金静雪不愧为将门之后，有血战到底的勇气，她让米兰抽得脖子都歪了，然而毫无怯意，她一把推开司徒威廉，骂了一句"废物"，然后含着满口的鲜血，又扑向了米兰。

米兰正低头看着自己的手掌发呆——她没想到自己会有这么大的力气。这把子吓人的好力气，她原来是没有的！

忽然察觉到了面前的疾风，她怔怔地抬头，动作却远远快过思想，细长手臂伸出去，她一把抓住了金静雪的卷发。沈之恒见了她这干脆利落的动作，以为她还要打，慌忙上前攥住了她的胳膊，又不敢使劲攥，她那胳膊太细了，他怕自己一不留神，再攥断了她的嫩骨头。而司徒威廉在后头看得清楚，见他劝架劝得这样轻描淡写，分明是要纵容米兰继续撒野，登时也急了。

沈之恒这样的人，给他一拳两掌都是无用的，和挠他痒痒差不多，于是司徒威廉冲上去抓住他的衣领，恶狠狠地向后一搡。

沈之恒身后就是那番菜馆的砖墙，在后背靠墙之后，一只苍白大手罩住他的面孔，又抓了他的脑袋也向后一撞。撞击声是如此沉闷，远比不上米兰那记耳光石破天惊，然而红砖墙壁上簌簌掉下了砖屑。

沈之恒几乎呆住了——他万没想到司徒威廉敢打自己。

与此同时，司徒威廉认为自己已经像搬一件大行李一样搬开了沈之恒，便转身要去分开米兰和金静雪。现在他更爱金静雪了，因为金静雪越斗越勇，竟然和米兰打了个不分上下，堪称一位女中豪杰。可未等他揪住米兰，脑后忽然响起了一声暴喝："反了你了！"

下一秒，他眼前的世界颠了个个儿，再下一秒，他原地起飞，被沈之恒举起来扔到了大街当中，差一点就被过路汽车碾成了饼。他一挺身爬了起来，未等他反扑，沈之恒已至，一脚又把他蹿趴下了。

他挺身再起，怒发冲冠，一场混战，就此开始。

二十分钟之后，一队警察赶到。

报警之人是番菜馆的经理，而在警察到来之时，这条街都堵瓷实了，还有什么热闹赛得过沈先生和金小姐的武斗？而沈先生的侄女和金小姐的跟班，也都是了不起的人才，侄女能把金小姐揍得哇哇直叫，跟班也能摁倒沈先生猛捶。侄女的短裙翻卷上去，露出了里面的丝绸短裤，跟班满头卷发也爆炸开来，脑袋好似一颗大爆米花。

警察五分逮捕、五分恭请地把这四个人带了回去。请他们隔着一张大桌子相对坐着，警察自己坐在首席搓手："啊，这个，沈先生，金小姐，你们都是有头有脸的人物，有什么矛盾不能坐下来谈，非要在大街上打架呢？扰乱了公共秩序姑且不论，单是对于你们的颜面，也很有损伤呀！"

此言不虚，沈先生满头是血，金小姐鼻青脸肿，侄女与跟班也好不到哪里去，四人的颜面，所受损伤着实不小。沈之恒从裤兜里摸出一条手帕擦了擦脸上的血，然后对着捕警察一点头："很抱歉，让您见笑了。"

司徒威廉也开了腔："警察教训的是。"

警察最怕的是这几个人不给自己面子，会在警局里继续大闹，若是关了他们，会得罪人；不关，又不像话。如今他听沈之恒语气和蔼，疑似大爆米花的青年也乖乖的，一颗心立刻放下了大半，也跟着和颜悦色起来："但不知你们几位究竟是闹了什么大矛盾？若是需要调解，那我可以做这个调解人。"

沈之恒向着警察说道："其实并没有大事，不过是一点小误会，只因为我当时喝了酒，有点醉，这几个小的又都年轻气盛，所以一言不合就动起了手。如今我的酒醒了，他们也冷静下来了，无须您劝诫，我们自己心里都羞愧得很。"

金静雪瞥了警察一眼，嫌他级别太低，懒怠理他，米兰垂着头，也不言语，唯有司徒威廉还知道顺着沈之恒的话往下讲："是，我们不打了。"

警察暗暗地松了一口气，心想看来这四位还知道要脸，他们既然还肯要脸，那自己也就省事了。

警察将这四人从警局里释放了出去。

四人上了大街，沈之恒这时已经彻底恢复了理智，便向着金静雪说道："金二小姐，我确实不知道厉英良的下落，你实在是误会了我。现在我替我的侄女向你道歉，医药费我也会派人送到府上去，还请金二小姐原谅她是个小孩子，下手没有轻重。"

话到这里，他说完了。金静雪等着他叫米兰过来向自己赔礼道歉，然而等了又等，沈之恒只是无语，这就让金静雪看穿了他的心思——他只不过是在说几句不值钱的漂亮话罢了。

她活到这么大，第一次挨这种暴打，此仇不报，誓不为人。不过现在既然是占不到便宜，那她就决定先回家去，一边缓过这一口气，一边继续想办法寻找厉英良。等把厉英良救出来了，她再回头找沈之恒报仇——沈之恒活不了，他的侄女也别想逃！

司徒威廉这时上前一步，低声说道："静雪，我送你去医院吧。"

金静雪冷笑了一声："真看出你是个医生了，就只惦记着送我去医院。不过不必，我并不是那种娇滴滴的女人，我和男子汉一样，也是愿打服输。你也请放心，他家的侄女还不至于打出我的内伤来。"

"那……那我送你回家？"

金静雪这回点了头。

司徒威廉狠狠瞪了沈之恒一眼，然后护送金静雪转身走了。

沈之恒单手攥着手帕，堵着一侧鼻孔。目送那二人走远之后，他回头去看米兰。米兰那满头长发乱得无法无天，面孔还算洁净，只是脖子和手臂上肿起了鲜红的几道，是被金静雪挠去了几条皮肉。

沈之恒将米兰打量了一通，然后低头看了看手帕，手帕上有新鲜的鼻血，于是他重新又把鼻孔堵住了："你哪来那么大的脾气，竟然先动手打人？"

米兰答道："我以为她打伤了你。"

"我又不怕受伤。"

"那你也会疼。"

"疼有什么关系？你是不是觉得自己现在厉害了，可以天不怕地不怕了？"

"不是。"

"你还嘴硬？"

米兰这回抬眼注视着他："她打你和打我是一样的。可是我已经挨够打了，我再也不要挨打了！"

沈之恒疑惑地看着她，显然是没听明白。

于是米兰又说道："你就是我。"

她认为自己这回算是解释得很清楚了，然而沈之恒皱着眉头看她，依旧是一脸的困惑。他大概明白了她的心意，至少，他知道她想要保护自己。

先前又盲又弱的时候，她都要救自己，何况现在她今非昔比。

很奇怪，他从未想到自己会激起一个小女孩的保护欲。

"走吧。"他不再追问了，怕越问越乱。

米兰跟上了他，两人往路口走，想坐车回家。走到半路，他望着前方问道："你的伤疼不疼？"

"我不怕疼。"

随即她扭头去看沈之恒："女孩子打架，是不是不好？"

"当然不好。"

"那我要是男孩子就好了。"她对着沈之恒粲然一笑，嘴唇还有干涸的血迹，"打架其实挺好玩。"

"胡说八道。"

说完这话，沈之恒深吸了一口气，想要保持头脑的清醒，他这些天一直饮食不足，方才又挨了顿好打，失血甚多，所以此刻就耳鸣头晕起来。这让他有点恐慌，他怕自己一不小心失了神犯病，再把别人吓着。

沈之恒和米兰相伴回家，姑且不提，只说司徒威廉奔波一天，好不容易在晚上找到了金静雪，正想和她共进晚餐，孰料晚餐尚未入口，两人先一起品尝了一顿拳脚。

他饿着肚子，手足无措地送金静雪回了家，金静雪冷着一张花红柳绿的凄惨面孔，也不许他进门，独自一人进了公馆。金公馆的仆人们看她傍晚同男朋友出门，必定会有一整夜的吃喝玩乐，少说也得凌晨回家，故而熄了灯火，各自早早地上床睡觉，只在客厅留了一盏电灯。

仆人们一偷懒，倒是正合了金静雪的意。她蹑手蹑脚地上楼往卧室走，想要自己处理一下身上的伤。现在她冷静下来了，也自悔方才太莽撞，不但和个丫头片子打架，大大地失了身份，还和沈之恒闹翻了，失去了谈判的机会。

可是这也怪不得自己，她又想，这些天可把她煎熬坏了，她早就憋着一肚子邪火要发泄了。

摸着黑进了卧室，她先关闭了房门，然后伸手去摸电灯开关。指尖触碰到了开关按钮，她拨动下去，忽听卧室深处有人开了口："二小姐。"

这声音不是一般的喑哑粗糙，像是吞过了碎玻璃碴子的烟枪喉咙，与此同时，"哒"的一声轻响，开关动了，房中吊灯大放光明，将房中情景照了个透彻。

金静雪待在原地，以为自己是见了活鬼。

活鬼席地而坐，身上挂着丝丝缕缕的布条子，布条子下面肉隐肉现，掩盖的倒也是一具人类裸体，顺着这一堆布条子往上看，是一张紫里蒿青的骷髅面孔。

要不是金静雪现在足够冷静，那非扯起喉咙尖叫不可。倒吸了一口冷气噎在胸中，她捂着心口，颤悠悠地发出了声音："良哥哥？"

她的良哥哥怔怔地盯着她，直到她开口说话了，他才确定了面前这个鼻青脸肿的猪头真是金静雪。

金静雪一时忘了自己这副变了形的容貌，向前直扑到了厉英良面前，含着眼泪上下观瞧，就见他像个资深的疯子似的，布条子的前身乃是衬衫长裤，也不知道他怎么撕的，成了又细又碎的布条子，简直遮不住肉。再看他的脖子面孔，也遍布了乱糟糟的抓痕，两只大眼睛更是可怕，瞳孔是黑的，眼白是红的，深深地陷在眼窝里，眼皮上也有一道一道的伤。

金静雪看着他，简直怀疑他是从狗嘴里逃出来的。这时她也顾不上拿乔了，一把抓住厉英良的手，泪如雨下："你这些天到哪里去了？是谁把你害成这样的？你可急死我了！"

厉英良木然地直视她，半晌过后，才嘶嘶地问道："你怎么也变成了这副样子？"

"你别管我，我没事。你到底是怎么了？你现在饿不饿？要不要吃点什么？要不要去医院？"

厉英良摇了摇头："我不饿，只是渴。"

"那我让人送茶上来。"

厉英良慢慢地抬手一指墙壁上的浴室门："不必，我喝过自来水了。"

金静雪彻底忘了自己那一身伤痛，目光转向厉英良抬起的那只手，她惊呼了一声，把那只手捧住了："你这又是怎么了？谁给你上了刑？"

厉英良迟钝地转动眼珠，也去看自己的手——手是肮脏的爪子，然而并不尖利，因为大部分指甲都已脱落，没脱落的，也碎裂了。

这很正常，因为他就是凭着这两只手硬扒硬挖，逃出来的。

"我被人绑架了。"他哑着嗓子说道,"沈之恒。"

金静雪咬牙切齿,一捶地板:"我就知道!"

金静雪想把厉英良收拾出个人样来,可她向来没伺候过任何人,对着这么一小堆褴褛肮脏的厉英良,她不知从何下手。

厉英良并没有劫后余生的狂喜,单是失魂落魄地发呆,一边发呆,一边下意识地往后挪,最后就挪到了墙角落里去。金静雪和他相识这么多年了,从没见过他这种又麻木又可怜的模样,而他既是可怜了,她无依无靠,就不能不坚强起来了。

她不但肉体坚强,能够独立起身走去浴室放热水,而且精神也坚强,亲手给厉英良洗了个澡。厉英良那一身布条子都是她慢慢摘下来的,这是她生平第一次见识男子的裸体,人都要羞死了,可她同时也知道,现在不是自己害羞的时候,而且是羞也白羞。

厉英良像是傻了,由着她摆布。金静雪将大毛巾浸热水,将他草草地擦洗了一通,然后找出一条丝绸睡袍给他穿上了,幸而她是健康高挑的身材,厉英良又瘦得形销骨立,她的睡袍也能包裹住他。

让厉英良出去上床躺着,金静雪进了浴室关闭房门,也沐浴更衣。这时她那面貌青肿得更厉害了,和厉英良放在一起,正是各有千秋。但她这自小漂亮惯了的人,像那纨绔少爷不惜钱似的,偶尔丑上几天,也不在意。

用条大毛巾把脑袋包住了,她想让丫头送些热饮料上来,哪知厉英良见她伸手要开门,竟是连滚带爬地翻下床去,一把抓住了她的手臂:"你干什么?"

"我想让你喝一杯热可可,你看起来太虚弱了。"

厉英良将她的手从房门把手上拽了下来:"不行,现在他们都要杀我,不能暴露我的行踪。"

"谁?沈之恒?你放心,借他十个胆子,他也不敢冲到我家里来杀人,除非他是不想活了。"

厉英良看着她,神情呆滞地看了好一阵子,才又开了口:"他敢的。"

金静雪怀疑厉英良是被沈之恒折磨疯了,但是为了安抚他,她扶着厉英良往床边走:"那我不叫人了,你要是害怕,我们明天离开这里回老家去。"

"不行,我不能露面。"

"那你就安安心心地住在我这里，我这些天也不出门了，在家里守着你。"

厉英良忽然停了脚步，转过脸来看她："你这里的仆人靠得住吗？他们会不会出卖我？"

"不会的不会的，我明天给她们放假，只留小桃她们两个在这里，小桃她们是我从家里带来的，绝对可靠，你放心吧！"

金静雪费了无数的口舌，总算把厉英良哄回了床上，事到如今，她也顾不得自己那千金小姐的身份了，自己那香喷喷的床褥，也都让给了厉英良来睡。厉英良躺下归躺下，然而双目炯炯地睁着，完全没有睡意。金静雪抱着膝盖坐在一旁，也不敢再追问他什么，只怕他精神崩溃，会当场发疯。

厉英良不敢睡。

他对时间失去了判断，他感觉自己是被沈之恒囚禁了一百年。

饥渴还不是最痛苦的，最痛苦的是绝望，以及恐惧，以及不甘心，以及他的手表停了，他不知道今夕是何夕。种种的痛苦交织混杂，把一瞬间拉长成为一整天，甚至一整月、一整年。

周遭是绝对的寂静，他可以听见自己的血流声，可以听见自己的心跳声，可以听见自己的关节摩擦声。这些声音渐渐变得面目可疑，不像是从他体内发出来的，并且让房间变得挤挤挨挨，似乎站满了无形的鬼魅。他怕极了，他以头抢地，嘶声长号，房间如此封闭，他长号过后会感觉窒息，憋得死去活来，自己满头满脸地乱抓乱挠，把衣服撕扯成碎条子，指甲缝里都是他自己的血肉皮屑。

他等着沈之恒再来，等得死去活来，像是在火狱里等待。他甚至想把自己奉献给沈之恒，让他杀了自己，只要在临死之前能放他出去，让他痛快地喘几口气。沈之恒，沈之恒，他默念他的名字，对他的感情已经不是恨与怕能概括，他单是期盼着他来，来杀他来放他都无所谓了，他只要他来。

后来，他在马桶后头的墙根底下，发现了一处排水孔。

那个时候，他的脑筋已经无力转动了，只知道排水孔连通着外界，所以向往地盯着它不肯动。盯了许久，他忽然发现排水孔周围的墙壁常年受污水浸泡，水泥墙皮已经酥了。

他开始去抠墙皮，十指齐上，又抠又挖。水泥墙皮之后是一层红砖，他痴痴地继续抠挖，用拳头去击用胳膊肘去撞，完全不感觉疼。红砖墙是薄薄的一层，被他挖通了，红砖之后是一层板子，朽了的木板。

他慢慢地伸出手去，推了木板一下。

"啪"的一声，木板倒下，没有阳光透进来，也没有凉风吹进来，墙后还是一片潮闷的黑暗，他把整条手臂伸了过去，摸到了几根枯骨似的木条。

这个时候，他开始激动得颤抖起来。将洞口扩大了些许，他开始钻，身体从洞中硬挤过去，血肉刮在了砖茬上，然而他还是没感觉疼。

墙壁另一侧的黑暗空间，堆着些霉烂了的木板木条，格局类似他的囚室，借着囚室透过来的暗淡灯光，他甚至还能看到这间屋子也有一扇铁门。

一扇半开半闭的铁门。

他出了门，摸索到了一架向上的铁梯，爬着梯子上去了，他发现自己进了一座空仓库里。空仓库大门紧锁，但是有着高高的小玻璃窗——这就拦不住他了。

他重获自由的时候，天刚刚黑透。

他先前恐慌，现在更恐慌。先前的恐慌是抽象的，巨大的；现在的恐慌是具体的，详细的。他怕沈之恒，也怕池山英。大批的机密文件从他手中流出，即便他不失踪，池山英那样多疑，也可能会将他当个卧底处决。这种事情不是三言两语可以解释清楚的，他尽可以实话实说，而他们也尽可以完全不信。家是回不得了，朋友也见不得，他因此想起了金静雪。

金静雪不会出卖他。他讨厌她，他也相信她。

他这时已经疲惫至极，然而像那将死之人回光返照一般，竟也抄着僻静小路，走到了金公馆。金公馆今夜特别黑暗安静，正能让他翻着后墙跳进院子，再顺着排水管子爬上二楼，潜入卧室。

然后他猛灌了一肚子自来水，再然后，他见到了鼻青脸肿的金静雪。

金静雪对他是这样好，远远超出了他的预期。可他现在顾不上道谢，他太怕了，他要怕死了！

凌晨时分，金静雪正靠着床头半睡半醒，厉英良猛地坐了起来，吓了她一大跳："怎么了？哪里疼了吗？"

厉英良摇了摇头。

他现在还顾不上疼，他是刚做了个噩梦。

他梦见沈之恒今夜去看他，发现他逃了，于是寻着蛛丝马迹，找了过来。

厉英良其实是多虑了。

沈之恒今夜忙得很，完全没有可能去拜访厉英良，因为司徒威廉半夜登门，杀了个回马枪。

他轻车熟路地进了门，在客厅里瞧见了米兰，米兰独自站着，正在低头看膝盖上的伤，而就在他和米兰打过照面之后，沈之恒也进来了，手里拿着一瓶药水。

司徒威廉暂且不理沈之恒，先去质问米兰："米兰，你行，我救了你的命，你不报恩，反倒打我的女朋友。"

米兰垂了头，显然也很心虚："对不起。"

沈之恒这时走过来，把那瓶药水递给了她，又做了个手势，让她出去了。等她低头走了，他才转向司徒威廉："你怎么来了？取本票？"

司徒威廉指了指他的鼻尖："沈之恒，你也是个好样的，下死手打你的亲弟弟。"

沈之恒刚洗了把脸，但还没来得及更衣，所以衬衫领子上还印着血点子。他转身走到沙发前坐下了，说道："我不承认你是我的弟弟。"

"你找了我那么多年，现在又不要我了？"

沈之恒抬眼注视他："原来你也知道，我找了你那么多年。"

司徒威廉"嗤"了一声，提高了音量："你别没完没了！"

沈之恒移开目光，嗤笑了一声。

司徒威廉皱了眉头瞪他，心里也有些腻歪。他这哥哥自视太高，总以为自己本应是个人中龙凤，然而命运不济，活活被"传染病"几个字玷污了。其实依他看来，这哥哥也就是那么回事，基本等于一名有钱的怨夫，他若是还有更好的兄弟——或者奴仆——可以依靠，也不会厚着脸皮几次三番地来哄他。

他是背着个帆布挎包来的，这时把手伸进挎包里，他取出了一只大玻璃瓶，缓缓递向了沈之恒。玻璃瓶里荡漾着液体，让沈之恒的眼睛一亮，目光瞬间就黏在了那玻璃瓶上。

司徒威廉心中暗笑，语气却是诚恳："送你的，不要钱，只想求你帮我个忙，当然，帮不帮都随你，我不勉强。"

沈之恒有点恼火，不是恼司徒威廉，是恼自己。

这个没出息的样子!

他想一脚把司徒威廉踢出去,然而事实上他开了口,发出了含糊的声音:"说。"

"你把厉英良放了好不好?你别瞒我,静雪脾气虽然大,但不是糊涂虫,她肯找上你,必是有证据。我猜,厉英良是不是被你关在了码头那片空仓库里?其实你对厉英良是杀是剐,我都是举双手赞成的,毕竟他也绑过我的票。可静雪对他实在是太上心了,如果再找不到他,她可能就要爱上他了。"

沈之恒咽了口唾沫:"这是什么逻辑?"

司徒威廉笑了:"我说,你是不是活了这么多年,从来没谈过恋爱?"

沈之恒不回答。

"厉英良如果一直太平无事,那静雪不会知道自己有多在意他,不知道,也就不动心。可厉英良现在失踪了,静雪天天惦记着他,时间一长,她就会发现自己对他的感情。她是敢爱敢恨的性子,一旦发现了,少不得就要为了厉英良寻死觅活,像我这样的爱慕者,就要彻底出局了。"

"那你这不是在自欺欺人?"

"没关系的,我不在乎。"

沈之恒忽然一笑:"有个更简便的法子,你把她也感染了,她自然就离不得你了。你不是一直想让我做你的奴仆吗?金二小姐如花似玉,是你心上的人,有她伺候你一生一世,你也就不必再纠缠我了。"

"我就说你没谈过恋爱,你果然真是个雏儿。我只是爱她而已,你怎么还扯上一生一世了?"

沈之恒向他一抬眉毛,做了个惊讶表情。

司徒威廉感觉沈之恒的思想简直是荒谬:"我有爱她的时候,将来自然也有不爱她的时候,若是不爱了,还让我和她朝夕相处,岂不是我也不自在,她也不自在?那不成害人害己了?这样的缺德事我不干。"

沈之恒说道:"我还以为你是真爱上了她……"

"你还是不懂。我确实是真爱上了她。真的爱情,发乎心灵,有来历,有去路,有生发,有成长,有凋零,有结束。并非一生一世厮守到底才叫真爱,从心所欲,以诚相待,才是真爱。爱情,不是以时间来衡量的。"

沈之恒点了点头:"受教了。"

"你终究还是摆不脱人类的俗气，不像我，是天真赤子。"

沈之恒继续点头："原来是个赤子，失敬失敬。"

司徒威廉伸手，用力拔下了玻璃瓶口的胶皮塞子："那你到底肯不肯放了厉英良来成全我呢？"

沈之恒紧盯着那瓶子，他的头脑还没做下决定，可是一只手已经伸了出去。

司徒威廉，连手带瓶子，被他的巴掌一起包裹住了，他目光闪烁，声音也有些颤："放。"

司徒威廉向前踉跄了一步，因为他的手和玻璃瓶一起被沈之恒举起来了。司徒威廉看着他，觉得有点好笑，如果沈之恒是瘾君子，那么他就是鸦片商，这么明白的现实，沈之恒怎么就认不清呢？

司徒威廉收回手，拍拍身旁的帆布挎包："还有一瓶，你放到冰箱里。明天你就放了厉英良吧，好不好？"

沈之恒瘫在沙发上，半闭着眼睛，"嗯"了一声。

司徒威廉向他行了个英式军礼："谢谢你。"

沈之恒吐出了一声叹息："滚吧。"

沈之恒说到不做到，第二天根本没有出门。而司徒威廉也没有过来找他的麻烦——司徒威廉下午带了一大包药品去见金静雪，然而金公馆大门紧闭，一个小丫头隔着院门告诉他，说二小姐上午赶火车，回老家去了。

司徒威廉一听这话，如同落进了冰窟里，再向那小丫头追问金氏老家的地址，那小丫头摇摇头，是一问三不知。

司徒威廉当场失恋，从此消失，医院也不去了，不去拉倒，也没人找他。

沈之恒过了两礼拜太平日子，他自己家中是平安无事，可城市之外战火纷飞，市民们一边是激愤恐慌，一边又总觉得战火不会烧进这繁华的都会里。米兰天天听无线电广播，对战事了如指掌，但也觉得战争遥远，和她这个阳光明媚的世界没有关系。餐馆银行不还都正常营业着吗？沈公馆后方的小街上，不也照样还是人来人往的吗？

然而在这一天的清晨，她听到了噩耗：战火真的要烧过来了。

她想去把这消息告诉沈之恒，沈之恒却是从外面走了进来——仓库即将到期，所以他凌晨出门，想要去处理厉英良的尸体，结果发现厉英良早已逃了。

他盯着墙根那个小小的洞口，想象不出厉英良是如何钻出去的。这个祸害有点本事，比一般的耗子还能打洞，早知如此，当初就应该直接把他处理掉。但是时光不能倒流，他已然逃了，沈之恒也没办法。

老话说祸害活千年，说得还真是准。

若无其事地锁了大门离开仓库，他开着汽车回家，半路上就见大批市民拖家带口地离开。及至进了家门，他听了米兰的汇报，也有些紧张："这里应该是安全的，厨房里还有米吗？"

米兰立刻扑通扑通地跑去看米。

如此慌乱到了傍晚，外面又传来消息，说是飞机马上就要来轰炸这里，真要轰炸起来，炸弹无眼，所以四处的电灯全熄灭了，各家只敢开一盏暗淡小灯照明。而就在这人心惶惶的时候，消失了半个月的司徒威廉，再次到来。拎着个帆布挎包，他理直气壮地告诉沈之恒："我来避难了。"

沈之恒挺意外："我还以为到了这个时候，你会去陪伴金静雪。"

司徒威廉一听这话，脸上露出了哭相："静雪回老家了，回去好久了，走的时候都没告诉我一声，她一定是不要我了！大哥，你帮我去找找她好不好？没有她我活不下去的，我都想自杀了。"

沈之恒答道："外面危险重重的，我自顾尚且不暇，哪还有余力替你找女朋友？"

司徒威廉一时间也无法可想。现在外面乱纷纷的，而他一没有势力，二没有人脉，单枪匹马的，又如何去找金静雪？

如此算来，他想自己还真是离不得沈之恒。他只想尽量地享受，只想尽情地玩，尽情地爱。除此之外的一切事务，都是讨厌的、应该丢给沈之恒去办的俗事。

三人在客厅里凑合了一夜。

司徒威廉非常地思念金静雪，彻夜未眠；沈之恒非常怕战火烧过来，彻夜未眠；米兰抱着膝盖蜷在沙发一角，非常镇定，虽然也彻夜未眠，但只不过是因为精力旺盛、实在不困而已。

与此同时，同样不眠的人，还有金静雪和厉英良。

金静雪在半个月前号称回家，给仆人放了假，只留下了两个心腹丫头。

等闲杂人等都走尽了，她这才向两个丫头讲了实情：良少爷得罪了厉害的大人物，昨夜逃来了这里避难。为了保护良少爷，接下来的几天里，家里要做出个没有主人的样子，免得仇家追踪着找上门来。

然后她关门闭户，和厉英良一起疗伤休养。厉英良连着几天都是疯疯癫癫一惊一乍的，过了将近一个礼拜，才能在夜里睡个长觉。又过了一个礼拜，他基本恢复了人类的理智和形象。

和所有的正常人一样，他也怕轰炸，夜里让金静雪和那两个丫头去睡，他守着一盏小灯值夜。金静雪不睡，夹着两根长竹针坐在一旁织毛衣，她做什么都是玩，织毛衣也是织得有一搭无一搭。

厉英良坐在桌边，用一张硬纸折了个灯罩，罩在了电灯泡上，又对桌旁的金静雪说道："别织了，灯太暗，累眼睛。"

金静雪惊讶地看向他，他坐得腰背挺直，灯光从下方照上去，把他的脸烘托得浓金重墨，眉眼黑漆漆地斜飞，眼角一路挑上去，像个照片上的名伶。

看过之后，她展开手里的那一小块成品："你猜，我织的这是个什么？"

"不知道。"

"我也不知道，懒一点的话，它就是条围巾；勤快一点的话，它也许会变成一件毛衣，到底是围巾还是毛衣，就看你的造化啦。"

厉英良望向了她："给我的？"

她挑着细眉，又织一针："给狗的。"

厉英良伸手轻轻夺过了她的针与线："别织了，太费事。我要是想穿，买件现成的就行。"

金静雪问道："你是真的心疼我？还是不想欠我的人情？要是前者，我谢谢你；要是后者，那你有本事就别在我家里待着，你现在就走。"

厉英良把竹针和毛线整理了一下，然后望着电灯，叹息了一声："我当然不能永远留在这里。"

"那你想去哪儿？你去吧，我不留你。"

厉英良忽然问道："二小姐，你说你曾在我家里见过池山英，而他对我似乎很是同情？"

"啊？你不会又想去投奔他吧？你把那些什么机密文件弄得上了报纸，

他们能饶了你吗？你去见他，不和送死是一样的吗？"

"我和池山英有一致的利益，他不会轻易杀我。"

"你算了吧！过几天你跟我回家去，家里总有你一口饭吃就是。"

厉英良摇了摇头："逃是没用的，况且池山英很赏识我，我有基础。只要池山英肯给我机会，我就能立刻东山再起。"

"你东山再起要干什么？你要钱我给你，用不着你东山再起！"

"不是钱的问题，我是要势力。"他压低了声音，"我必须东山再起，否则池山英早晚要杀我，沈之恒也要杀我，我总不能在你这里藏一辈子。"

金静雪完全不能理解厉英良的思想，也懒怠和他争辩，抄起那一套家什，她继续织她的，织得不安稳，因为远方时不时地就会传来炮响，震得她心惊肉跳。

一夜过后，战火烧过来了。

骗局 Chapter 11

城内，一片混乱。

沈之恒有几处产业全毁于战火之中，海河报馆遭了炸弹，更是坍塌成了一片废墟，并且总经理死了。

沈之恒安顿了总经理的家眷，然后暂时也无法可想，只能是一遍一遍地往轮船公司打电话，想要订船票南下。

米兰他是要带走的，除了米兰，他再不必对任何人负责。司徒威廉看出了他的意思，真是又寒心又愤怒，然而表面上保持了平静，甚至还能笑嘻嘻："那你得把我也带上，他们都知道我是你的好朋友，池山英他们抓不到你，还不得找我的麻烦？"

沈之恒先是沉默，过了半晌才答道："到了地方，我给你一笔安家费，我们各过各的日子。"

司徒威廉听了这话，终于笑不下去了："怕我花你的钱呀？"

"除了安家费，我还会定期给你一笔生活费。我不怕你花我的钱，我只是不想和你再有纠葛。你演戏的本事太高妙，我不是你的对手。"

司徒威廉冷笑一声："还记我的仇呢？行，记吧，反正别忘了拿钱养我就好。你是哥哥我是弟弟，我吃你一口也是应该的。"他找了件外套披了上："我现在就回家收拾行李去。"

沈之恒没理他。

司徒威廉回了公寓，装了几件换洗衣服，想要走，可临走之前，他看着电话机，又停了下来。

虽然金静雪对他是不告而别，但他始终还是没放下她。走到电话机前抄起话筒，他要通了金公馆的号码，也没抱什么希望，现在这个时候，他不敢奢望金公馆里还能有人了。

然而出乎他的意料，还真有个丫头接听了电话。他连忙说道："我是司徒威廉，静雪最近有消息吗？她在家里怎么样？"

丫头停了片刻，才答道："我也不知道。"

司徒威廉又问："她说没说什么时候回来？"

"也没说。"

这丫头是一问三不知，司徒威廉挂断电话，心里空落落的，只觉世间一切都是索然无味，沈公馆也不急着回了，他守着电话机，呆坐起来。

而在电话线的另一端，丫头小桃放下话筒，跑去餐厅报告道："二小姐，司徒医生打电话来了，问您现在怎么样，什么时候回来。我全说不知道。"

金公馆这些天来，电话机都被金静雪拔了线，为的是要与世隔绝，今天才重新接上了线，所以司徒威廉这个电话打得是正巧。

听了小桃的话，她不感兴趣，只"哦"了一声。等小桃退出去了，她对面的厉英良说道："那个司徒威廉，对你倒是够痴情的。"

"对我痴情的人多了。"

厉英良不以为然，但也不反驳。端起茶杯喝了一口热茶，他忽然问道："在司徒威廉心中，你和沈之恒，哪个更重要？"

金静雪被他问愣了："这叫什么鬼问题？"随即她皱着眉头思索了片刻："应该是我比较重要吧。"

"那你可否把他叫过来，帮帮我的忙？"

"帮什么忙？"

"为我去给池山英送一封信。"

金静雪一拍桌子："你——"

她平时虽是个只爱吃喝玩乐的摩登小姐，但也懂些民族大义，如果对面这人不是厉英良，她早一个大嘴巴子将其扇出去了。然而面前这人偏偏就是厉英良，这便让她没了办法。

外面的电话接二连三地响铃，全是各界青年们前来问候金二小姐的安危，小桃将一套话重复不止，只说二小姐回家去了，别的一概不知。正在她说得口干舌燥之时，金静雪走了进来："司徒威廉说没说他人在哪里？"

小桃挂断电话，喘了口气："他没说。他只问您——"

电话又响了铃，小桃抓起话筒"喂"了一声，随即却是回头望向了金静雪，口中答道："是司徒医生啊？"

金静雪走上前去夺过了话筒："司徒吗？是我。"

小桃站在一旁，就听那听筒中爆发出一声欢呼，震得金静雪扭头一躲。

司徒威廉打电话来，是想让那丫头有机会时转告金静雪，告诉她自己要去避难了，将来还会再回这里和她相聚。万没想到电话一接通，他竟是直接听到了金静雪的声音。

金静雪在他的欢呼结束之后，随口撒了个谎，说自己其实并未回家，这些天是躲到亲戚家里养伤去了。现在她已痊愈回家，让他尽快过来一趟。

司徒威廉满口答应，不出片刻的工夫，他便顶着满头大汗到达了金公馆。捧着一只大西瓜进了门，他迎面看到了金静雪，当即弯腰放下西瓜，一大步迈到了她面前："静雪，这些天你可急死我了！"

金静雪淡施脂粉，亭亭玉立："来得倒快。"

司徒威廉抬袖子一抹额头上的热汗，对着金静雪粲然一笑："我还以为再也见不到你了，一听到你的声音，就恨不得长出翅膀飞过来——"

说到这里，他一抬头，就见前方楼梯上缓缓走下来一个人，竟是厉英良。迎着他的目光，厉英良一点头："司徒医生，好久不见。"

司徒威廉上下打量着厉英良，看他的肤色和气质都有点像鬼。

"哟。"他真惊讶了，"你还没死？"

金静雪当场白了他一眼："说什么呢？"

司徒威廉顾不上辩解，对着厉英良又问："是沈之恒把你放出来的吗？"

"不是，是我自己逃出来的。"

司徒威廉显出了懊恼神情："他骗了我。"随即他转向金静雪："我去找沈之恒求过情，让他放了厉英良，结果他嘴上答应得好，其实根本不干实事。"

金静雪，因为对司徒威廉存了利用的心思，暗暗的有点含羞带愧，所以格外耐心地敷衍了他："沈之恒言而无信，要错也是他错。你肯为了良哥哥去求他，我就已经很感激了。"

厉英良没兴致听他俩扯淡，直接对司徒威廉道："司徒医生，我有要紧的事情，想和你单独谈一谈。"

司徒威廉一听，登时头疼起来："你逃都逃出来了，还找我干什么啊？不会是又要让我去给你做和事佬吧？不行的不行的。"他对着厉英良连连摆手："我和沈之恒一直没和好，他一直没给过我好脸色。再说现在兵荒马乱的，他没工夫再去杀你，你就放心地活着吧！"

厉英良摇了摇头："不，司徒医生误会了，我是有更重要的话要对你讲，请你给我这个机会。"

金静雪知道厉英良肯定是要拿司徒威廉当枪使唤，到底怎么使，她不知道，十有八九是支使他跑去找池山英。她有心阻拦，可是话到嘴边，她又不敢说——真把司徒威廉说跑了，那良哥哥怎么办？万一他急了眼，自己跑出去了，再让人抓去呢？

"你就听听他的话吧。"她转了口风，轻描淡写地劝道，"他要是胡说八道，你别理他就是了。"

说完这话，她挺心虚地一扭头，一双秋波娇滴滴一转，司徒威廉看在眼里，就觉得这是九天仙女下凡尘，仙女的话，自己是一定要听的了。

于是，本是为着美人而来的司徒威廉，和美人没说上几句话，反倒被情敌掳走了。

厉英良在前头带路，领着司徒威廉进了二楼的一间小书房里。

金静雪平时难得碰书本，这书房没有人气，显得格外清冷安静。先请司徒威廉在房内的一把沙发椅上坐下，厉英良随即关闭房门，还"咯噔"一声拧上了暗锁。

然后厉英良搬来一把椅子坐到了司徒威廉对面，他开了口："司徒医生，其实早在我绑架你之前，你就已经知道沈之恒的秘密了，对吗？"

司徒威廉抬手挠了挠满头卷毛："我不怎么知道，不过我知道沈之恒是有点不正常的。可我这个人是不爱管闲事的，横竖他没杀人放火，有怪癣又不犯法，是吧？而且我也从他那儿赚了不少钱，说良心话，他对我挺好的，虽然我只是个小医生，可他一直拿我当好朋友看待，我心里挺感激他的。他就真有什么，我也不怕他。"

"那你不怕他有朝一日狂性大发，会伤害你吗？"

"不能吧？"司徒威廉笑了，"你看你又跑来挑拨离间，你都成这样了，还没忘了使坏。"

厉英良冷着一张面孔，低声说道："司徒医生，记得上次我求你帮忙，提出的报酬金额是五万元，但是随后我就被沈之恒绑架了。"

"记得啊，五万元，真不少。"

"我现在还是想求你帮我个类似的忙，但我现在不敢露面去动我的财产，我没有五万元给你了。"

"啊？你想让我白帮忙啊？"

"金静雪。"

司徒威廉愣了一下："啊？这和静雪有什么关系？"

"这和她没有关系，但如果你接下来愿意同我合作，那我可以把金静雪让给你。"

司徒威廉万没想到他会说出这么一番话来，又气他不尊重金静雪，又觉得他是个自大狂，忍不住冷笑出声："你说了算？"

厉英良向他深深地一眨眼，代替了点头："我说了算。"

"你凭什么说了算？她是个大活人，又不是个小玩意儿！再说就算她是个小玩意儿，那也不属于你呀，你能管得了她？"

他这句话说得热腾腾气冲冲，然而厉英良就只给他冷淡嘶哑的声音："凭她爱我。"

司徒威廉霍然而起："那你就更是狼心狗肺了！"

厉英良抬起了头，两只眼睛紧盯了他："想要从恶魔手下逃生，不狼心狗肺是不行的。二小姐跟着我，对我当然是没有坏处，可我不爱她，我给不了她幸福，兴许将来哪天我这狼心狗肺的毛病发作起来，把她卖给别人换前程，也未可知。"

"你敢！"

厉英良理直气壮到了无辜的程度，睁大眼睛答道："我敢的呀。"

然后他向前伸手拉住司徒威廉的手腕，向下一拽，把他拽得重新坐了下来，然后收回手直起腰，他重新注视着这青年的眼睛："但是你不要急，这一切都只是一种设想，只要你愿意，它就可以不发生。不但可以不发生，甚至你还可以扭转乾坤，让二小姐成为你的人生伴侣——当然，是在我的配合下。"

说完这话，他看见司徒威廉紧闭着嘴唇，口中的舌头隐约搅动了一下。

"你威胁我？"司徒威廉问，"你信不信我立刻就把这话告诉静雪去？"

"告诉她，然后呢？"

"然后她就知道她瞎了眼睛，看错了人！"

"再然后呢？"

厉英良问完这句话，起身走到了书架前，从上面拿下了一只镀金烟盒，一摁机栝盒盖弹开，里面排列着骆驼牌香烟。摩登的女郎们都吸烟，金静雪也学着吸，然而瘾头不大，始终只是吸着玩，这烟放得太久，都有些潮了。

他抽出一支叼在嘴上，又从写字台的抽屉里翻出了火柴。划燃火柴给自己点了香烟，他走回来坐下，把烟盒向司徒威廉一递，看司徒威廉不动，他便收回手，转身把烟盒扔到了写字台上。

深深地吸了一口又呼出去，厉英良在烟雾中，略略放松了一点神经："老弟，我十五岁那年认了金老爷子做义父，从此就住进了金家。我是什么货色，二小姐清楚得很。你以为她不知道我是个坏人吗？可她因为爱我，所以会自己为我开脱，我无论做什么事情，她都会觉得我是有苦衷，不得已。我在她眼中，永远是可原谅的。"

"她对你这么好，你为什么不爱她？"

"我还没有资格去谈恋爱。这都是你们这种吃饱了没事干的人才玩的把戏，我没那个闲心。"

司徒威廉听到这里，怀疑厉英良可能有点轻度的精神病，不过他立刻又想起来：沈之恒也不谈恋爱——他成天忙着做怨夫，大概也没那个闲心。

"你到底想让我做什么？"他换了话题，"害人的事我可不干。"

厉英良抿嘴笑了，这小医生本不是盏省油的灯，奈何为情所迷，所以落入了他的彀中。

厉英良告诉司徒威廉："蒙沈之恒所赐，我现在成了池山英那帮人的眼中钉，解铃还须系铃人，所以我若是想改变这个局面，就还要从沈之恒身上下手。"

司徒威廉登时站了起来："我犯不上为了你再去得罪沈之恒，告辞。"

厉英良这回没起身："我还不至于坏得这样没水平。放心，这回你不但不会得罪他，甚至还能在他面前邀个功。"

司徒威廉低头看着他："那你有话就一次说完，别这么一句一句地逗我。我是为了静雪来的，不是为了你来的。"

厉英良一口气把香烟吸到了头，然后掐灭烟蒂，开始低声说话。

他让司徒威廉做信使，替自己出面，去联络池山英。在寻求到池山英的帮助之后，他要和司徒威廉设上一计，诱捕沈之恒。沈之恒一旦落网，他厉英良就可以重新出面了。

他这回不会再拿沈之恒的秘密做文章了，他只要求沈之恒承认绑架自己和偷窃文件两项罪名，在池山英面前洗刷掉自己的冤屈。然后，他自有办法制造机会，让司徒威廉把沈之恒救走。到时候沈之恒爱去哪里就去哪里，最好是离开这里永远别回来，而他可以说服池山英，让池山英和他一起佯装糊涂，放走这个魔头。到时司徒威廉若是也想走，那厉英良会送他一笔巨款和两张船票——他一张，金静雪一张；若是不想走，那更好了，凭他厉英良在池山英那里的面子，给司徒威廉安排个肥差，还不是很轻松的事情？

厉英良的声音很低，一字一句咬得清清楚楚。司徒威廉听到最后，却是一笑："你这话啊，哄哄小孩子还行。我帮你去逮沈之恒？只怕刚逮住他，你就要将我杀人灭口了。"

"我把你杀人灭口，那么将来万一有一天沈之恒又回来了，谁来帮我？况且我有必要将你杀人灭口吗？难道你还敢把我们的合作宣扬出去？你不怕沈之恒找你算账？你自己想想，我有没有必要对你杀人灭口？"

司徒威廉坐了下来，还是摇头："他那么恨你，怎么会听你的话？你让他认罪他就认罪？"

"表面上是他认罪，事实上是我和他各退一步，互相放对方一马。你想想，是不是？"

司徒威廉皱着眉毛，"嗯"了一声，还是感觉这事有点悬，而厉英良又问道："你说你和沈之恒闹翻了，请问是为了什么呢？"

"唉，小事，不值一提。我都不知道他为什么会发这么大的脾气，也许是嫌我总跟他要钱，烦我了？"他摇了摇头，"不知道他是怎么想的。随他的便吧！"

厉英良来了一点兴趣："你总向他要钱吗？"

"也没有总要，只不过是最近手头有点紧。静雪是阔小姐嘛，肯理我这个穷小子，就已经是我的荣幸了，我哪里还好意思委屈到她呢？随便吃吃饭跳跳舞，钱就都花光了。"

厉英良听了这话，心里更有底了。司徒威廉只是个凡人，并且是个有弱点的凡人。自从和沈之恒交过锋之后，司徒威廉之流在他眼中，都简单得如同孩童一般，自己先前所经历过的那些明争暗斗，现在再看，也都幼稚得如同过家家一样了。

他感觉自己成长了不少。

向着司徒威廉伸出手，他说："祝我们合作成功。"

司徒威廉迟疑了一会儿，末了不情不愿地伸手和他握了一下："也不算是合作……反正你一旦让我害人，我就立刻停手。"

厉英良松开了他的手，站了起来："我明白，不必担心，我一定不会让你为难。"

司徒威廉也起了身："那咱们就出去吧，别让静雪在楼下老等着。"

厉英良留在原地没有动："请吧，我就不打扰你们了。"

司徒威廉下了楼，去和金静雪吃西瓜，又仔细去看她脸上残存的一点瘀青，嘴里唏嘘着，是真的心痛。金静雪看了他这样子，心里越发地过意不去。她真不想再对他多说一个字的谎话了，所以只得盼着他快点走。

西瓜吃完，厉英良又露了面，拉着司徒威廉走到一旁，嘀嘀咕咕地又长谈了一番。金静雪远远地坐着，听不清他的话语，也不想听清。

等他把话说完，司徒威廉走回她面前，恋恋不舍地向她道别。她送他到了院门口，等他走远了，这才回到房内，问厉英良："他愿意了？"

"愿意了。"

金静雪上下扫视着他："你是给他开出什么条件了吗？"

"我给他钱，况且也不用他太冒险，他只要帮我个小忙就可以了。"

"他是个好人，又傻乎乎的，你可不能害了他呀！"

厉英良先前一直望着门外，这时收回目光，看向了她："这么关心他？"

金静雪移开目光："我不是关心他，我只是不像你那么缺德罢了。"

司徒威廉直接回了沈公馆。

沈之恒已经提前开始收拾行李。真正干活的人是米兰，她蹲在大皮箱跟前叠衬衫，两只眼睛直勾勾地盯着前方，似乎忘记了自己已然复明，还在凭着触觉去行动。沈之恒在一旁席地而坐，低头翻看着一沓文件，一部电话机扯着长长的电话线，也摆在他身旁。

见司徒威廉回来了，米兰站起来向他打了招呼。沈之恒没理他，他也不理沈之恒，只问米兰："船票有了吗？"

米兰照例答得简短："没有。"

司徒威廉把头一昂，开始吹着口哨往楼上走，一来真是心情好，二来也是想气一气沈之恒。

到了楼上，他吃多了西瓜，先去洗手间里撒了泡尿，然后洗了把脸，趁着天色尚早，他溜溜达达地又出去了。

司徒威廉去了池山英那儿。

他先前不大来这一片玩，嫌乱。虽然厉英良方才告诉了他池公馆的地址，他找起来还是有些费劲，尤其是各处路口都架了路障，街上的市民都战战兢兢的，动辄就要在路口接受盘问和搜身。

走了一段路，又坐了一段三轮车，他顺利走到了池公馆门前。守门的人向他大喝一声，意思是让他这闲杂人等速速避开，然而司徒威廉迎头走了上去，向其中一人开口说道："我找池山英有急事。"

守门的人抬手一推他的胸膛，不许他前进。而他旁边的同伴转身跑进门房里去，打通了公馆的内线电话，寻求指示。

片刻过后，刚刚那人跑了出来，直通通地对着司徒威廉说出了一声"请进"。

司徒威廉往里走，顺便瞻仰了池公馆的建筑，结果感觉这地方比济慈医院体面不了多少。

在二楼的办公室里，司徒威廉见到了池山英。这回他开门见山："是厉英良托我来的，他说——"

池山英一嗓子把守门的人吼了出去，随即问司徒威廉："你说什么？"

司徒威廉答道："厉英良，就是你们的厉英良，他托我来的。他说他不是什么卧底，他是被沈之恒绑架了，前些天刚逃出来——"

池山英一抬手："等等，你又是谁？"

"我是沈之恒的好朋友啊！那回你们抓沈之恒，我还被厉英良抓去当了一路人质呢！"

池山英听到这里，简直快要精神错乱："那你怎么会为厉英良做事？"

"噢，是这样的，他给我钱。"

池山英目瞪口呆地望着他："哦……那他为什么不自己来见我？"

"他说他现在不敢露面。他还说了，那些什么文件不是他拿给沈之恒的，是沈之恒偷去的。沈之恒是故意要栽赃陷害他，想要借刀杀人，让你们把他宰了。"

"那他不怕我逼着你带路，找上他的门去？"

"那可太好了，他让我来，就是想让你过去瞧他一眼。他说现在他只信得过你，别人谁也信不过。他甚至都不敢给你打电话，他说你们这儿的电话都有窃听器。"

"他在哪里？"

"在我女朋友家里。"

"你的女朋友，又是谁？"

司徒威廉昂起头，两只眼睛放了光彩："就是金静雪金二小姐。你知道吧？"

池山英把嘴闭上了，在心中无声反问，难道她爱的不是厉英良？

无声地反问过后，池山英心中泛起了重重波澜，对于司徒威廉这一番话，是既有点相信，又不敢全信。

"好。"他思来想去，最后告诉司徒威廉，"我会在近期去见他。"

司徒威廉没有告辞，他仰着脑袋做了个苦思模样，最后一拍脑袋："糟糕，差点漏了最重要的几句话。那个，厉英良还说了，为了表示诚意，他想出了个办法，能帮你抓住沈之恒。"

池山英吓得腿肚子几乎转筋："他又有了什么新主意？上一次我听了他的话，结果险些全军覆没。"

"那你自己去问他好啦，我就是个传话的。天要黑了，我得走了。"

池山英看司徒威廉还带着几分吊儿郎当的稚气，又盘问了他几句，也没问出什么内容来，便让人送他出去，回头又找来了沐梨花，让她负责派人跟踪司徒威廉，倒要看看这小子的背后，是否真有一个厉英良。

然而他没想到，沐梨花竟然对他的命令提出了质疑。

她正色说道，"我认为我们应该向前看，不要再纠缠着沈之恒不放了。"

池山英一愣："你是在批评我？"

"不敢。只是，我想，我们还是没有胜算能够制服沈之恒，如果这一次再失败，那么整个池公馆都要被人视为精神病集团了。据我所知，现在已经有人在批评您，认为您上一次是发了疯，其实并没有什么能人异士存在，都是您一个人设计出来的闹剧。"

"胡说八道！是不是闹剧，你很清楚！"

"是的，我很清楚，可是那又有什么用处呢？沈之恒现在显然无意继续报复我们，我们又何必再招惹他？我们当下的工作，应该是稳定局面。如果可以的话，我们甚至可以和沈之恒建立新的关系，他有名望，有身份，如果跟他合作，必定利大于弊。"

池山英听她侃侃而谈，心里恨得要吐血——她当然有闲心说这种话，横竖她不是沈之恒的仇人，她也没有因为沈之恒担惊受怕、被人嘲笑。可他不一样，他只有抓到了沈之恒，把沈之恒的秘密公之于众，才能洗刷掉他的耻辱，才能证明他不是一名怯懦的疯子。

此外，他还能把厉英良召回来，证明他也没有用人失察，他的忠诚部下绝非内奸。

池山英不信沐梨花不知道自己的目的，所以她方才那一番侃侃而谈，全是故意要气他。池山英强忍怒火，让沐梨花退了出去。

他生出了一点直觉：这女人并非善类，背地里一定没闲着，也许已经排兵布阵，要将自己挤出去，把这里改成沐公馆。所以他也得赶紧行动起来，要在短时间内做出些成绩，把沐梨花的风头压下去。

池山英当天带着两名便衣保镖，前往了金公馆。

他要赌一次，就赌司徒威廉所言非虚，赌厉英良依旧忠诚于他。

他是乘着夜色而来的，街上已经恢复了灯火通明的旧观，只是难民还多得很，堵着道路，也堵住了他的汽车。后来他索性下了汽车，带着保镖一路步行，走到了金公馆。

透过黑漆雕花的高大院门，池山英望着门内的草坪和楼房，认为这的确是金公馆应有的气派，只是灯火通明静悄悄的，有点空城计似的诡异。

摁了摁腰间的手枪，他带着保镖推开院门，决定不请自入。穿过院子上了台阶，他在楼门前打了个立正，抬起头做个深呼吸——刚吸到一半，大门从内向外开了，开的力度不小，直接把他拨到了一旁去。清脆的笑语随之传出来，正是金静雪的声音："外面真没事了，电影院都开门了。马小姐她家本来都订好船票了，结果一看这个局势，又不走了。当然啦，这儿多好哇，住得也习惯——"她一抬头看到了前方两名保镖，登时一愣，口中"哟"了一声。

这时，池山英从门后转了出来："金小姐，是我，你还记得我吗？"

金静雪向后退了一步："是你？"

池山英彬彬有礼："请问，英良是在这里吗？"

金静雪狐疑地看着他："你找他干什么？"

池山英正要回答，金静雪的肩上忽然伸出了个脑袋，那脑袋热泪盈眶，发出嘶哑的呼唤。

他被这个脑袋吓了一跳。

厉英良和池山英，堪称是"喜相逢"。

两人进门落座，家里丫头出门去了，金静雪素来是连茶都不大会沏的，所以只给池山英端了一杯热水，然后就转身走开了。

厉英良不等池山英发问，自己主动滔滔地讲述，讲自己怎么着了沈之恒的道，怎么差点被沈之恒折磨死，又怎么死里逃生，藏到了金公馆。池山英耐心地听到了最后，又细细地盘问了一遍，最后，他相信了厉英良。

这几个月来，一个沈之恒，一个厉英良，闹得他灰头土脸——归根结底，厉英良这笔账也是要记在沈之恒身上，厉英良也是受害者。所以听完厉英良接下来的计划，他立刻就表示了赞成。是的，只有抓住了沈之恒，才能证明他先前所做的一切都不是发疯。

"沐梨花是不可以信任的了。"他告诉厉英良，"她现在已经敢公开违抗命令，一定是上面有人给她撑腰，下一步，她大概就要把我踢出去了。"

厉英良低声说道："那么就瞒着她，反正我们这次也是想要智取，不是强攻。以您的力量，再加上我的手下，还有司徒威廉帮忙，应该也足够了。"

池山英忽然想起一件事："你手下的那个人，李桂生，因为你，坐了牢。"

厉英良"啊"了一声，而池山英随即又道："放心，他的处境，比你更安全。我会把他放出来，让他做你的帮手。"

厉英良本是坐着的，这时就深深地一躬身，像要亲吻池山英的膝盖："感谢您的信任与同情。"

池山英轻轻地喟叹了一声，没想到面前这条小小走狗，如今竟成了自己最忠诚的伙伴和知音。

午夜时分，池山英悄悄离开了金公馆。

金静雪熬着没睡，这时就下楼进了客厅，来到了厉英良面前坐下。厉英良正窝在沙发里抽烟，抬眼望向金静雪，他面色苍白，眼下有深深的青晕，细瘦手指夹着烟卷，他破损的指甲长了这些天，还是触目惊心，令人看一眼都觉着疼。

"你还不睡呀？"金静雪没话找话地问。

他低头又吸了一口香烟，前额头发长了，垂下来遮住了一只眼睛："这就睡。"

金静雪觉得这一场大难让他变了，变得无礼了，也变得真实了，有人味了。她伸出手去，想为他把那绺挡眼的头发向上撩一撩，哪知他向上翻了眼睛看她，又狐疑又警惕的，差一点就要躲开来。

"至于吗？"她又气又笑，"好像怕我打你似的。"

厉英良任她为自己撩了头发，有那么一瞬间，他心里难受了一下。为什么难受，说不清楚，可能是发现这个天杀的二小姐仿佛对他当真有情——可能是，说不清，不确定。可是有了真情又能怎么样？她都无须欺侮他，她单是这样坐在这里，就已经让他感到了难受。她姓金，她的亲爹是他的干爹，她们全家都是他的大恩人，恩重如山，日夜压迫着他，他虽万死不能报其一，所以想要堂堂正正地挺直腰板做人，首要之事就是把她们全家一脚踢开。自从投靠了池山英，金家已经不大招揽他，唯有这个金静雪，缠住了他不放。

他有时候恨不得把她掐死，把她掐死了，他就心静了。

"等我翻过身了。"他忽然说，"我会报答你的。"

金静雪来了兴趣："你怎么报答？"

"送你一份好嫁妆。"

金静雪刚想说"不稀罕"，可心念一动，又道："我连未婚夫都没有，谁知道什么时候才能嫁出去。你现在对我许大愿，只怕到时候就不认账了。"

"我看你可以嫁给司徒威廉。"

"哟，你替我做主了？"

"你不喜欢他？"

"不喜欢。"

"我看你待他还不算坏。"

"我对你更好。"

厉英良听她话风不对，不敢再往下聊，把手里的半截香烟扔进烟灰缸里，他站了起来："困了。"

他想逃，可金静雪站了起来，一头扑进了他的怀里。他慌忙退了一步——退了一步就不敢退了，因为这女人竟然像是水做的，他退一步，她便软软地跟进一步，他要是敢再退，她便能融在他身上，化得不可收拾。两只手举起来，他这回真怕了她，天知道她怎么那么香那么甜，她的气味怎么那么热烘烘地好闻？让他恨不得把她——

"恨不得"后头的事情，都是想做而绝不能做的，他承认自己是狼心狗肺，可他有所为也有所不为，杀人放火的事情他干得出来，骗奸女子的行为，他可做不出。

那太下作了。

他挣命一样地抬手推开了金静雪，力气用得太狠了，推得金静雪向后一仰倒在了沙发上。她也急了，厉英良是如此给脸不要脸，那她也豁出去了，反正她是二十世纪文明解放的新女性，她想爱谁就爱谁，她想要谁就要谁，不必为任何人守贞操。

一挺身爬起来，她一言不发地反扑，这回把厉英良扑倒在了地上。丝绸睡裙向上掀到了大腿，丝绸滑，皮肉更滑，厉英良的两只手简直没处放，无论碰了她哪里，都像是非礼。两人要打架似的在地上缠斗了一阵，后来金静雪一口吻住了他的嘴唇。口脂香气扑鼻而入，直沁心脾，他就觉着脑子里轰然一声，两只手臂不由自主地绞紧了怀里的金静雪。一个翻身把她压到身下，他心里想："去他的！"

然后他开始啃她。

半个小时后，厉英良靠着沙发坐在地上，直着眼睛喘气。

他上半张脸全是头发，把两只眼睛都盖住了，面孔苍白，嘴上染了一抹鲜红，是金静雪唇上的口红。她口红涂得浓重，厉英良对她又是一顿毫无章法地乱啃，活活蹭了她满脸花。拢起睡袍遮了身体，她也坐了起来，去看厉英良。厉英良光着膀子，肋骨一条一条地浮凸出来，看着真是不甚美观。但她不觉嫌恶，只觉有趣。

"伪君子。"她含笑嘀咕道。

厉英良慢慢地转动眼珠望向了她，心里很难受，难受不是因为自己失了身，他又不修道，留个老童子身也没有用；他难受，是因为他睡了她。不爱她而又睡了她，这不对。

"疯子。"他收回目光，喃喃地道，"我是什么人，你还不知道吗？你跟我混能混出什么好结果来？你又不是穷人家的丫头，图着跟我吃口饱饭。你要什么有什么，为什么非要和我好？"

"就因为我不是穷人家的丫头，我要什么有什么，所以才能够想和谁好，就和谁好呀！"

厉英良扶着沙发站了起来，头也不回地往楼梯上走："明天我就把你卖了，让你知道我是谁！"

金静雪以为他是羞涩到了极处，变作了羞恼，便也不在乎，只说："好呀！别把我卖给池山英那种人就成，我嫌他们太矬！"

两人就此分开，到了翌日上午，两人在餐厅内相见，金静雪一派自然，见桌上是丫头们新从外面买回来的早餐，还挺高兴："总算有点新鲜东西吃了。"

厉英良鼓着腮帮子低头大嚼，不理她，等到吃饱了，才向她开了口："我今天走。"

金静雪登时抬了头，睁圆了眼睛看他。

厉英良说道："是我昨天和池山英约好的，你不用担心。等我把我的问题解决了，再回来找你。"

金静雪勉强笑了一下："不用说这些好话来哄我，我本来也没打算让你对我负责。你想娶我，我还未必想嫁呢。"

"不是哄你。"他对着桌面说道，"我从来没哄过你。"

金静雪也垂下长睫毛，对着面前的咖啡杯笑了一下："你懒得哄嘛。"

厉英良说道："总之你等我，等我回来找你。"

金静雪扫了他一眼，觉得他那语气里，有种异样的郑重，便也有了几分动心："那我就信你一次。"随后她抬头又补充道："你可别以为我是以此讹上了你，你要是这样想，可真是蔑视了我。"

中午时分，一辆汽车晃悠悠地从金公馆门口经过，厉英良上了车。

汽车把他送到了一处普通院落里，院内迎接他的人，是李桂生。

李桂生在大牢里蹲了这许多天，天天都预备着吃枪子儿，万没想到还有重见天日的一天。如今见了厉英良，他又惊又喜，几乎哭出来。厉英良没工夫和他煽情，忙着去给司徒威廉打电话，细细地嘱咐了司徒威廉一番。

他筹划了一场好戏，大戏的第一幕，是司徒威廉扮演一名欠了高利贷的穷小子，被追债的堵在家里，走投无路，只好向他的好朋友沈之恒求援，让沈之恒立刻给他送钱过来救命。这一幕的时间背景是正午时分，光天化日，公寓前后都是人，沈之恒除非是不想同归于尽，否则就绝不敢在这个场合里大开杀戒。

以沈之恒的智慧，他在见识到了公寓内的伏兵之后，就会束手就擒，等待合适时机再反抗。但厉英良不会给他时机，会直接把他送到大牢里——当然，陪他一起坐牢的人，是司徒威廉。

然后，有了沈之恒与司徒威廉这二位战利品，他将功补过，就可以重回池公馆了。战利品足以证明他的清白和忠诚，即便还有人说三道四，那么池山英也会庇护他——池山英若想摆脱用人失察的罪名，就必须庇护他。

到此为止，他都会得到池山英的帮助。而池山英对计划的了解，也就到这一步为止了。

接下来便是第二幕：大牢内的司徒威廉很快就会找到逃离的机会——凭着他自己，当然是找不到的，但厉英良会帮他找。只要在这期间，他能安抚住沈之恒，别让这家伙在大牢里大开杀戒就行。

司徒威廉对计划的了解，是到这里为止。

在第三幕里，他会让他们真的逃，等他们逃到半路松懈下来了，自有埋伏在高处的狙击手开枪，取他二人的狗命。

以狙击手的本事，满可以百米之外打穿人的心脏。不过沈之恒的命可能不那么好取，没关系，杀不了沈之恒，那就只杀一个司徒威廉。他会在前路等待，只要是等来了活的沈之恒，那他就摆出菩萨面孔救走沈之恒，并且送佛送到西，一路把他护送到一艘外国客轮上去，让他南下避难。沈之恒或许不会因此感激他，但也不会因此再追杀他——他这样认为。

厉英良蛰伏了两天，这两天里，李桂生四处活动，把得力干将们重新召集了起来。到了第三天清晨，这院子骤然冷清下来，正是厉英良带着他的得力干将们出发了。

而就在他出发之时，司徒威廉坐在了沈之恒面前，刚刚结束了一番谈话。

司徒威廉把他所知道的厉氏计划，统统地告诉了沈之恒。

沈之恒是被他从被窝里硬拽出来的，尚未梳洗，头发立了一半趴了一半，拧着眉头要发起床气。司徒威廉怕他一气之下跑了，于是把米兰也叫了过来，让她看守着他。

自己在沈之恒对面坐下，他心平气和地长篇大论了一场，末了说道："就是这样，今天中午就是动手的时候。"

沈之恒坐正了身体，冷着一张面孔问道："既然这件事对你有如此之多的好处，你为什么还要提前全告诉我？难道你还妄想着我会配合你，乖乖过去束手就擒吗？"

"我又不是为了好处才答应厉英良的。我是为了你。"

"为了我？"沈之恒微微向前探了探身，"愿闻其详。"

"你得罪了池山英，他们不会放过你的，除非你离开这里，池山英那帮人一天不走，你就一天不回来。"

"所以我索性主动送上门去，省得他们费事？"

"这和他们没有关系，我是想让你帮我这个忙。厉英良说了，只要我愿意同他合作，他就会把静雪让给我。"

沈之恒回头和米兰对视一眼，然后说道："真是奇怪，像你这样天真无邪的人，竟然能瞒了我三年。"

"我觉得厉英良没有骗我，他是真的不爱静雪，一点都不爱。他也真的不敢再和你为敌了，你不知道他提起你的时候，有多么怕。我看得出来，他就是想回去继续给池山英做事，他说他要是没被你绑架的话，现在可能已经升官了。"

沈之恒微微一笑："那你和他合作一场，能得到一个金静雪，也能在我面前卖个好，我呢？我有什么好处？"

司徒威廉认真地思索了一下："你得不到什么好处，只能受一场虚惊。厉英良倒是打算在我们逃跑的时候，助我们一臂之力，顺便和你讲和。"

"那我太吃亏了。"

"权当是帮我的忙，我不白用你。长兄如父，以后我拿你当爹那么孝敬，好不好？"然后他对着米兰拱了拱手，"我对你有救命之恩，我不用你报恩了，你把静雪打得人不人鬼不鬼，我也不和你算账了，只要你现在帮我说几句好话，劝他帮我一次就行。"

米兰把头一扭："我才不要他去冒险。"

"你个臭丫头——"

沈之恒一抬手："好了，不要吵了。这个忙我帮你，但是你也要记住你的话。"

司徒威廉登时站起身来，向他鞠了一躬："谢谢大哥！"

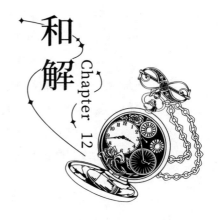

和解 Chapter 12

司徒威廉走后，米兰生气了。

沈之恒第一次看见米兰动怒。生了气的米兰几乎变了模样，面孔的皮肤紧绷着，玉石一样苍白坚硬，两只眼睛睁圆了，瞳孔也像透明的玻璃珠子。总而言之，她的脸上没了活人气，成了一尊凶神恶煞的塑像，眼中有光，光也是凶光。

但她并没有像其他闹脾气的女孩子一样大哭大闹，甚至语气还挺平和："你不要去。厉叔叔说话没个准，也许又要杀你。他如果真要杀你，我还得再去救你。"

这话让她说得老气横秋而又理直气壮，仿佛救沈之恒是她的天职，而这天职她已经履行了若干次。她像个冷衙门里的老办事员似的，对于这天职，已经感到麻木和疲惫了。

沈之恒不知道自己要不要和小姑娘深谈，对峙似的和她对视了片刻，末了，他被她那张冷而凶的小脸镇住了，决定好声好气地做一番解释："我还没来得及告诉你，船票我昨天已经订到了，七天后开船。七天的时间不算短，如果厉英良真要找我的麻烦，那我躲是躲不过的。"说到这里，他一皱眉头："这人也真是我命里的魔星，杀不死甩不脱，真不知道他到底是存了什么心。"

"那我们躲在家里，躲足了七天，厉叔叔总不会闯到这里来抓人。"

沈之恒笑了一下："怎么不能？我们第一次见面，不就是他准备在我家附近杀我吗？"

米兰一时哑然，随即又道："那是你受了偷袭。这次我们小心一点，把门窗都关得紧紧的，看他怎么进来。"

沈之恒说道："孩子话。"

米兰看着沈之恒，其实心里也知道自己那话幼稚。沈之恒一团和气——他对她总是一团和气，也许是因为她是个小姑娘，一般的人对小姑娘总是要客气点。也可能是因为她救过他，所以他有恩报恩，要善待她。可无论是哪种情形，她都不高兴。她希望沈之恒拿自己当个大人看待，如果自己说得不对，他就驳回好了；如果自己的态度不驯，那他就发脾气好了。他对司徒威廉不是很有脾气的吗？他对厉叔叔不也是心狠手辣的吗？

但沈之恒对她就只有一团和气，和气之外，就没别的了，她甚至怀疑如果不是自己每天都主动跑到他面前晃来晃去，那么他也许一个走神，就要把她彻底忘记了。

米兰发现自己对他的要求很奇怪。他善待自己，给自己充裕的物质和自由，给自己先前可望不可得的一切，把自己当个小孩子一样保护和养育，自己反倒不满足起来，甚至跃跃欲试地想要和他作对，激得他对自己撂两句狠话。自己这不是疯了吗？不是成个不知好歹的人了吗？

"躲不过，那就要送上门去呀？"她停了一会儿，喃喃地又道。

沈之恒看她直挺挺地垂头站着，就起身搬了一把椅子到她身后，摁着她的肩膀让她坐下，然后自己也坐到了她的对面。米兰心里有了光——沈先生这回一定是要和她正正经经地说几句话了，这回一定不会再拿她当个小孩子糊弄打发了。

然而她等了许久，都没有等到沈之恒开口，忍不住抬眼望过去，她发现沈之恒摆了一个沉吟的姿态，似乎是正在措辞。抬头和她对视了一眼，他下定决心似的一抿嘴一点头，说了话："如果厉英良没有找上威廉，那么我也会审时度势，带着你暂时离开这里，避一避风头；可厉英良现在找上威廉了，威廉还在傻乎乎地和他谈合作，那我还能怎么办？如果我当真就这么走了，那谁来管威廉？"

米兰一怔："你不恨司徒医生啦？"

"我是很生他的气，可还不至于恨他。如果他能平安无事地过日子，那我可以永远不再见他；可他现在已经落入了险境，我又怎么能够袖手旁观？"

米兰"啪"地一拍巴掌，脸上闪过了一抹欢喜的光芒，沈之恒莫名其妙地看着她："你怎么了？"

米兰意识到自己失了态，连忙放下了双手："你肯原谅司徒医生，我真高兴。因为我一点也不讨厌司徒医生，司徒医生是我的救命恩人，等我长大些了，有本领了，还要向他报恩呢。"

沈之恒仿佛是来了一点兴致，含笑问道："你打算怎么报恩？"

米兰早就想过这个问题了，所以此刻不假思索："我赚钱给他花，我看司徒医生什么都不缺，就是缺钱。"

沈之恒先认为这又是一句孩子话，可仔细一想，又发现米兰一眼看到了事情的本质——司徒威廉那次对自己说了那么一大堆主人奴仆之类的话，归根结底，不就是要让自己照顾他，供养他吗？

能把这么简单的一件事说得那么天怒人怨，沈之恒简直不知道司徒威廉活到如今，一共得罪过多少人。做人做到这种水平，竟然还妄想着追求金家二小姐，对于司徒威廉的情路，沈之恒何止是悲观，简直是完全不抱希望。

他得对这个不是人的弟弟负责，所以还得去和厉英良交锋一次。这让他对着米兰长叹了一声。

米兰没从沈之恒口中得到自己想要的答案。

他总是那么不紧不慢的，对她是兵来将挡、水来土掩，认定了她是个小毛孩子——连大孩子都不是——所以懒得同她讲那要紧的话，一味地就只是安慰和敷衍。米兰发现自己除非是钻进他的脑子里，否则永远别想知道他的心思。

既然如此，她一赌气，就不问了。她这边没话讲了，沈之恒却又唠叨起来，嘱咐她在这七天里怎么生活，又打电话叫了个人过来，给她当保镖兼做跑腿的听差。这人不是旁人，正是海河报馆里的记者张友文。

张友文是机灵强健的青年，受过教育，是个文明人物，所以沈之恒敢让他过来和米兰这个小姑娘做伴，正好也让他趁机赚几个钱，贴补家用。那张友文没了工作，囊中又是日益羞涩，正是窘迫，忽然接了沈之恒的电话，他像在黑夜中见到了一丝光明似的，立刻就收拾了几件衣服放在提包里，在中午之前赶到了沈公馆。

在沈公馆，他看到了沈先生，沈先生西装革履，看着是个马上要出门的样子，沈先生身后站着个瘦条条的少女，一定就是电话里提到的侄小姐。侄小姐看着是十几岁的年纪，不是大姑娘，神情比年纪更幼稚一点，正气鼓鼓地噘着嘴。张友文见过了这位侄小姐，更放心了，幸好侄小姐不是大姑娘，要不然他这么个小伙子对着个高攀不起的大姑娘，殷勤不好，冷淡了更不好，岂不是难办了？

沈之恒又吩咐了张友文几句，末了回头望向了米兰："乖乖等我吧，总之我在开船之前，是一定会回来的。这几天你好好地待在家里，不要出门。听见没有？"

米兰抬眼望向了他，满眼的控诉："听见了。"

沈之恒拍了拍她的小肩膀，然后向前走出大门，上了汽车。张友文送到门口站住了，就见沈之恒已经发动了汽车，心想侄小姐一定是沈先生的亲侄女，要不然凭着沈先生这种独来独往的性格，平时连司机都不要的，怎么会把她接到家里来长住？

想到这里，他转身回去，决定要对侄小姐多恭敬一点。可等他回到楼内时，他发现侄小姐已经上楼回房去了。

沈之恒开汽车开到半路，叹了口气，觉得麻烦。

对着米兰，他当然是尽量往轻松里说，免得她担心，可是事实上，他这是把自己又送去了龙潭虎穴里。司徒威廉再可恨，终究是他的弟弟——即便不是他的弟弟，就冲两人这三年的友情，他也不能真看着司徒威廉被厉英良摆布死。

麻烦，真麻烦，等度过了这一关，他决定和司徒威廉讲和，带他一起走。一个威廉，一个米兰，都是对他有情有义的，他作为他们的老大哥，得珍惜他们的情义。威廉不过是游手好闲，游手好闲不是罪过，横竖他是个能扑腾的，永远有门路能弄到钱，那他养着他和她就是了。

　　沈之恒这些天活得颠倒混乱，直到现在，在这被太阳晒得火烫的马路上，在这蒸笼似的汽车里，他才豁然开朗，觉得自己想通了。想通的感觉实在是好，想不通，那他就是个幽怨的孤家寡人，身边带着个半大不小的女孩子，女孩子越长越大，又不是平凡的人，他简直不敢想象她的前程。可是一旦想通了，那天地就广阔了，他有财富有地位，有个活泼健康的亲弟弟，有个水仙花似的可爱侄女，拖家带口的，别有一番兴盛和热闹。他活了这许多年，哪里有过这么好的时候？

　　于是等他的汽车停在司徒威廉的公寓楼下时，他开门下车，整个人摇头摆尾的，几乎是有一点得意了。

　　沈之恒体态修长，平时他腰杆挺直，站在人群中是鹤立鸡群，如今他摇摆起来，也是分外醒目，以至于司徒威廉在听到门铃打开房门之时，只觉眼前一花，沈之恒像一株高大柔软的海草一般，已然随波游入了他的家中。

　　司徒威廉已经许久没有看过他的好脸，今天也已经做好准备，预备迎接一位面赛铁板的凶神，所以很惊讶地转身追上了他。他伸长脖子，把脑袋一直探到了沈之恒面前，细细地看他："大哥？你这是在……笑？"

　　沈之恒的脸上并没有笑意，只在眼角有一点似笑非笑的影子。在沙发前向后转，他坐下来跷着二郎腿，抬眼望向面前的司徒威廉："我很快就要为了你去蹲大牢了，你认为我还笑得出来吗？"

　　司徒威廉快步上前，在他身边挤着坐了下来："我看你是笑了。"他用胳膊肘杵了杵沈之恒："你总算肯原谅我啦？"

　　沈之恒换了话题："厉英良呢？"

　　司徒威廉压低了声音："外头走廊，隔壁两边，楼上楼下，都埋伏着他的人，过会儿他就会闯进来，拿我做人质，逼你跟他们走。"

　　沈之恒转身伸手去够那沙发一端的小橱柜，拉开其中的一只抽屉。原来他常到这里做客，有好几次将随身带着的雪茄落在了这里，司徒威廉不爱雪茄，于是把它们全收在了那个小抽屉里，为沈之恒留着。那抽屉渐渐就成了百宝箱，成盒的雪茄也有，上等的长杆火柴也有，普通的香烟也有。然而这回沈之恒拉开抽屉，发现里面只剩了半包香烟，便回头去看司徒威廉。司徒威廉一耸肩膀："你总也不来，雪茄放着没人管，都生了虫子，前些天让我给扔了。"

沈之恒"哗啦"一声把抽屉一关，收回了手。

司徒威廉伸手去掏裤兜："我有口香糖，口香糖你要不要？也许你可以吃口香糖，反正就是尝尝滋味，又不是咽进肚子里去。"

他一边说，一边掏出了一小包箭牌口香糖，抽出一片剥了糖纸，送到了沈之恒嘴边。沈之恒看着他，问道："我们不是主仆关系了？"

司徒威廉笑着向后一仰："大哥，我知道我是说错话了，我也向你道歉了，你就饶了我吧！"

沈之恒伸手夺过那片口香糖，送进了嘴里，随即一皱眉头。留兰香的清凉滋味如针如箭，刺激着他的舌头和口腔，但还不至于让人无法忍受。

就在这时，门铃响了。

司徒威廉和沈之恒对视了一眼，然后答应了一声，起身走去，打开了房门。

房门开处，厉英良登场。

天气热，他穿得简便，西装单薄服帖，可以证明他身上没有藏枪。带着一队人马堵住了房门，他彬彬有礼地开了口："司徒医生，抱歉得很，这样冒昧地登门打扰。"

司徒威廉向后退了一步，做了个惊慌样子："你来干什么？"

厉英良一把推开司徒威廉，昂首挺胸地进了房内，如愿看到了沙发上的沈之恒。对着沈之恒微微一躬身，按理来说，他应该开口说两句场面话，可是直起身望着沈之恒，他一时间只觉得百感交集，情绪复杂得让他不知从何说起。

沈之恒和他对视了一瞬，猛然起身掏出手帕，堵了嘴就往旁边的小门里冲，那小门内亮着电灯，墙壁贴着白瓷片，乃是一间小小的卫生间兼浴室。厉英良只怔了一瞬，沈之恒已经冲了进去，并且"咣"的一声关了房门。

然后门后响起了沉闷的呕吐声，是沈之恒终于抵挡不住口香糖的刺激，肠胃一起翻腾开来。

对着马桶干呕了一阵之后，他面红耳赤地直起身，喘着粗气转到水龙头前，放出冷水洗了把脸。等他推开小门重新见人之时，就见厉英良拧着眉毛咬着牙站在自己面前，眼珠眼眶全是红的，像是受了天大的欺负，已经气得含了泪。

沈之恒望着厉英良，欲说还休，因为胃袋自行痉挛起来，以至于他一转身又关门回了浴室，门后随即也再次响起了干呕之声。

一门之隔，厉英良扯动嘴角，扭头对着旁边的司徒威廉冷笑："羞辱我，是吧？"

司徒威廉舔了舔嘴唇："那个……他应该是吃错东西了。"

厉英良点点头："当然，看见我了，吃什么都算是吃错。"

司徒威廉眨巴着眼睛看他，知道厉英良是误会了，但是依着他的口才，他一时间还真不知道怎么把这个误会解开，而未等他把"口香糖"三字说出来，前方小门一开，正是沈之恒又走了出来。

沈之恒呕吐两次，疯狂地漱口，总算是把那口香糖的气味漱掉了七成，然而还是隐隐有些反胃，仿佛方才不是嚼了口香糖，而是吞了粪。

喘息着依靠门框站定了，他忙里偷闲，还抬手理了理头发——其实没有必要，他那个脑袋有型有款，短发是一丝都没乱。而厉英良等到如今，气得眼泪都要出来了，终于等到他又望向了自己，一眼迎上了沈之恒的目光，他开了口："沈先生。"

沈之恒还在喘，和厉英良一样，眼中也含着一点泪光，听到了厉英良的呼唤，他那目光聚了焦点，对着厉英良"嗯"了一声。

厉英良咬牙切齿，从牙关中挤出了一声冷笑："没想到，还能再见到活的我吧？"

沈之恒一闭眼一点头，一派敷衍："嗯。"然后扭头对司徒威廉说："给我支烟。"

司徒威廉道："只有炮台烟，行不行？"

沈之恒连连点头，司徒威廉便小跑着找来烟盒火柴，给他点了一支。他深吸一口，让烟气驱散了口腔中的最后一丝甜味，才算是真正舒服了。再次转向厉英良，他问道："你刚才说什么来着？"

厉英良一抬手，后方的手下见了手势，一拥而上包围了司徒威廉。司徒威廉假做惊惶："干什么？这里可是私宅！你们再不出去，我可叫警察了！"

手下们将他反剪双手压制住了，又将一团手帕塞进他口中。沈之恒见状，问道："你这是要绑架他？"

厉英良的冷笑转为了狞笑："没错，我就是要绑架他！"

沈之恒手指夹烟，又吸一口："那你们忙，我告辞了。"

话音落下，他喷云吐雾地迈了步。厉英良愣了愣，慌忙转身追上去一把抓住了他的胳膊："站住！你以为你今天还能走出这个门吗？"

沈之恒转身问道："那厉会长的意思是——"

"你也跟我走一趟吧！"

沈之恒又吸了一口烟："可以。"

厉英良万没想到他答应得这么痛快，又是一愣，随即回过神来，他仰头盯着沈之恒的眼睛，目光如箭，一直射进对方的瞳孔里："你别耍花招，如果你敢再兴风作浪，那我就先送司徒威廉见阎王！"

沈之恒一听这话，扭头又要走："我对他没感情，随便你。"

厉英良赶紧又拽住了他的袖子："你敢？！"

沈之恒似笑非笑地审视着厉英良："你说呢？"

厉英良竖起了两道眉毛："我没什么可说的！"

沈之恒不言语了，低头看看手里的小半截香烟，他见手边的小桌子上正摆着个烟灰缸，便伸手将那截香烟摁熄在了里面。房中无端地寂静下来，众人仿佛是全体起立，等待着厉英良发言。

一口气哽在厉英良的胸中，沈之恒并没有如何冒犯他，可他就是觉得自己又受了辱。姓沈的不但自己看不起他，还联合了在场所有人孤立他，何等可恨？何等该杀？

但他还是把这口气咽了下去："沈先生，请吧。"

沈之恒说道："厉会长又允许我走出这道门了？"

厉英良沉声说道："允许你了，走吧！"

在公寓楼后，沈之恒上了厉英良的汽车，司徒威廉作为人质，被两个人左右夹击，坐在了第二辆汽车里。

厉英良一直提防着沈之恒发难，甚至做了拼命的准备，然而沈之恒安安稳稳地在他身边坐着，并没有吃人的征兆。等到汽车驶上了大街，他还主动说了话："你是怎么逃出来的？"

厉英良眼望前方，一张面孔雪白寒冷："你一定以为我早死在地底下了吧？"

沈之恒答道："前几天我还过去了一趟，想给你收尸。仓库是我租下来的，很快就要到期了。到时候东家要是在地下室里发现了尸体，岂不是要找我的麻烦？"

"那我还算是给你省了事了？"

"非也。对付活着的你，比给你收尸更麻烦。你若是早早死了，我现在何必又要去蹲大牢？"

"你怎么知道我一定会送你去蹲大牢？"

"不蹲大牢，难道是请我到你家里当老太爷？"

"那你方才为什么不逃？"

沈之恒转过脸来看了他："逃得掉吗？"

厉英良直视着他的眼睛："逃不掉。"

沈之恒也转向前方："这不结了。"

"我倒是有点失望。"

"想看我变成困兽？"

"你很懂我。"

"我懂人心。"

厉英良哈哈笑出了声音："可你根本就不是正常人。"

沈之恒警告似的"诶"了一声："你这样说话，就没意思了。"

"哈哈哈，戳到你的痛处了？"

"是啊。"沈之恒叹息，"很痛啊。"

厉英良还是笑，笑得像是要发神经。对着沈之恒，他没法保持镇定。沈之恒不仅伤害他的肉体，也伤害了他的灵魂，不是羞辱他，就是恐吓他，让他惶惶然如丧家之犬。他简直不知道应该如何处置沈之恒，无论怎么处置，他也还是意难平。

沈之恒发现汽车并没有向着池公馆走。

这倒是不足以让他惊讶，望着车窗外的道路，他正要记忆，然而厉英良忽然从怀里掏出一卷黑布条，说道："得罪了。"

沈之恒正在凝神记路，没听到他这低低的三个字，所以也没回头。厉英良等了片刻，这回提高了声音："沈先生，得罪了。"

沈之恒这回才闻声回头，看到了厉英良手中的布条。厉英良将布条一展，冷着面孔说道："还请你谅解我。"

沈之恒没理他，扭头继续看风景。厉英良被他无视惯了，精神已经足够坚强，如今索性套马似的甩出布条一蒙他的眼睛，然后在他后脑勺上系了个活扣。

汽车行驶良久，沈之恒不知道它最终是停在了何处，不过这里就这么大，这汽车开得再快，也不至于把自己送到外省去。

下车之后，沈之恒便被搀扶着往前走，先是跨门槛，后是进房子，再然后又下起了长楼梯，空气变得阴凉潮湿起来，混杂着泥土气息和霉味。厉英良跟在一旁，忽听沈之恒问道："又是地牢？"

他答道："没错，又是地牢。"

沈之恒深吸了一口气："似曾相识，怕是你这一次，还是要失败。"

"没关系，我这一次本来也不是一定要赢。"

"怎么变得这么超脱了？"

"不敢当，无非是死过一次，变得惜命罢了。"

说完这话，他快步上前："请低低头。"

沈之恒依言垂下头去，厉英良紧赶慢赶地伸出手去，亲自为他解下了眼上的黑布条。沈之恒回头望去："威廉呢？"

厉英良答道："就在后面，我们比他早到了五分钟。"

"我要和威廉在一起。"

"我要是不同意呢？"

沈之恒停住了脚步，厉英良的手下推搡了他，然而推搡不动，他像是长在了地上。厉英良见状，连忙改了口："我同意。"

沈之恒继续向前走。

沈之恒和司徒威廉进了同一间牢房。

牢房方方正正，墙壁用水泥抹平，还带着潮意。墙面没有污迹，空气中也没有血腥气。房门是铁栅栏门，栅栏由粗壮钢筋焊成，房门对面便是床，床也是由青砖和水泥砌成的，冰凉坚硬，无论是拿来睡觉还是用来停尸，都很合适。

沈之恒进门之后，先脱了外面的西装上衣，提着领子将它放到了床头，然后将领带也解了下来，搭在了西装上。

松开领口纽扣，他扭了扭脖子晃了晃肩膀，说道："这里倒是很凉快。"

说着他回头望向司徒威廉，发现对方一脸怯相，正盯着自己。在床边坐下后，他问道："怎么了？"

司徒威廉答道："这牢里真不是好地方，我怕你生气。"

沈之恒一扬眉毛："怕我生气，还骗了我三年？"

司徒威廉走到他身边坐了下来："你看你又提旧话。做大哥的，别这么小心眼儿好不好？"

"你认我做你大哥？我真不是你的奴仆了？"

"我早就认了，没告诉你而已。"

"你还有什么是没告诉我的？"

"没了。"

沈之恒扭过脸上下审视了司徒威廉，司徒威廉一摊双手："真没了。"

沈之恒抬手指了指他的鼻尖："最后信你一次。"

司徒威廉无声地抿嘴一笑，嘴唇抿成了弧线，眼睛也眯成了弧线，鼻梁上聚起细纹，将面孔笑成了一张甜蜜的猫脸。沈之恒看着他，忍不住也笑了，一边笑一边转向前方。和好的感觉真是好，威廉早就认了他做大哥，他又何尝不是早就认了他做弟弟？怪不得他一直感觉威廉亲切可爱，原来他们就是一对亲兄弟。

门外响起了咚咚咚的脚步声，厉英良忽然从门口跑过去，片刻之后他又掠了回来，沈之恒饶有兴味地看他来回奔波，感觉他像一只自由的困兽，没人困他，他自己困住了自己。天大地大，可他就只在这个地下的水泥世界里来回跑。

然后他又想起了自己，自己不也是一样的困兽？

但自己是被亲情困住了，同样是困兽，自己似乎比厉英良更高级些，纵然受困，也困得更有价值。

厉英良的心脏怦怦直跳，血流汹涌澎湃，甚至影响了他的听力和视力。沈之恒今天很听话，乖得诡异，也许下一秒就会突破铁门冲出来大开杀戒。可他开弓没有回头箭，纵有回头箭也不能真回头，因为他得东山再起，他需要冒这个险。

"难道司徒威廉是和他串通好了？他们别有意图？"他忽然想。

这个念头让他毛骨悚然，但他随即压下了自己的心悸——开弓没有回头箭，纵然他们真是别有意图，现在发现，也晚了。

于是他在做好了安排之后，跑上地面钻进汽车，见池山英去了。

池山英早就看厉英良是个人才，如今见他带着捷报赶来，越发认定自己眼光不错。这回他心中有了底气，带着厉英良直接回了池公馆。

沐梨花最近日益嚣张，恨不得公然把他排挤出去，池山英怀恨已久，今日卷土归来，自然是气势汹汹。而沐梨花和他争权夺势这么久，本以为自己是站定了上风，很快就会将他取而代之，哪知道他心机深沉，居然在暗地里筹划活动，意图反击。

沐梨花认为于公于私，自己都不能再任由池山英胡作非为。至于那个厉英良是真叛徒还是真冤枉，倒是小事，厉英良是活着还是死了，也都是小事。和蔼可亲的沐梨花其实不大把人当人，无论对方是她的同胞，还是她的手下。调查厉英良的身份是件麻烦事情，所以依着她的意思，就不要调查了，直接把这家伙毙了就是了。

所以当着池山英的面，她开口就敢下令逮捕厉英良。池山英勃然变色："我已经查明，他这些天是被沈之恒绑架了，所泄露出的文件，也都是沈之恒偷盗去的。"

然后不等沐梨花反驳，他抛出了个重磅炸弹："沈之恒已经落入了我的手中。这一次我将向上面证明，我没有在发疯！"

沐梨花睁圆了眼睛："不行，那太危险了！"

池山英冷笑一声："不行？"

然后他懒得和这女人纠缠，自行带着厉英良到办公室去了。沐梨花盯着他的背影，先是感觉他要作死，而且是要带着所有人一起死，紧接着又有了更大的恐惧——她怕他作而不死。

他要是不死，那么这里就将没有她的立足之地了。

沐梨花呆站了好一阵子。

站到最后，她转身走向了自己的办公室，拿起了电话。有人之处就有内斗，而她这次斗得格外理直气壮，因为她不止是在排除异己，也是在挽救所有人。

沐梨花自从到了池山英手下之后，终日面对着池山英那冲天的蠢气，几乎被熏出内伤。忍到如今，她终于是忍无可忍了。

沐梨花在楼下打电话，池山英在楼上打电话。片刻之后，池山英放下电话，问厉英良道："对于沈之恒，你认为，你能控制他多久？"

厉英良答道："我还真不敢说，今天沈之恒见了我们之后，竟然没怎么反抗，这就透着奇怪，我说不准他是真怕我们伤害了司徒威廉，还是别有用心。不过新牢房守卫严密，我已经传了命令下去，一旦有变，立刻封闭大门，所以我想两三天内，应该还是平安无事的。"

池山英点了点头："两三天，好，大概够了。"

这回省去了审讯与研究的步骤，他只要把沈之恒关住了就好。因为唯一相信他神智正常的人会在三天或者四天后到达这里，到时候，他可以带路，让来人亲自去见一见沈之恒。

厉英良又问："您要不要亲自去见一见沈之恒？"

池山英直接摇了头。沈之恒如果真是个青面獠牙的模样，那他倒也不会怕他，可沈之恒看起来文质彬彬，有着一副才俊的面孔。这让他认定了沈之恒是个魔鬼，而魔鬼这种不祥的东西，即便只是看上一眼，都容易惹上灾祸。

他告诉厉英良："不必看了，我信任你。"

厉英良却是垂了头："您对我如此厚爱，我真是惭愧难当。"

"惭愧？为什么？"

"沈之恒的事情……卑职从来没办好过，还连累了您。"

池山英叹了口气，心想这种事情，本来就是不好办的啊！

但他不便对厉英良表示同情，因为万一——不怕一万只怕万一——出现了最坏的情况，这次他又失败了，那么厉英良将是他唯一能找到的替罪羊。现在对替罪羊太和蔼了，他怕这羊将来会不识时务，当真以为自己劳苦功高，不肯老老实实地戴罪。

公馆内的气氛很紧张。

楼上楼下分成了两个阵营，楼上归池山英，楼下归沐梨花。而厉英良圆满完成了这一场亮相，又确定自己暂时洗脱了叛徒内奸的罪名，便理直气壮地离开此地，回去继续做他的狱卒去了。

现在他唯一的任务就是看守沈之恒，起码在池山英眼中，这是他当下唯一的任务。一场大戏已经演完了第一幕，而在他抵达城郊新建的秘密监狱时，他让第二场戏开了幕。

秘密监狱表面看上去，是院墙围着几幢水泥建筑，因为还未正式启用，所以四周还算不得壁垒森严，驻守在此地的人，因为"好钢要用在刀刃上"，所以基本都集合在了地牢内外。地牢入口位于一间青砖空屋里面，这屋子将来会是一座刑房，现在还空着，只在墙壁上钉了几排铁环。

他进门时，先瞧见了房内站着的两名便衣青年，是他手下的人马，便问道："桂生呢？"

青年答道："李哥刚走了，说是奉您的命令走的。"

厉英良点点头，李桂生这是见狙击手去了，神枪手难找，大隐隐于市，和这两方都没关系，并且还能保守住秘密的神枪手，更是少有。

好在他有他的人脉，再难找也找得到。房间墙壁上开着一扇门，门里黑洞洞的，向外呼出凉气，像是个什么巨兽的大口，厉英良往这大口里走去，后方的青年连忙跟了上来。

口内是一路向下的楼梯，天花板上每隔几米就吊着一只电灯泡，灯罩还没安装上，楼梯走廊里偶尔吹过冷风，电灯泡就微微地摇晃，让墙壁和地面上的人影忽短忽长的不稳定。

一路走到了沈之恒所在的牢房前，他让人搬来了一把椅子，然后斥退了周围的士兵与随从，独自坐了下来。

隔着那铁栅栏门，他眼中的沈之恒清晰完整，近在咫尺。但他完全没有胜利的快感，他依旧是百感交集。

沈之恒端坐在床边，正对着他，身后是蜷在床上打瞌睡的司徒威廉。两人相视了片刻，厉英良先开了口："并不是我想与你为敌，我是别无选择，非这么干不可，要不然洗刷不掉罪名，不但财产拿不回来，我的性命也保不住。请你谅解我。"

沈之恒答道："抱歉，以我现在的处境，我很难谅解你。这一点，也请你谅解我。"

"池山英的话，我是不敢不听的，所以我设法抓了你。但是你，我也是不敢得罪的。所以请放心，接下来我会尽一切力量来保护和帮助你。"

沈之恒说道："看你的行动吧。"

"好，看我的行动吧。"

双方沉默下来，片刻之后，厉英良站起身："你有没有什么需要？有的话告诉我，这里暂时归我管，我说了算。"

沈之恒答道："威廉很冷。"

厉英良这才发现司徒威廉不但自己穿得整齐，身上还盖着沈之恒的上衣。

"好，我让人送毯子过来。"

说完这话，他好像看到沈之恒脸上闪过了一丝微笑，这笑不是个好笑，因为沈之恒随即又说道："我饿了。"

"晚些时候，我会想办法给你送些食物。因为上峰有令，让我饿着你。他们……他们希望你虚弱一点。"

沈之恒点点头，不置可否。

厉英良感觉自己只能把话说到这种地步了，多说容易说乱了，反倒不利于自己剖明心迹，而且地牢空旷，低语之声也能传出老远，安全起见，也不适宜长篇大论。

他转身离去，而没过多久，果然有人送来了毯子。

沈之恒起身展开毯子给司徒威廉盖上了，司徒威廉这时睁开眼睛，对着沈之恒打了个哈欠："唉，你真是个好大哥。"

沈之恒坐了下来："我们得在这儿待多久？这儿是够冷的。"

司徒威廉在毯子下面窸窸窣窣地动，末了将沈之恒的上衣递了出来："两三天？三四天？反正不会太久。除了我和那个臭丫头之外，谁愿意总和你在一起？怕你都怕不过来，吓都吓死了。"

沈之恒给了他一巴掌："那你怎么还赖着我不滚？往里去！"

司徒威廉往里挪了挪，让沈之恒也能躺下伸伸腰和腿。把毯子向上拉了拉，沈之恒没言语，闭了眼睛继续睡。

沈之恒没想到自己在地牢里，竟然还能入睡。

睡醒之时，他睁开眼睛，又看到了厉英良。厉英良依旧是坐在门外，不知道已经来了多久，就那么面无表情地看着他。而他坐起身来，就见厉英良一哆嗦，仿佛是被自己吓了一跳。

"醒了？"厉英良问。

他"嗯"了一声，怀疑这家伙是被自己那场绑架吓出了心病，要不然不该露出这么一副半疯的样子来。

厉英良从背后抽出一只牛皮纸袋："这里是一份认罪书，上面写了你绑架我以及盗取机密文件的过程，我都是如实写的，你只要在上面签个字就行。"

"我为什么要听你的话？"

厉英良深深地弯下腰去，从椅子底下掏出了一只玻璃瓶药，他没有拿着玻璃瓶诱惑沈之恒，而是将它通过栅栏，直接放进了门内，然后直起腰，以悲哀的语气低声嘀咕："求求你了。我需要火速洗清身上的冤屈，否则池山英不能够百分之百地信任我，我也就没有足够的权力来帮助你。"

"我应该相信你吗？"

"你没有必要不相信我。因为除非我杀了你，否则你有一万种方法来报复我。而我杀不掉你。"

沈之恒下床走到了门前，从栅栏间伸出了一只手。厉英良将那牛皮纸袋递给了他："谢谢你。"

沈之恒席地而坐，从牛皮纸袋中倒出了几张纸和一支钢笔。将纸上的文字扫了几眼，他拧开钢笔，在最后一页纸上签了名字。然后把纸笔装回牛皮纸袋里，他将它原样递了出去。

厉英良接过纸袋，转身离去。

厉英良走后，司徒威廉也起了床。

他拥着毯子，半睁着眼睛发呆。沈之恒靠墙坐着，慢悠悠地喝了半瓶药。

司徒威廉忽然想起了一件好事，跳下床跑到了沈之恒身边坐下："你说，我和静雪能不能生出小孩子来？"

"当然能，要不然世上怎么会有你？"

"要是真生得出，我就把第二个孩子过继给你。"

"我不要。"

"为什么？"

"一个米兰就够了，我没有养孩子的爱好。"

"那不是一回事，她和你又没有血缘关系，兴许她再过两年长大了，就离开你了。"

沈之恒皱起了眉头："你是不是想让我养你一家子？"

"没有，我就是怕你孤单。"

"你少跟我耍花招。我就你这么一个弟弟，你不求我，我也会管你。"

司徒威廉嘿嘿嘿地笑起来，抬手一指沈之恒手里的玻璃瓶："给我留一口，多了不要，一口就行。"

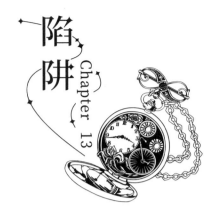

陷阱

Chapter 13

厉英良把认罪书送到了池山英面前，然而池山英没有闲暇搭理他，因为沐梨花自作主张地离开了池公馆，不知所终。

厉英良无意、也不敢参与这场内斗，池山英让他带人去调查沐梨花的下落，他满口答应下来，然而并没有认真地去找，只趁机带着人招摇过市，意思是让外人看看，他厉英良又回来了。

而就在他四处亮相之时，李桂生回来了，告诉他狙击手已经安排好了，如今就只等他一声令下。

厉英良听了，脸上没有丝毫的高兴劲儿，反而是叹了口气。李桂生见了，便悄声问道："会长，您不放心呀？"

厉英良先是不理会，过了一会儿，才答道："我这是走了一着险棋，就算走对了，至多也就是保住个身家性命，怕是往后永远都没有放心的时候了。"

李桂生一咬牙："会长，要不咱们干脆就来个狠的，把那地牢的门一堵，放火烧他！那个沈之恒再厉害，也架不住大火烧，咱们直接把他火化了得了。"

厉英良抬眼看他："你有百分之百的把握，把他烧成灰吗？"

李桂生怔了一下："那……没有。"

厉英良收回目光："地牢不是死胡同，都有通风口，就是把图纸给你，那些通风口你也堵不过来。至于沈之恒，我也不敢再逼他了，我不是他的对手，他再杀我一次，我必死无疑。"

李桂生点了点头，深以为然，随后又问："那，反正咱们都安排好了，是不是就可以让那个卷毛开始逃了？"

"过了明天再说，明天沈之恒的认罪书登报。报纸一出来，我就算是把自己彻底洗刷干净了，到时候再放他们走。我抓他们图的是什么？不就是为了这个吗？"

李桂生用力点头："好，我明白了。"

一夜过后，报纸上当真登出了沈之恒的认罪书。

因为有着池山英的授意，所以大部分报馆，全把这条新闻登在了头版头条。而在另一方面，因为这沈之恒在社会上也算是个名流，所以剩下的一些的报馆，也纷纷跟进，将这新闻登载了出来。

沈公馆一时热闹起来，沈之恒的朋友们全登了门，又全扑了个空。而看家的张友文后知后觉，恍然大悟——怪不得老板让自己过来给侄小姐做伴呢，定然是他早就知道自己被人盯上了！

侄小姐看着像个学生似的，言谈举止也挺文明，然而不识几个大字，张友文把新闻给她念了一遍，同时急得像热锅上的蚂蚁一般。

"沈先生肯定是吃了亏了。"他"啪啪"地拍打报纸，"要不然他能认这个罪？你看上面印的这个签名，就是沈先生的笔迹。沈先生肯定是受了大刑了。哎哟我的天啊，那些人怎么把他抓去的？难道就没人管吗？他也是的，总一个人独来独往，都到这个时候了，身边还不带人，他不带别人带上我也行啊，哎哟我的天啊，完了完了完了。"

他捶胸顿足，真是不明白沈之恒怎么能够这么粗心大意。而米兰端坐在长沙发上，一直没说话。

她没有张友文那么多的情绪，甚至称得上是平静，只想：又要去救他了。

随后她又想：我上哪儿去救呢？

第三个念头立刻闪现：厉叔叔。

厉叔叔总是对沈先生死缠烂打，这让她感觉有些烦恼。其实她对厉叔叔其人一点意见都没有，厉叔叔尽管绑架过她一次，可是从个人感情出发，她并不如何恨他。她此刻之所以想宰了厉叔叔，完全只是因为他纠缠沈之恒。

就是这么简单。

这时，她下意识地抬手摁住了心口，她自己都不知道自己为何做出这个动作，只是一边摁着，一边觉得有些怪、不自在，后来她才反应过来：自己的心脏正在发疼。

为什么心会疼呢？她又不明白了。

张友文对着报纸犯愁，愁了足足大半天，后来他感到了饿，这才想起来：自己还担负着照顾佟小姐的重任呢，自己犯愁不打紧，可是连累得佟小姐也跟着自己少吃了一顿午饭。

他相当惭愧，立刻去找米兰，想问她要不要用点蛋糕咖啡之类的下午茶，他可以马上到面包房去买点心回来。可是满公馆内外地找了一圈，他没找到米兰的影子。

等到了傍晚时分，张友文还是没有找到米兰，冷汗打湿了他的衬衫，他毛骨悚然，开始怀疑这座公馆附近埋伏了人。不但抓走了沈先生，而且方才也掳走了佟小姐。

与此同时，米兰回到了自己的家中。

她并没有进家门，只是独自走到了米公馆所在的那条街上。

米公馆的大门开着，院内有陌生面孔的老妈子在忙忙碌碌地晒毛巾，旁边站了个三十来岁的苗条妇人，抱着膀子监督老妈子干活，妇人穿绸裹缎的，一看就是个太太或者姨太太。

大门旁"米寓"的小木头牌子并没有换掉，可见这里面住的依旧是米家人。

先是正房米太太没了，后来这米家大小姐也不知所终，米兰不知道父亲有没有用心地找过自己——大概是没有的，或者说，一定是没有的。

不找正好，父母越是绝情绝义，她越是了无牵挂。

然后她闭了眼睛，回忆起了上一次厉英良将自己从家中绑走时的情形——上一次，厉英良先是把她从米公馆带到了他的家里，然后又在半夜把她送上了一辆火车。

她的记忆力惊人，虽然当时还盲着双眼，可她拼了命地回忆，竟也能回忆出些许蛛丝马迹，比如汽车发动之后开向了何方，又比如汽车上路多久才拐了第一个弯。

她凭着记忆试探着走，走一步算一步，走了一个多小时，最后她停在了一条挺僻静的小街口。这条街窄窄的，说是街也行，说是胡同也行，街上靠边停着一辆黑汽车，黑汽车挨着个小小的院门，院门半开半掩，正对着前方一所大院落的后门，有青年在这小院门和大后门之间往来穿梭，青年都穿得素净利落，举止也矫健，都像是训练有素的。

米兰把这个地方记住了，又见天已经蒙蒙黑了，便转身要走，可刚走出几步，后方的脚步声杂乱起来。她回过头，就见一群青年簇拥着个西装男子走出后门，西装男子有着油头和白脸，她不认识，可在上车之时，那西装男子忽然开了腔："桂生呢？"

那声音低沉沙哑，像个老谋深算的阴险人物，米兰转向前方，继续迈步，心里想道：厉叔叔。

看来她的记忆力还不错，真是找对了地方，只是厉叔叔的年轻程度出乎了她的意料，原来他只是声音苍老。汽车开动了，响着喇叭从她身边掠过，她这回又记住了车牌号码。

她没想到自己会这么顺利地找到目标。今天太晚了，厉叔叔又走了，所以她决定回家做做准备，明天再来。

明天也许需要绑架厉叔叔，还可能需要杀掉厉叔叔，无论是绑是杀，都不是出于她的本心，她只不过是没办法，谁让沈先生比厉叔叔更重要呢？

有时候，她简直觉得沈之恒又是他的长辈亲人，又是她的柔弱幼子。

米兰走回了家去，其时张友文已经快要被吓哭，如今见她安然无恙地回来，又差一点欢喜哭，有心说她两句，又不大敢——毕竟这是侄小姐，再不懂事，也轮不到自己指责。

米兰吃了顿迟到的晚饭，顺手从餐厅里顺走了一把餐刀。然后回房洗漱了一番，她披散着长发坐在床上，又从床头抽屉里拿出了一把可以折叠的水果刀。水果刀也是她白天设法从客厅中带出来的，这刀小而锋利，然而刀身是个薄铁片子，也就能削个果皮。餐刀倒是厚实得多，可是钝得很。

一夜过后，张友文睡醒起来，再次坠入地狱——佟小姐又失踪了。

而在张友文满楼乱转心急如焚之时，米兰已经大踏步地走在了街上。

大清早，阳光已经相当足，但还没有把世界晒得酷热。米兰穿着及膝的连衣裙和短外套，手里挽着个漆皮包，一头长发编成了两条辫子，辫子编得紧，显出了她的细长脖子和小脑袋，看着清凉利落。

脚上穿着系横绊的白色帆布鞋，她迈动着两条长腿，像一头误入人间的鹿，走得快而轻松，丝毫不觉疲惫。以她如今的体力，她好像可以一口气走遍千山万水。忽然在路边停了脚步，发现那电线杆子上贴着一张挺新的彩色字纸，上面是一家汽车行的广告。

她掂了掂手里的漆皮包，小皮包沉甸甸的，里面有刀子，也有钞票。这张广告给了她一点启发，让她走到电线杆前，记下了上面印着的电话号码。

然后她扭头往回走，走了半里地，进了路边的一家咖啡馆里，借用了人家的电话。

米兰，从客观上讲，虽然是既无经验，也欠缺常识，但因为此刻无人能够管束她，所以她自行其是、无法无天，竟也自成一统地行动起来了。她还不大懂如何反跟踪，相当坦然地打电话，相当坦然地租了一辆汽车以及一名司机，等汽车驶来之后，她就在光天化日之下上了汽车。

然而她把这事干得非常顺利，因为这个世界上几乎没有人认识她，她忙她的，谁也没兴趣多看她半眼。

米兰坐着汽车来到了厉宅附近，开始静静地等待。司机不明就里，也不便细问，横竖这汽车的租金是按照时间来算的，只要她肯给钱，那么等一天也没问题。

米兰不知道，厉英良此刻根本就不在家。

沐梨花不知去了哪里，池山英索性趁机把她挤出去，而如今这个世道，他正需要可靠的手下。厉英良作为他的亲信，这时就奉了他的命令，要把自己的手下重新聚集起来。

他已经在外面奔忙了一夜，这时把爱将李桂生叫了来，让他去地牢内做一番安排，而自己赶在中午之前回了家，准备睡上半天。今夜又将是个不眠之夜，他得养精蓄锐。然而刚到家里，金静雪又打来了电话，问他是不是对司徒威廉做了什么，要不然怎么这人连着几天都没向她请安呢？

厉英良不信她会多么关心司徒威廉，怕是没话找话，故意来撩拨自己。然而此刻他实在是太累太困，所以冷淡地敷衍了几句，他挂断电话，倒头便睡。

睡到天黑，他醒来了。李桂生正在屋里等着他，一见他睁了眼睛，连忙走到床前弯下腰来，低声报告道："会长，安排好了。"

厉英良坐起身来，拖着两条腿走去浴室洗了把脸。冷水让他恢复了精神，他梳了梳头，换了身黑衣："我们也走！"

出门之后，厉英良抬头看天，发现今夜月黑风高，真是个标准的杀人夜。

司徒威廉看出来了，沈之恒在这牢房里已经住得有点不耐烦，但还勉强忍耐着，没有发起牢骚来。毕竟在这里他吃不饱，睡不稳，虽然外面还是酷热的天气，可在地底下连着避暑了几天之后，沈之恒感觉自己的骨头都是凉的了。

司徒威廉有点不安，怕沈之恒忍无可忍，要闹情绪，幸而等到今天，他们总算是等到了头——李桂生那小子往牢房里送去了钥匙和字条，字条上面写着密密麻麻的小字，正是一份越狱指南，时间路线全都写得清楚明白。司徒威廉和沈之恒两人凑在一起，将它读了两遍。然后等到了入夜时分，他们抖擞精神，等待地牢内的卫兵换班。

地牢空旷，尚未正式启用，只关了他们两个因犯，而且在旁人眼中，这地牢又是个铜墙铁壁的所在，所以卫兵并不很警惕，走廊深处是无人的，只在沈之恒这一间牢房的外头站了两名士兵。远处的地牢入口那里传来了一声呼唤，是李桂生的声音，随即空气中传来了一丝甜意，像是那边弄来了什么热气腾腾的夜宵。两名士兵立刻来了精神，结伴跑向了那香气的来源。而一名便衣青年这时无声无息地从走廊深处快步走来，怀里抱着两个大长枕头。

将枕头顺着铁栅栏门塞进去，一言不发，又走开了。枕头里头塞的是棉花，鼓蓬蓬轻飘飘，司徒威廉把两只枕头放到了床上，再用毯子把它蒙上了。给那两只枕头摆了个造型，他后退几步，审视着床："还可以吧？"

床在暗处，要是外头的士兵不仔细看，大概只以为这两个人挤着睡了，可一旦仔细看——哪怕只是细看一眼，都会发现床上摆着的不是人。

沈之恒不置可否，司徒威廉拿出了李桂生白天送来的钥匙，从铁栅栏间伸出手去，小心翼翼地将钥匙插入锁孔，转动开来。锁是新锁，内部机关油润灵活，一转就开。两人开门走了出去，司徒威廉转身又把铁栅栏门原样锁上了。把钥匙重新揣好，司徒威廉向着沈之恒一笑："看看，我没骗你吧？"

沈之恒反问："那我是不是还要谢谢你？"

司徒威廉一皱眉头："你看你看，我又不是不领你的情，再说哥哥帮弟弟天经地义，你总委屈什么呀！"说着他一拉沈之恒的手，"这儿不是拌嘴的地方，咱们快走吧！"

两人逃得挺累。

厉英良再能帮忙，也不能公然地把他们带出去，该走的路还是得让他们自己走，而且一旦走出了纰漏，被人抓住了，那么死也还是得让他们亲自去死。

两人都知道这个道理，又因为都是西装革履，鞋底子不柔软，故而这一路走在那水泥地面的走廊里，他们是高抬腿轻落步，走得蹑手蹑脚。这个走法看着没什么，其实很累人，亏得他们两个都不怕累。按照字条上的提示，他们在这迷宫一样的地牢里东拐西拐，起初两边还都是整齐的牢房，后来越往深处走，越不像样，两边的牢房渐渐地连门都没了，里头堆着碎砖和水泥块，上方也没有电灯了，他们须得摸黑前行。

司徒威廉的感官十分敏锐，胜过沈之恒，可他平时不大有使用感官的机会，经验不足，分明感觉到前方有障碍物了，可还是冒冒失失地往上撞。沈之恒一边要自己找路，一边还要分神保护着他。一手拎着司徒威廉的后衣领，他几次三番地把他拽住或者拎起来："就你这个本事，还要给我当主人？"

然后他听到了司徒威廉忸怩的声音："我都承认我说错话了，你别总提了好不好？"

他在黑暗中忍不住笑了一下，正要回答，然而司徒威廉忽然停了脚步：

"什么声音？"

沈之恒也停了下来："声音？"

"你没听到吗？"

沈之恒凝神倾听，这回他隐隐听到了，那声音像是潮水，也像是几千里外的万马奔腾，杂乱而又遥远，正在迅速向着自己这边逼近。

"是……是……"他的呼吸有点乱，"脚步声。"

他猛地一扯司徒威廉："他们追上来了，我们快走！"

司徒威廉慌忙跟上了他："怎么可能？按照字条上的计划，那两个人至少也应该吃上半个小时的，半小时已经过去了吗？他们刚回来就发现枕头了？"

沈之恒狠狠一攥他的手："这不是两个人，这至少是一支小队！"

"啊？那这是怎么回事——"

"别管怎么回事了，快走吧！"

沈之恒不怕碰壁了，开始在黑暗中向前跑。连着转过了两个弯后，他合身撞上了一堵墙，撞了个七荤八素，司徒威廉比他落后一步，倒是幸免于难。沈之恒定了定神，摸着墙横挪，终于又找到了道路。这回一口气跑到了通道尽头，他放开司徒威廉，向上伸手纵身一跃，如他所料，他一把抓住了上方的一道铁梁。抓住铁梁来了个引体向上，他的上半身钻入了一处未完工的通风孔里。

"威廉！"他轻声唤道，"抓住我的腿。"

司徒威廉一把抱住了他的小腿："咱们还有多少路要走啊？我怎么听着那脚步声越来越近了呢？"

沈之恒无暇理他，伸手继续向上摸，这一回，他摸到了粗糙的水泥墙壁，墙壁是窄窄的一圈，原来他此时身在井底，而上方有呼呼的风声，正是这水泥枯井向上直通了地面。

沈之恒和司徒威廉用手撑墙，爬上了地面。

他们在那伸手不见五指的黑暗处待得久了，如今爬上来，虽然是个阴沉的夜，但他们也觉得眼前有了光明，看什么都是真真切切。不过这真切似乎用处不大，因为周围除了草木还是草木，没有建筑，也没有路，他们像是从地牢直接逃进了一个莽荒世界。

司徒威廉搓着通红的手："我们这是成功逃出来了吧？"

沈之恒环顾四周："要等进了城，才算是彻底成功。"

"那我们接下来是……"

"当然是往城里走。"

司徒威廉还记着地牢里头那来历不明而又声势浩大的追兵，所以一看沈之恒迈了步，连忙追了上去。沈之恒到了这时，也依旧认得方向，在草丛中窸窸窣窣地飞跑，司徒威廉紧紧地跟着他，又轻声说道："字条上说跑过这片草地，就能看见路了。那路就是通往城里去的。"

沈之恒答道："已经看见了。"

司徒威廉放眼望去，果然看到前方草木渐次稀疏，显出一条似有似无的小路来。这小路似乎也是被人开辟出来的，但是两边森林幽深，那草郁郁葱葱地一直长到路上去，可见这条路上平时行人不多。

以沈之恒的体力，可以这么直通通地一直火速跑回城里去，并且累不坏他。可是脚步渐渐放缓，心中感到了不安。小路两边的树木高大茂密，幽深到了漆黑的程度，这让这条小路看起来别有含义，像是一架独木桥或者一条单行道，冲上去便是有去无回。

"应该让厉英良派人到这里接应你。"他说。

司徒威廉东张西望："你怕啦？不用怕，厉英良不敢再杀你了，他再敢打你的主意，我就让他吃不了兜着走。"说到这里，他主动拉起了沈之恒，"快点儿，放心吧！你能保护我，我也能保护你呀！"

沈之恒追上了他，两人不出片刻便踏上了那条小路。小路远看是条模糊的带子，踏足上去之后，才发现地面崎岖。司徒威廉跑得深一脚浅一脚，不但自己踉踉跄跄，还几次三番地险些把沈之恒也拽倒。沈之恒不耐烦了："停下停下，我背你走。"

"那怎么好意思？再说我还有力气。"

"我背着你走还能快些，要不然没等进城，你先要摔断腿了。"

司徒威廉笑嘻嘻的，拉住了沈之恒要说话，可话到嘴边，他忽然做了个侧耳倾听的姿势："大哥，这是风声，还是脚步声？"

夜风浩浩，在这荒野里，声势显得更大一些。沈之恒逆着风跑了许久，并没有什么异样感觉，如今听了司徒威廉这一问，他凝神细听了片刻，脸色随即一变。

"追兵追上来了？"他问司徒威廉，"追兵还真追？厉英良到底是怎么安排的？"

司徒威廉抬手挠了挠脑袋："我也不——"

"不"字刚说完，他猛地一歪脑袋，肩膀爆开了一团血雾。

沈之恒下意识地伸手去捂他的伤口，可手刚伸到半路，又一粒子弹贴着他的耳朵飞了过去，在司徒威廉那乱蓬蓬的鬓角上留下一道焦痕。这粒子弹让他回过了神，转身背对着司徒威廉弯下腰，他背过手要把对方扯到自己后背上，然而第三粒子弹飞了过来——这一枪分明是瞄准了他的脑袋，可他的一低头让那子弹射入了地面。司徒威廉顺着他松手的力道向后一纵身，张开双臂倒了下去。

与此同时，前方有人跳了出来，对着路旁那黑森森的大树就开了枪，同时又向着沈之恒吼道："趴下！"

沈之恒听出了那人是厉英良，可未等他当真趴下，路旁草丛里蹿出了个人，纵身向他一扑，他猝不及防，被那人扑了个大马趴。耳边随即又响起了个熟悉声音："沈先生，我来救你了！"

沈之恒挣扎着回过头去："米兰？"

米兰从他身上翻了下来："是我，别怕！你和司徒医生跟我走，我有一辆汽车，就在前面……"

她飞快地说明了汽车地点，然而沈之恒没听清，一阵枪声盖过了她的话语，也吓得厉英良抱着脑袋蹲在了地上。枪声来自他们的后方，来自地牢的方向。在枪声中，司徒威廉大声呻吟着坐了起来，一条手臂直直地抬起来指向前方，他又痛苦又困惑地看到了厉英良。

而厉英良也看到了他。

两边的密林此刻算是安全了，厉英良曾经嘱咐过狙击手，这一夜就只需开三枪。以狙击手的枪法，三枪就足够了，即便不能每一枪都正中靶心，三枪里能打准一枪也就够了，正如两个人里，只要能确保将司徒威廉杀掉就够了。

他一直埋伏在路边，方才也亲眼看见了司徒威廉中弹——一枪打在肩膀上，另外两枪不知道有没有打中，只看到他仰面朝天摔了过去，他亲眼看见的。可这司徒威廉竟然还会有本事坐起来？跳到沈之恒身上的那个黑影子又是谁？

更要命的是，那越来越近的密集枪声又是来自何方队伍？

蹲在树上的狙击手也是杀人的老行家了，现在开完三枪，想必已经自行撤退。现在他手里只有一把手枪，在他后方的密林里，还埋伏着十多个人，可十多个人一起开火，怕是也抵不上那神秘火力的十分之一。

他匍匐下去，下意识地想爬回路边逃之夭夭，可转念一想，又不能逃——他现在逃了，那么将来怎么对沈之恒交代？虽然沈之恒和美女没有一分钱的关系，但他今天必须完成这一场英雄救美，必须向沈之恒完完全全地表明态度，必须得让沈之恒欠他一个人情。以沈之恒那个人不犯我我不犯人的劲头，只要自己救了他一次，他就不应该再追杀自己了。

厉英良趴在地上，对着沈之恒拼命招手："过来！跟我走！"

沈之恒也被上方流弹压得抬不起头，看着厉英良的手势，他只觉莫名其妙，而这时有人从林子里冲了出来。这人摇摇晃晃地四脚着地，走兽似的抓住厉英良一只脚，连滚带爬地就往后拖，沈之恒看清了那人，发现那人竟是李桂生。李桂生五官扭曲，张大嘴巴疯狂地喘，像是累到了极致，有心无力地拖拽厉英良，而厉英良回头望去，也是一惊："你怎么来了？"

李桂生是穿林子跑过来的，虽然他是抄了一点捷径，但就凭他以凡人之躯一路狂奔，速度只比沈之恒等人慢了几分钟，便足以见得他是豁出性命疯跑过来的。此刻他也说不清自己是什么感觉，就觉得满口血腥气，胸膛都要炸裂，话也讲不出，只能对着厉英良做口型。天这样黑，厉英良看不清他的口型，心里七上八下，又急着去救沈之恒，索性扭过头继续对着沈之恒招手："过来啊！"

沈之恒一手抓了米兰，一手抓了司徒威廉，带着他们往厉英良那边爬去，而李桂生实在是急了，向前一扑趴到了厉英良身边，拼命吼出了声音："沐梨花！"

厉英良"啊"了一声。

李桂生挤出了第二句话："要杀他！"

然后他指向了近在咫尺的沈之恒。厉英良越发惊讶："这和沐梨花有什么关系？"

"他们刚走，沐梨花就来了！她说她是奉了什么人的命令，带了一大队人，要杀他！我拦不住，她进了地牢，发现他跑了，就开始追。我是趁乱才跑出来的！"

厉英良急了："那咱们的人呢？"

"他们也不知道该听谁的，现在都留在那里干看着呢！"

厉英良当场骂了一声脏话，随即对着沈之恒说道："我是想救你的。"

沈之恒听到这里，差不多也听明白了，这似乎是个螳螂捕蝉、黄雀在后的故事，起码在厉英良的身后，是猛地冒出了个沐梨花，打了厉英良一个措手不及。不过厉英良这人一贯诡计多端，沈之恒也不知道自己应不应该相信他。脚步声和枪声都越来越近了，并且还是两面夹攻，厉英良没有时间斟酌对策，更不敢跳出去和沐梨花对峙，情急之下，索性对着沈之恒嚷道："你跟上我，我们快逃！"

然后他猫着腰站起来，转身先冲进了林子里。沈之恒犹豫了一下，双手分别拉起米兰和司徒威廉，也冲下小路，追上了厉英良。

一切都乱了。

这是个云遮月的深夜，天上地下，都没有光明，全凭着偶尔云开，能够从云缝之中透下几线月光，又被茂密的树冠过滤去了大半。厉英良这回带的人都是一等一的忠心，虽然知道外面向着自己开火的人是谁，但没有厉英良的命令，他们也就都没有投降的意思。

而厉英良此刻莫名其妙糊里糊涂，已经发不出命令了。

他谁也不管，包括一直保护着他的李桂生，只腾出一只手抓住了沈之恒的衣袖。他是为了救他而来的，如果救不出来，那他今夜就白忙活了，今夜往后的所有夜里，也甭想再睡安稳觉了。

沈之恒也看出他是真心要救自己，然而不明白他这又演的是哪一出戏。厉英良糊涂，他比厉英良还糊涂。从天而降的米兰这时倒是派上了用场——她搀着司徒威廉摸黑奔跑，司徒威廉晃着大个子，疼得哼哼唧唧。

厉英良起初想要往城里跑，因为他就是晚上从城里来到这里的，可迎头飞来的子弹让他不得不调转了方向。沐梨花的队伍显然也已经进了林子，托了这月黑风高夜的福，她们没法子立刻掌握他们的行踪，也不敢尽情地开火射击。厉英良想要大吼一声表明身份，可话到嘴边，又没敢出声——表明身份之后，又当如何？沐梨花敢公然带兵去杀沈之恒，必是不知从何处得了命令。她连池山英都不在乎了，还会舍不得杀了自己吗？

一切都乱了，而混乱之中的首要任务，就是先活下去。纵然有朝一日真是非死不可了，也不能就这么黑灯瞎火地死于流弹。

他拽着沈之恒狂奔，狂奔到了半路，沈之恒挣开了他的手，他转身又把对方抓住。这回可是把自己这份诚意和好心表了个十成十了，厉英良想，要是这么着还不能够打动沈之恒，那就是天要亡他了。

厉英良是跟着李桂生跑的，李桂生这一夜，差点活活累死。

他们始终没能甩开追兵，追兵似乎沿途到处都有，没有灯光，追兵自己也像没头苍蝇似的乱撞。领路的李桂生终于不行了，一头栽倒在地，无论如何爬不起来，厉英良有心把他拽起来，可自己也累得死去活来，跑得踉踉跄跄。前方隐隐出现了房屋轮廓，可距离他们还有至少一里地。

就在这时，后方的沈之恒忽然把他拎了起来，他挣扎着回了头，呼哧呼哧地喘出话来："不，不，别杀我，我是来救你的。"

可沈之恒继续发力，他就觉得世界猛地一颠倒，自己已经被沈之恒大头朝下地掼了下去。他慌忙抱了脑袋闭了眼睛，却并没有一头扎入草丛——他是在下落了一段距离之后，才砸在了一片水泥地上的。

他惨叫了一声，抱着脑袋的双手虽然保护了他的脑壳，可手指关节也差点在水泥地上撞碎。未等他挣扎着坐起身，上方"嗵嗵"两声，又砸下来两个人，第一个轻巧些，是米兰，第二个高大沉重，险些压出他的屎来，是司徒威廉。他哀叫着往外爬，米兰也慌忙翻身滚下来要往一旁躲，可上方响起风声，这回掉下来了一具软塌塌的肉体，正是只剩了一口悠悠之气的李桂生。

李桂生压得司徒威廉和厉英良一起哼出声来，司徒威廉推开了李桂生，自己爬起来扶墙站住，仰起头往上望，而一阵风轻轻掠过他的面孔，正是沈之恒无声无息地爬了下来。

李桂生死蛇似的躺着，厉英良还在痛叫，被沈之恒弯腰一把捂住了嘴。厉英良紧闭双眼，先是咬牙熬过了手上的剧痛，然后回过神来，这才发现周围漆黑，自己像是掉进了个深坑里。

沈之恒看他像是恢复了神志，这才松开了手："这是地牢，我们就是从这个洞里逃出来的。"

厉英良颤巍巍地"啊"了一声，举目四望，一点灯光也没看到，便伸手去摸李桂生："桂生，你来没来过这里？"

他一把摸到了司徒威廉的手臂，司徒威廉忍着疼痛，气冲冲地抡开了他的手："厉英良你这个骗子！你在搞什么鬼？我要死了……我真的要死了……"

厉英良痛哼了一声，因为一个细瘦尖硬的胳膊肘狠狠一抵他的肩膀，是米兰像个蜘蛛精似的迈动修长手脚，从他身上爬了过去。一只冰凉的小手捂住了司徒威廉那牢骚不断的嘴，她用细而干燥的小嗓子发了声："他们来了。"

她的声音说不上是稚嫩还是苍老，又轻又尖锐地扎人耳膜，令人悚然。厉英良来不及去想她为什么会出现在这里，短暂的沉默过后，他用气流一般的轻声问道："他们是不是看见咱们跑回来了？"

米兰"嘘"了一声，而上方远远地响起了呼喊声，厉英良后衣领一紧，是沈之恒猛然站起来，把他和司徒威廉一起拖向了一旁。李桂生见状，也艰难地追着他们爬去，米兰看着他——看了能有两三秒钟，然后伸手帮忙拽动了他。

李桂生刚刚爬出不到一米远，他的后方落下了一大片光斑，是地面上有追兵发现了这个地洞，正开了手电筒向下照射。这地洞幽深，上面的人虽然能够看得到底，然而并没有胆量贸然下洞，况且洞壁光溜溜，没处抓没处蹬的，除非腰上系了绳子，让同伴将自己吊下来，否则有胆量也没法下来。

他们只知道自己所追捕的对象，是个极端危险的人物，到底有多危险，下命令的人语焉不详。所以为了安全起见，他们掏出了两枚手雷。

手雷是柠檬式的小手雷，一起冒着烟坠落下来，光斑随即消失，上方的人也跑开隐蔽了起来。一声巨响过后，洞口腾出了淡淡的烟尘，士兵凑过去再一瞧，发现这处地洞已经被大块的水泥和瓦砾堵住了。

这样也好，无论里面的人是死是活，至少不能再从这条通道逃出去了。

士兵们继续向前冲，而在地下深处，厉英良摇晃着站了起来，并且还搀扶起了李桂生。

李桂生距离手雷最近，这时候耳朵已经被那巨响震得聋了，四面漆黑一片，所以他的眼睛也暂时算是瞎了。厉英良对他嚷了几句，他听不见，于是扯过了他的手，在他掌心上写字，他呆呆的，还是没反应。沈之恒这时说道："我能从这里走到牢房里去。可是然后呢？然后怎么办？你们到底在捣什么鬼？"

厉英良只能听到他的质问，米兰和司徒威廉却能感受到他的目光——他不只是看了厉英良，目光也扫向了司徒威廉。"你们"之中，大概只排除了米兰在外，虽然米兰出现得也很诡异。

司徒威廉被沈之恒看得有点委屈，也想去质问厉英良，可厉英良这时一拍大腿，"哎呀"了一声："前门！"

然后他扭头就要跑，跑了两步之后，一头撞到墙上，险些当场被活活撞死。有人把他搀扶了起来，他在疼痛与眩晕中嚷道："他们会从前门进来，把我们堵在这里！"

此言一出，搀扶起他的人——沈之恒扯起他开始小跑。

沈之恒的脑袋里轰轰作响，感觉自己一辈子都没这么乱过。

他带着厉英良在前面跑，身后紧跟着米兰，米兰不怕黑，耳力比眼力更强，不但跟得上沈之恒，还能一手牵扯着后方东倒西歪的司徒威廉。她对司徒威廉既是如此关爱，司徒威廉便也将这份爱心传递了下去——他给了李桂生一只手，李桂生现在几乎是感官尽失，全凭着他那只手的牵引来挣扎着奔跑。

跑着跑着，他们眼前渐渐有了光明，前方天花板上的电灯泡也密集起来。厉英良喘着粗气，实在是说不出话来，只能抬手往前指去，这里的道路他也认得了，前面就是关押沈之恒和司徒威廉的牢房，而经过牢房继续向前，再拐两个弯就是通往地面的台阶。

"拐……"他靠着沈之恒，两条腿软得站不住，"前面……右拐……"

可沈之恒不但没有听他的话前行右拐，反而还带着他猛然后退了几步，撞得米兰一个趔趄。厉英良正要发问，前方拐角处走出了两个人。进来的人端着步枪，本是蹑手蹑脚地在走，忽然看到了厉英良和沈之恒，他们不假思索，一扣扳机就开了火。

沈之恒带着厉英良侧身一躲，背后紧靠了墙壁。厉英良当即拔出手枪还了一枪，拼了性命大声吼道："我是厉英良！"

然后他受了沈之恒的猛然一拽，跌跌撞撞地横挪两步，躲进了一处拐角墙后，同时就听那两个人"咚咚咚"地跑了回去。厉英良喘息着转向沈之恒："你放心，我肯定保你活着出去。"

沈之恒不说话，就那么歪着脑袋盯着他看，像要窥出他的什么深层秘密来。厉英良和他对视了片刻，忍不住问道："你还是不相信我？"

沈之恒将食指竖到唇边，做了个噤声的手势，厉英良连忙闭了嘴，同时就听地牢的入口处传来了响动，像是一连串轻柔的步伐，正在敏捷地逼近。旁边的米兰无端颤抖起来，发出了小女孩似的细声："我们走吧。"

厉英良不知道她在对谁说话，就听她要哭似的又重复了一遍："我们走吧。"

沈之恒扭头望向米兰："你是听到什么了吗？"

米兰放开司徒威廉，伸手去抓他的胳膊："我听到了……可我不知道那是什么，我有点怕。"

沈之恒没想到米兰竟然还有怕的时候，不由得起了好奇。把厉英良和米兰一起推到一旁，他走到拐角处，向外露出了半只眼睛。

第一秒，他看见了几个怪模怪样的人，一个个穿得严密，头脸全裹住了，还带着护目镜。

第二秒，他看到了他们手里的奇怪武器，他没看清楚，但本能地，他感到了危险。

第三秒，他下意识地缩回头，然而就在那一瞬间，那些奇怪的武器——火焰喷射器喷出了几米长的烈焰，火舌边缘扫过了他的眼睛，让他骤然爆发出了一声惨叫。

谁也没想到沈之恒竟然也会如此失态地惨叫，米兰见他捂着半张脸转了过来，慌忙上前扯下了他的手："沈先生，你——"

话到这里，她和其余的所有人一起倒吸了一口冷气。

沈之恒有小半张脸，已经严重烧伤。

米兰只看了沈之恒一眼——没时间了，就只够她看一眼的。

她不认识路，也不知道是什么样的烈火能把他在一瞬间烧成这样，出于本能，她拉了他的手，转身推开眼前挡路的所有人，撒腿就跑。她身后随即响起了枪声，是厉英良伸手向外胡乱开了两枪，然后炙热的空气让他也抱头而逃。那两枪暂时阻挡了追兵的步伐，而一直沉默的李桂生这时歇过了一口气，开口说了话："拐弯，拐弯，那边有闸门。"

谁也不知道他说的闸门是什么，但一起听话地拐了弯，这回跑过了一段灯火通明的走廊，他们看到了两扇大开着的铁门。

铁门顶天立地，厚重如墙，紧贴着水泥墙壁，乍一看会让人将它忽略。这地牢并不只是一处秘密监狱那么简单，它在本质上是一处坚不可摧的地下工事，唯一的问题是尚未完工。李桂生为了给司徒威廉绘制逃生路线，专门研究过这座地牢的图纸，保险起见，还按照图纸走过几条主要走廊。他记得这门似乎是由电机控制，可以自动开闭，可是环顾四周墙壁，他并没有找到电机开关。

仿佛心有灵犀一般，他和厉英良合力推动了一扇铁门，而司徒威廉推动了另一扇。走廊里响起了轧轧之声，亏得李桂生本来就是年轻结实的壮小伙子，现在又恢复了一点精神，否则单凭一个厉英良，推这铁门如同蚍蜉撼树一般，非把追兵都放进来不可——在他们将铁门关闭的最后一秒，几名追兵已经小跑着从走廊尽头拐弯过来了。

铁门上既有精密门锁，也可以使用最简单的门闩，门闩靠墙放着，是根手臂粗的钢筋。李桂生和司徒威廉手忙脚乱，把门闩架了上去，然后一起后退了几步，呆呆地望着铁门喘气，仿佛肉体还活着，但是灵魂累死了。

外面长久的安静之后，米兰忽然说道："他们走了。"

厉英良当即松了一口气，他很信米兰的话，米兰看着就像个通灵的人，况且眼盲的人，耳力素来是超群的。扭头望向她，他的心一哆嗦，因为不可避免地看到了她旁边的沈之恒。

沈之恒靠墙坐在暗处，给了他一个侧影，他只能看出沈之恒整个人都在哆嗦。米兰抱着膝盖蹲在一旁，司徒威廉拖着两条腿，一步一晃地走到沈之恒面前，也蹲了下来，歪着脑袋仔细端详他。其实他看起来并不比沈之恒好多少，他的身上沾了很多血，白衬衫变成了半白半红，肩膀上翻开了一道伤口，是子弹犁出的深沟，红色的这一半衬衫有些破烂。

摇曳的电灯光下，厉英良和李桂生对视了一眼，同时发现了一个问题：

司徒威廉好像和沈之恒有点像？

他们不敢去问，只觉得冷汗一层一层地冒，原来并不是只有那些火焰喷射器可怕，他们眼前的这一对难兄难弟，同样恐怖如鬼。可随后更恐怖的来了：沈之恒缓缓扭过头，望向了他。

他这回是插翅难逃了，纵然身后的铁门大敞四开着，他也没有胆量去逃。沈之恒站起来了，沈之恒走过来了，他眼睁睁地看着对方从暗处走到了亮处，走到了自己面前。

他这回终于看清了沈之恒的模样。

沈之恒的左半张脸已经不成样子，火焰喷射器的烈焰有着超乎寻常的高温，而他的右半张脸还保持着完好，甚至算是洁净。厉英良屏住了呼吸，不知道在下一秒，他是会恢复人性，还是立地成魔。

沈之恒开了口："厉英良。"

他抬手摸上了厉英良的左脸，厉英良的脸小，而他的手大，五指张开之后，更是大上加大，如同一只大蜘蛛覆上了他的面孔："你到底在捣什么鬼？"

厉英良感到了疼痛，沈之恒的手指在缓缓用力，如果用力到了一定的程度，他相信对方会捏碎自己的颧骨和下巴。

"我想救你……"他带着哭腔开了口，"我说实话，我真的是想救你，我现在哪里还敢杀你？借我十个胆子我也不敢……我想抓了你，到池山英跟前邀个功，然后悄悄放了你，两头都不得罪，可我不知道沐梨花是发了什么疯……我夜里埋伏在林子里，就是想接应你一程，让你知道我对你没有坏心，哪知道半路出了这些事……我也糊涂了，你看他们明知道我是谁，还对着我下狠手，他们分明是要我也死……"

他说到这里，咬了舌头，李桂生壮起胆子凑到了他身边："沈……沈先生，我们会长没骗你，都赖那个沐梨花，本来这个地方归我们管，可那个娘们儿，带了十几辆卡车的人和枪，下了地牢就找你……是她要杀你，不是我们要杀你……我们会长都快让你吓出病了，我们都不敢杀你……你要是不信，我和会长一起给你发个毒誓。"

厉英良感觉李桂生比自己说得还明白，便索性闭了嘴，又惊又惧地仰视着沈之恒。沈之恒聪慧过人，所以厉英良等待着他分析现状、相信自己。

可是等了片刻之后，他的心又提了起来，因为沈之恒似乎是在不停地出神，他完好的右眼瞳孔中藏着光，那光忽明忽灭，明的时候他看起来的确还是个人，灭的时候他就像没有眼睛了似的，完好的右眼成了暗淡的摆设。

"司徒医生……"他忍不住了，开口去唤司徒威廉，实在不行，司徒威廉也可以证明他的清白。可是未等司徒威廉回应，沈之恒说了话："接下来怎么办，你有主意了吗？"

厉英良立刻摇了头——摇了几下又停住了："我想想，我肯定能想出办法，我不为你还得为我自己呢，是不是？"

沈之恒说道："厉英良，我又开始恨起你了。要不是你盯上了威廉，我怎么会落到如今这步田地？我真是恨透你了。"

厉英良的眼中涌出了眼泪："你别杀我，你听我说，你别杀我，我还有用，我能想办法救你出去，你再给我个机会。"

沈之恒猛地打了个冷战，同时紧紧闭了眼睛，面孔随之扭曲了一下。厉英良的眼泪顺着面颊流了下来："你是不是特别疼？你忍一下，也许这里能找到药，这个地方是存有物资的，我们找一找，找一找。"

沈之恒慢慢地放开了厉英良，转身走向了米兰："你怎么也来了？"

米兰依旧抱了膝盖蹲着："我租了一辆汽车，跟着厉叔叔来的。"

沈之恒忽然大吼了一声："谁许你这么干的？"

米兰低头看着地面，心中并没有被这一吼震动，因为她有着充分的理由和悍不畏死的热情。她救过他，所以他有一部分生命归她所有，现在他落入了险境，她又怎能见死不救？她救他是应该的，是他不懂。

心里越热，脸上越冷，她像个凝了霜的人偶，一动不动。于是沈之恒回头问厉英良："是你把她带来的？"

厉英良说道："我根本就不知道她跟着我，我——你这真是委屈死我了。"

司徒威廉这时一屁股坐了下去："你们先别吵了，休息一下想想办法。我好渴啊！"

沈之恒对厉英良说道："去给威廉找水。"

厉英良没敢反抗，而且也确实知道哪里有水。这个地下世界可不是蛮荒土洞，墙壁里埋着种种管道，里面就有四通八达的自来水管。他和李桂生互相搀扶着去找水龙头，结果路上还有意外之喜：一部电话机。

电话机的线路竟然还是通的。

为了表示自己的坦白，他先回来向沈之恒报告了水龙头的方位，顺便也说明了电话机的存在。他打算先和池公馆取得联络，问问池山英是否知道沐梨花的所作所为。要不然也没别的办法，现在这个世道，他总不能报警求助。

沈之恒想了想，同意了。

厉英良认为沐梨花之所以没有截断此地的电话线，是因为她不熟悉这里的情况，是想切断而不能。如今负责此地电话总机的人，是个老通译，这通译精通多国外语，平素独自守着一座小小机房，那机房距离地牢还隔着两座房屋。厉英良怀疑沐梨花还没来得及发现机房，所以在电话接通之后，他几乎是抢着先说了话："我是厉英良，请火速给我接通池公馆。"

然而回答他的，是个熟悉的女子声音："厉会长？"

厉英良问道："沐……长官？"

那边的沐梨花说道："池山英已经撤了我的职，我已经不再是你的上级了。"

厉英良听她说话还是那么和蔼爽朗，心里越发狐疑："那您今夜为何还要带兵过来突袭我呢？现在这个地方是归我管理的啊。"

沐梨花低低地笑了一声："我是得到了相将军的命令。"

厉英良"噢"了一声，相将军他是知道的，乃是一介铁腕人物，沐梨花什么时候勾搭上他了？

沐梨花又道："我也是连夜得到了急令，相将军让我立刻处决沈之恒。"

"为什么？池长官知道这件事吗？"

"池山英已经不幸地仙去了。"沐梨花在电话里叹息，"他今日中午在检查枪支时，一支手枪走了火，唉，真是令人悲伤啊！"

厉英良一听这话，心里全明白了——池公馆今天发生了内讧，而他的顶头上司兼人生导师兼指路明灯池山英，失败了。

对于厉英良来讲，这实在是太突然太残酷的当头一棒，以至于他攥着话筒，半晌说不出话来。而沐梨花又道："还有，你和我都知道，沈之恒还是死了好。"

"是，可是我呢？我也没招惹过你，你要杀沈之恒，不该连我也一起杀啊！"

沐梨花非常赞同他的话，相当诚恳地叹息："厉会长的心情，我是理解的。可是厉会长，你自己也犯了渎职之罪，我怀疑你是故意要放沈之恒逃走，否则你为什么会——"

"不不不不不，冤枉冤枉，我是碰巧遇上你们的，结果还没摸清情况，就被这个沈之恒给抓去了。我也是受害者啊！"他压低了声音，"现在我和他们在地牢里走散了，我这个电话是偷偷打出去的。你我能否打个商量，我设上一计，把沈之恒诱骗出去，到时候你把他杀了，放我一条活路。而我手里还有一点小小的力量，往后您有什么差事，交给我就成。"

沐梨花思索了一下，答道："好。"

厉英良下意识地一鞠躬："好，好，英良这就去安排，感谢您的宽容与恩情。"

轻轻地挂断了电话后，他直起身，脸上一点血色都没有了。他慢慢地转向沈之恒，不敢看他的面容，只能垂眼盯着对方的领口："电话，你也听到了吧？"

沈之恒答道："一朝天子一朝臣，你连当走狗的资格都失去了，是不是？"

厉英良仰面朝天，闭了眼睛，心里恨极了，恨池山英没本事，死在一个娘们儿手里，恨沐梨花不讲人情，对自己弃如敝屣，要恨的人太多了，简直数不胜数，数不胜数就不数了，他只剩了恨，还有绝望。

米兰轻声问道："她不是同意厉叔叔的话了吗？"

厉英良苦笑一声，心想这真是个孩子，什么都不懂。沐梨花是同意了，同意得那么干脆，也不问问他有什么计策，也不约定个联络的时间和方法，这样的同意，是彻底的敷衍，比不同意还要无情。沐梨花不相信他的诚意，也不相信他的本领，什么都不相信，还同他废话什么？所以索性给他一个"好"字，尽快挂断电话就是了。

李桂生隐约听见了通话内容，没听太清，但是此刻也猜出了七八分内容。他向着厉英良走了两步，眼中倒还燃烧着一点亮光："那个……我说句话啊，那娘们儿虽然是要对咱们赶尽杀绝了，可是那边有大铁门堵着，他们一时半会儿也进不来，那咱们就另找出路呗！这儿的图纸我看过，不敢说全记住了，至少是记住了大部分，咱们再找个通风口爬出去不就得了？"

　　在场众人一起望向了他。

　　李桂生认认真真地考虑着，倒是没注意众人的目光："可能是不太好找，但是咱们可以慢慢找，反正这里有水喝，人要是有水喝，一时半会儿就死不了。"

　　说到这里，他望向了沈之恒："反正我和会长是饿不死，你……我就不知道了。不过你要是敢杀了会长，那我就不给你们领路了，杀了我我也不领路了，大不了闷这儿一起死。"

　　沈之恒没说话，司徒威廉先开了口："好兄弟，别想着打打杀杀了，快找路吧，我要疼死了。"

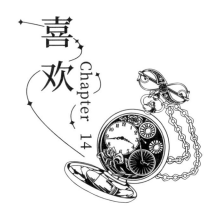

喜欢

Chapter 14

　　李桂生蹲在地上，用一小块碎砖在地上边想边画，厉英良站在一旁看着，眼角余光不住地去瞟司徒威廉。司徒威廉看起来确实是痛苦的，表情痛苦，发出的声音也痛苦，可是完全没有要死的意思。

　　厉英良不知道这是怎么回事——其实是隐约知道的，只不过他不肯面对现实，宁愿还是不知道。

　　沈之恒站在暗处，他知道自己现在的模样一定很糟糕，这让他有些自惭形秽，也让他有些恼羞成怒。发泄怒气的对象只能是厉英良，厉英良简直是他命中的劫数，他有惊无险地活了这许多年，本以为已经足够见多识广，世上没有什么关口难得住他，没想到原来那只是因为魔星尚未出世。魔星就是厉英良，伪装成凡人模样，换着法地害他，招数之奇绝，让他是防不胜防。他已经不恋战了，再过几天他就要远远地离开这里了，这魔星还不肯放过他，还要通过司徒威廉再害他一次。

　　他看着厉英良，并没有说话，然而厉英良像有了读心术一般，眼中亮晶晶的又含了泪，嗫嚅着对他说话，声音太低了，他只能看着口型辨认出内容，厉英良是在说："对不起，真不怪我，对不起。"

　　沈之恒望向别处，疼得满头满脸都是滚热的，幸而头脑还是清醒的，还没到要发失心疯的程度。他只是不想再看厉英良那张花里胡哨的小脸，这人现在看着像个倒了大霉的戏子，可因为平日做戏太多，演的又都是反面角色，所以令人看着无论如何不能同情。

李桂生这时按着膝盖站了起来："我就只记起了这么多。"

然后他又蹲了下去。沈之恒与司徒威廉都走到近前来，李桂生和厉英良一样，怀着一颗恐惧之心，也不敢抬头。他手指指着地上画出的路线图，在一处位置上用指尖一点，说道："我们应该是在这里，咱们关上的大门，就是这道门。这个我记得很清楚，当时看图纸的时候，我还挺纳闷，不知道这走廊里为什么要装大铁门。咱们要是顺着这条走廊往前走，前边有两条路，每一条路又分出好几条岔路，不过好像怎么走都无所谓，反正路都没修好，只不过有的路，尽头像井似的，向上直通地面，有的路就干脆是条死胡同。我想，咱们只要认准方向，别在这里面鬼打墙兜圈子，就肯定能走出去。"

沈之恒问道："其余的通风口呢？"

李桂生还是不敢抬头："那不知道，咱们一边走一边找，要是眼神好的话，一定也能找到。要是没有通风口，这里头的人不都憋死了？肯定有。"

司徒威廉问道："你就只记得这些了？没别的了？"

"没有了——哦对，我还记得前边路上有好几处水龙头，好像这里头还要修建营房呢，所以水电都有。但我不知道究竟是在哪里发出来的电，好像这里头就有发电的地方。"

厉英良说道："那咱们就走吧，司徒医生也挺一挺，出去就好了。"

司徒威廉哼唧了一声，先是往沈之恒身上靠，可扭头一看沈之恒的面容，他当即回了头："米兰，你来扶我一把。"

米兰低着头走过来，托住了他的臂弯。厉英良，正如想不出司徒威廉为何不死一样，也想不出这么个小盲女是如何跟踪自己过来的，不过现在实在不是问这个的时候，现在的要务，是活下去。

除了活下去，别的什么都不能想，甚至连自己的前途都不能想，一旦想了，他就又要落泪。沐梨花对他说杀就杀。池山英得罪了她，可他没有得罪她呀！就算是一朝天子一朝臣，把他打发走也就是了，也犯不上要他的命啊！

厉英良随着李桂生迈了步，走了没有多远，沈之恒忽然抓住了他的手腕。他一惊，随即就听沈之恒说道："别怕，我只是怕你再耍花样。"

他苦笑一声："我要是还有花样可耍就好了。"

"没什么好的，我已经怕了你了。"

厉英良扭头看他："你怕我？"他哈哈笑了两声，"你还怕我？"

然后他换了话题："我到另一边走行不行？"

沈之恒望着前方，受伤的半边面孔对着他："为什么？"

"你另一边好看一点。"

"杀人放火你都敢，现在不敢看我的脸？"

厉英良不知道怎么回答这个问题。杀人放火他敢，是因为那些被他杀的人，都不是他的对手，都死了。

而沈之恒没有。

李桂生领路，司徒威廉和米兰不知何时超过了他们，紧跟在了李桂生身后。司徒威廉东摇西晃，哼哼不止，而上方的电灯泡越来越稀疏，光线也越来越暗，李桂生更加小心，开始趟着地面，试探着前行。前方又出现了两扇敞开着的大铁门，李桂生来了点精神："这条路我走过，我记得这个门。"

然后他听见了司徒威廉的声音，几乎是贴着他后脑勺响起来的："疼死了。"

他加快了脚步，一是心里确实着急，二是躲避司徒威廉呼出的热气。可就在这时，他听到了脚步声音。

这声音沉闷杂沓，距离他们还有一段距离，然而正在火速地逼近。这回无须谁来提醒，李桂生甚至都顾不上他的会长，撒腿就往前跑，然后在第一个路口向右拐了弯。

而在他们后方的路口，已经有全副武装的士兵露了面。

他们在设法往外逃，外面的追兵也在设法往里进，沐梨花下了死命令，无论如何不能再让沈之恒活着出去。他们无法突破那扇铁门的封锁，也没有找到地牢的图纸，所以多费了不少时间，才找到了一处能走人的通风道。顺着通风道下去，他们知道自己可以来到铁门之后，然而铁门之后是个什么情形，他们也是一无所知。士兵无知，沐梨花可不无知，后续还有许多的麻烦等着她处理，她不能把时间都耗费在这荒郊野岭里。而这样说起来，池山英的罪恶真是死亡也不能洗刷掉——要不是他把一个后患无穷的沈之恒关进了地牢，她如今又何必费这个事？

她知道沈之恒的力量，所以接连不断地从通风道里向下派人。

这个尚未完工的地下世界，再次混乱起来。

在这种到处都是水泥墙壁的封闭空间里，开枪的危险性是最大的，跳弹会无差别地伤人，所以追上来的士兵只向着敌人的背影扔去了手雷，然后各找地方隐蔽起来，等待爆炸。沈之恒一行人跑得连滚带爬，方才计划好的路线全乱了套，他们都不知道自己这是逃到了哪条走廊里去。司徒威廉边跑边哼，米兰被他压得踉踉跄跄，但因为司徒威廉是她的救命恩人，所以她铆足了力气，要将司徒威廉搀扶到底。好在她现在身体健康得过分，力气有的是。跑着跑着，她回了头，见后方硝烟滚滚，那种刺鼻的烟气呛得她又要咳嗽流泪，她灵机一动，腾出一只手，高举起来指向了电灯泡："关灯呀！"

厉英良"啊"了一声，没听明白，沈之恒也是一愣，随即会意，夺过厉英良的手枪，对着天花板上的电灯泡就开了火。两声枪响过后，整条走廊陷入黑暗。

后方的士兵立刻停止了追击，沈之恒这一队人则是趁机又向前跑出了老远。几道走廊之外爆发出了一声巨响，震得这边地面一颤，水泥碎屑随之落了众人满头，黑暗也又浓重了一层，旁边走廊里的暗淡灯光也熄灭了，也许是灯泡被震碎了，也许是电线受了损。

沈之恒蹲了下去，闭着眼睛缓了好一会儿，耳中的轰鸣声才消退了下去。然后他睁开眼睛，发现眼前的光线，也就比方才的月黑风高夜稍微明亮一点点，对于眼神差一点的人来讲，和伸手不见五指也差不多了。

旁边响起了厉英良的声音："你们……都还在吗？"

沈之恒答道："在。"

厉英良又呼唤道："桂生？"

李桂生没有回应，大概是已经死了。

厉英良的眼睛渐渐适应了黑暗，他看向了司徒威廉身边的米兰。司徒威廉坐在地上，米兰躲在他身旁，她方才准确无误地指向了电灯，让他怀疑她并非瞎子。可她到底瞎不瞎，他是早就知道的呀！

司徒威廉垂头丧气的，嘀咕着问道："现在咱们附近有人吗？"

米兰摇摇头答道："我没听到。"

司徒威廉没再纠结，他有点眩晕，但不很强烈，还可以慢慢地走动。

"继续走吧。"他说，"可是往哪儿走呢？又黑，还迷了路。"

米兰站了起来，手里多了一样东西，这东西摸着像是铁条，只有她的半根小拇指粗，并且奇长，紧贴着墙根放着，不知道是派什么用场，并且奇长。她说道："司徒医生，劳驾你帮我把它扭断。"

司徒威廉捏住它反复弯折，截下了半人来高的一段。米兰拿着它，向着前方挥了一下，这东西足够硬，她挥出了风声。

然后她闭上眼睛，一瞬间回到了那个黑暗的旧世界里："我来领路吧。"

沐梨花没有耐心等下去了。

她顺着通风道派下去的士兵，正在地牢里来回乱跑，其中的大部分人受了伤，因为他们一不熟悉地形，二不适应黑暗，他们不敢贸然开灯照明，但是敢于向着未知前方投掷手雷，结果就是炸塌了几条走廊，飞溅的砖石也砸伤了他们自己。

沐梨花急着回到城里去，去接管池公馆，可扔了个沈之恒在这里，她此刻手下又没有得力干将，这可让她怎么走？急到了一定的程度，她绾起头发，决定亲自下去。她早就受够了池山英的愚蠢，早就等着今天了。

沐梨花受过充分的训练，尤其出众的是她性格沉稳，能做到临危不惧。她带着人走在黑暗的地下走廊里，走廊和墓室的甬道已经没什么区别，能够照亮道路的只有几支手电筒。她双手各握了一把手枪，一步一步向前走，这一刻，她觉得自己是个降妖除魔的战士。

与此同时，在相当远的距离之外，米兰已经彻底习惯了这里的道路和环境。

没有光，也不需要光，她闭着眼睛，充作盲杖的细铁条伸出去，尖端反复掠过前方地面，一掠之下，地面情形她便全掌握了。身后响着三个人的呼吸，喘得最厉害的人是厉英良，气息最稳的是司徒威廉。

这座地牢，如果没有那些追兵的话，对她来讲，就没有什么恐怖的地方，她最不怕的就是黑。可惜，追兵是存在的，而且四面八方皆有，她时常不知道应该往哪个方向走，因为哪个方向都不安全。那些士兵似乎是在各条走廊里乱走，逼得她也不得不跟着乱逃，更糟糕的是，空气中有了烟火气味，分明是附近有一场大火在烧。

走着走着，她停了下来。

后方响起了沉闷杂乱的脚步声，前方吹来滚热的风，这是一场你死我活的捉迷藏，而他们即将败于人少。米兰带着他们走了许久，避开了许多队士兵，如今终于是无路可走了。

"沈先生。"她开了口，"你过来。"

她还没有考虑过死亡的意义，甚至还没来得及感到恐惧，她只知道自己走不出去了，要死在这里了。死亡是盛大的事情，所以她得带上她生命中最重要的沈先生。

沈之恒上前几步到了她身边："前边是不是在着火？"

"是。"

沈之恒眼前有微弱的光芒一闪，是火光不知拐了几道弯，照了过来。此刻大火似乎比追兵还要更仁慈些，他说："如果火势不大，我们可以冲过去。"

来自后方的枪声打断了米兰的回答，子弹贴着沈之恒的头顶飞了过去。厉英良怪叫一声趴在了地上，司徒威廉也猛地侧身靠住墙壁。米兰不假思索地一推沈之恒，要把他推到墙边去，可震耳欲聋的巨响骤然爆发，是后方的追兵动用了重机枪。

米兰被沈之恒一脚踹开了。

与此同时，天花板上响起了"喀嚓"的怪响，从那操作重机枪的士兵头顶开始，一路坍塌了下来。

那些士兵最先发出惊呼，惊呼之后，他们没来得及逃，被沉重的水泥板压成了肉饼。厉英良抱了脑袋决定等死，可是等了一会儿，他回过头去，发现那坍塌停止于自己的脚后跟，大块的水泥板堵死了后路，长长的一条走廊如今只剩了半条。

他连忙再往前看，这回他先是看到了米兰，然后是走到米兰身边的司徒威廉，慌忙爬起来也凑了过去，借着越来越明亮的火光，他对着地上的沈之恒，呆住了。

沈之恒趴在地上，跳弹射中他，再加上之前受的伤，总之沈之恒现在侧过脸趴着，像是快要死了。

米兰将一只手放在了他的头上，抬头问司徒威廉："他会死吗？"

司徒威廉跪下来，仔仔细细地将沈之恒看了一遍，然后抬手挠挠卷毛，站了起来："这里不是久留之地，趁着现在没人追我们，我们得赶紧走。"

米兰立刻站起来说道："那你背着沈先生，我还是在前面领路。"

司徒威廉拉起沈之恒的一只手，试着把他往自己的后背上拽，拽到一半，他却又把沈之恒轻轻地放了下去。

然后他抬头说道："不行，他伤得太重了。"

米兰看看司徒威廉，再看看同样目瞪口呆的厉英良，然后继续去看司徒威廉："什么意思？"

"我受了重伤，如果再背上他，就跑不动了。"

米兰瞪着司徒威廉："你不管他了？"

司徒威廉没回答。厉英良见势不妙，在一旁嗫嚅道："咱俩可以换班背他，就……不会太累。"

司徒威廉摇摇头："你不行，你根本没有体力。我要是没受伤的话，是可以救他的，但我也受了伤。"

他扫视着米兰和厉英良："我们是在逃命，我们需要速度。"

米兰说道："那你走吧，我留下来陪他。"

司徒威廉沉下脸来："不行，你是我的人，你得跟我走。"

米兰答道："我是我自己的。"

司徒威廉向她逼近了一步——这个小丫头根本不知道在方才的一瞬间里，他是如何艰难和痛苦地做出了抉择。在这样的情形之下，他真的没有力量在逃命的同时，再背负一具比尸首还沉重的沈之恒了，否则他又怎么舍得放弃自己的亲哥哥？

他无可奈何，没有办法。让他现在从米兰和沈之恒之中选择一个带走，他只能选择米兰。

而且米兰的年纪更小，天资也好，是可造之才，也许将来会成为他最忠诚有力的奴仆。他一把抓住了米兰的手腕，怒视了她的眼睛。她太不懂规矩了，难道她不知道她的新生命是他给的吗？

米兰不明所以地回望过去，然后，她开始不由自主地发抖。

司徒威廉的目光让她感到了恐惧，他的眼睛似乎能够吞噬掉她。是啊，她想，自己本来应该是早就死了的，全是他救活了自己，给了自己一双眼睛，给了自己新天新地新生命——全是他给的，自己的一切，全是源于他。

然后她像是呆住了一般，再也动弹不得。司徒威廉扭过脸望向了厉英良：“跟上我们。”

出乎他的意料，厉英良却摇了头：“不，我不和你们走，我留下来。”

司徒威廉疑惑地皱了一下眉头，然而他已经无暇和厉英良啰唆。他抓紧了失魂落魄的米兰，撒腿就跑。

厉英良目送他们消失在了微光闪烁的走廊尽头，然后慢慢挪到了沈之恒跟前，“咕咚”一声，跪坐了下去。

然后双手撑地俯下身去，他凑过去细看沈之恒。沈之恒没有死，还睁着那只尚且完好的眼睛，鼻端也还有微弱的呼吸气流。

厉英良和他对视许久，最后叹息一声，一歪身体躺在了血泊之中。沈之恒发出了虚弱的声音，嘶嘶的，像毒蛇吐信：“你怎么不走？”

厉英良仰面朝天地躺着，他的嗓子本就低沉沙哑，现在越发成了破锣，并且不响亮，有一搭没一搭地发声，断断续续：“与其像桂生那样在逃命的路上意外死掉，还不如留下来陪着你。”

沈之恒无声地笑了一下：“我救不了你。”

厉英良和他并肩躺着，答道：“我知道。”

空气中有隐约的热流在波动，也许那火迟早是要烧过来的，可厉英良躺得舒服，已经没了再逃的心劲儿。往哪里逃？无路可逃。在沐梨花那里，他是个无足轻重的牺牲品；在米兰和司徒威廉那里，他是碍事儿的眼中钉。所以，不逃了。

“沈之恒。”他又开了口，“没想到，我会和你死在一起。”

他没有等到沈之恒的回应，无所谓，他根本也只是自己想说，不需要回应：“去年年初，皇宫饭店，我们第一次见面，你看不起我。”

沈之恒不记得自己去年年初在皇宫饭店曾见过厉英良。

“当时隔着一张桌子，我向你举杯致意，你不理我。”他哈哈地笑了起来，“气死我了。”

沈之恒也笑了一下："神经病，我那天根本没有看到你。"

"你那天要是看到我，我就不会那么恨你了，也没有后头这些破事了。"

"要是早知道后头会有这些破事，我那天非杀了你不可。杀了你，我也不会死了，米兰也不会变成现在这样了。"

"米兰也被传染了？"

"那一夜，你开枪打中了她，是威廉救活了她。"

厉英良忽然望向沈之恒："司徒威廉和你一样？"

沈之恒的右眼陷在了阴影之中："司徒威廉，就是我一直在找的亲弟弟。我们不一样，他是病毒，我是病人。"

说到这里，他忽闪着闭了眼睛。体内的鲜血快要流干了，仅余的一点血液似乎有了灵魂，争先恐后地奔涌入他的大脑，让他的脑血管胀痛跳动。他说不清自己是太虚弱还是太亢奋，总之像是人死之前回光返照，不肯坐以待毙。

他怕自己垂死之时会失去理智，所以极力地想要向一旁挪，想要离厉英良远一点。厉英良并未改邪归正，依旧是个恶人，但现在他要死了，而他所爱的、所要保护的人都已经抛下他逃之夭夭，只有这个恶人留了下来，陪着他一起等死。

厉英良察觉到了他的行动，翻身面对着他："干什么？要躲我？"

沈之恒无力回答，而厉英良摸着地面，就觉得触及之处潮湿泥泞，是鲜血混合了灰土。这太脏了，死在这里和死在泥坑里有什么区别？

于是他爬了起来，跪着四处探索，在墙根底下找到了一块干净些的地方。走兽一般地爬回沈之恒面前，他说："那边干净，我们到那边死去。"

然后他伸手去摸沈之恒，抓住了沈之恒的脚踝，他想扯腿把他拽走，然而一拽之下，沈之恒又呻吟了一声。

他慌忙放下了手："怎么了？腰断了？"

他凑过去，壮了胆子又摸——还好，他并没有将沈之恒扯成两段。但他也不敢再拽了，只敢去推沈之恒的肩膀，一点一点地把他从血泊之中推到了墙角。喘着粗气靠墙坐了，他忽然笑了一声："这里好，比刚才那个地方好，死在刚才那个地方，像横死街头一样，太惨了。"

他伸手拍了拍沈之恒的脑袋："能和你死在一起，也不错。"

沈之恒想让厉英良离自己远一点，可是头脑中轰鸣不止，竟让他昏沉得说不出话来。他全凭着意志力不许自己睡过去。

米兰不知道自己跟着司徒威廉跑了多久，她一路恍恍惚惚的，后来还是前方的火光让她醒过了神。她用力挣开了司徒威廉的手，她本来话就少，这时越发沉默，就单是睁圆了眼睛，恶狠狠地瞪着司徒威廉。

火焰烤得空气滚烫，她的发梢甚至都开始打卷了。司徒威廉指着前方堵了道路的大火吼道："这里的火烧了这么久，说明空气充足，这里一定有通风口。"

米兰对着他摇了摇头。

司徒威廉怒道："别和我闹！你要是怕火，我可以保护你。这点火烧不死我们的，我们能冲过去！"

米兰开了口："我要去找沈先生。"

"你还找他干什么？他已经死了！"

米兰忽然吼出了尖利的声音："那我也死！"

"你——你是疯了？还是你爱上他了？"

"爱？"米兰像是忽然被他问糊涂了，"爱？"

"你趁早别做梦了！你才多大，懂什么爱不爱的。只要你肯和我逃出去，外面一世界的男人，你随便爱谁都可以！听明白了没有？！"

米兰如梦初醒："噢——"

司徒威廉以为她想通了，正要拉着她向前冲过火焰，哪知道米兰把手从他手中抽了出去。后退一步，她恍然大悟了似的，又向着他点了点头。

然后她扭头就往回跑。

司徒威廉追上去一把抓住了她的头发，让她转过来看自己的眼睛，然而米兰有所准备，在回头的一瞬间，她张开五指，一把抓向了他的脸。他猝不及防地松手向后一躲，同时就听米兰大声说道："别拦着我，我只爱沈先生这一个男人！"

然后她迈开两条长腿，小鹿一样冲向了黑暗的来路。

司徒威廉追了两步，随后停住了。站在原地愣了愣，他最后一咬牙，转身冲进了火中。早知道米兰这么不成器，他还不如费点力气，背着沈之恒再逃一程，万一赶在沈之恒咽气之前逃出了地牢，那他在接下来的几十年里，至少衣食住行是都有着落了。

不过现在后悔也晚了，还是逃吧，逃出去了再说，反正无论如何，他总有办法活下去的。

在司徒威廉和米兰分道扬镳之时，厉英良还在和沈之恒一起等死。

他等得不大安心，因为沈之恒忽然没了声息。他去摸了他的头脸，发现他的面颊还有热气，然而皮肤表面隆起了一条条血管，血管编织成网，从脖子往上蔓延。他看不清沈之恒的容貌，但是凭着直觉，他断定对方现在一定很可怕。

这时，他忽然听到了说话声音。

那声音很低，是个熟悉的女子声音——沐梨花。

上次通电话时，厉英良已经听出了沐梨花的意思，在那女人眼中，他定然是死有余辜。可这真是天大的误会，无论上级是谁，他都无所谓，他都是一样的效忠。这么简单的一个道理，沐梨花怎么就不明白呢？况且他除了忠诚之外，手里也攥着一股人马，他不是投到沐梨花手下白吃白喝，他是有力量、能做事的啊！

缓缓扭头望向了身旁的沈之恒，他想自己如今还掌握了更了不得的信息——沈之恒的，米兰的，司徒威廉的，难道沐梨花就真的一点都不感兴趣吗？

沐梨花的声音又响了起来，而且越来越近。厉英良轻声说道："你等着，我去看看。"

然后不等沈之恒回答，他一路匍匐向前，爬到了那微光闪烁的走廊尽头。空气越来越热了，他不但累，而且渴，要真是死在这里，那么死前一定会非常痛苦。在走廊尽头的拐角处伸出脑袋，他哆嗦了一下。

从前方的一处岔路口，走出来一队荷枪实弹的士兵，为首一人正是沐梨花。厉英良明知道她对自己有杀意，可如同鬼上身了一般，他缓缓地爬了出去，爬进了沐梨花的视野之中。

然后，他跪了起来，举起双手，做了个投降的姿势："是我，厉英良。我抓住沈之恒了，我一直在等您过来，好把他献给您，以求将功补过。"

沐梨花已经在这地牢里迷了路，正走得心烦意乱，冷不丁看见了厉英良，她险些举枪给他一梭子。听完了厉英良那一番话，她先是一怔，随即狂喜起来。

"他人在哪里？"

厉英良想要站起来，可双腿是软的，支撑不起身体，只好膝行着调转方向："请您跟我来，他受了重伤，已经没有还手的力量了。"

厉英良像走兽一般，爬到了沈之恒身边。

几支手电筒照亮了这半截走廊，也让沐梨花看清了趴伏在地的沈之恒。厉英良垂头跪在沈之恒身边，自言自语似的低声嘀咕："对不起，可你反正也是要死了，与其白死，不如救我一次。"

然后他抬起头，发现沈之恒还有神志，还在用完好的那只眼睛看着自己。黑色血管浮凸成网，笼罩了他的头脸，他的面貌已经是非人的了，唯有那只眼睛里，还藏着一点人的感情。

这点感情，让厉英良几乎呕出了血。

沐梨花在确认了沈之恒的身份之后，端枪对准了他的脑袋，口中说道："厉会长，这一次，你立了大功。"

厉英良磨蹭向后，不想去看沈之恒的脑袋开花，口中嗫嚅道："不敢当，不敢当，只要您知道我的忠心，我就知足了。"

沐梨花长出了一口气，手指勾上扳机，正要扣下，可是脖子上猛地一痛。

下一秒，她听到了部下的惊呼声。

她抬手摸向痛处，摸到的却是一根坚硬的铁条，铁条已经穿透了她的脖子，她缓缓地扭过头去，看到那走廊尽处站着一个女孩，那女孩气喘吁吁地看着他们，厉英良认出了她，她是米兰。

没人留意到她是什么时候跑过来的，短暂的寂静过后，士兵一起向着米兰开了火。米兰瞬间闪身躲开了子弹，而沐梨花向前迈了一步，脸上保持着惊愕的表情。她不知道自己是不是要死了，她甚至此刻并没有感到多么痛苦，她想自己得走，得马上到医院里去，也许医生有办法取下这根铁条。

可是，她随即又意识到，自己走不成了。

身后响起了厉英良断断续续的呜咽声，那声音全闷在喉咙里，听起来又怪异又虚弱，而她的部下觅声回头，随即怪叫着散了开来。

在生命的最后时刻，她看到了沈之恒。沈之恒奇异高大，仿佛已经悬浮在半空之中，瞳孔中的黑色晕染开来，他的眼珠变成了一枚黑曜石，冷、硬，有光亮，无感情。

屠戮就此开始。

厉英良不再采取任何防护了，他顺着墙边向前爬，两条腿一点力气都没有，他只能靠着双肘向前拼命地挪蹭。这一刻，他没了思想没了计谋，什么都没了，就只剩了一点求生欲驱使着他，让他爬向前去。

在走廊尽头，他的眼前出现了一双脚。顺着这双脚往上看，他看到了米兰。

他想求她放自己一马，可他的嘴唇颤抖，说不出话。眼前的两只脚忽然挪开了，米兰给他让了路。

米兰和他没有任何私人恩怨，并且始终记得那个冬夜，他可怜她一个小姑娘顶风冒雪地在街上走，用汽车把她送回了家里。他唯一的问题是总想害沈先生，这让他变得讨厌起来，但她此刻不想找他报仇，没那个心情，随他去吧！

她正痴迷于眼中的沈之恒。

眼前是个血肉横飞的世界，而在她眼中，血肉横飞和阳光明媚的区别，不过是一个世界有血肉，一个世界有阳光。

当最后一名士兵也倒下去后，走廊里只剩了她和沈之恒两个活口。沈之恒缓慢地走向了她，她知道他此刻是失了神志，然而完全没有想逃。

她不会逃的，她就是为了他而回来的，如今他们终于又相见了，哪怕头上降了天雷，她也不会逃。如果他攻击她，那她就攻击回去，她一定要把他带走，最好是能一起活，活不成，一起死也可以。

因为她爱他！

可是沈之恒走到半路，忽然跌坐了下去。

再然后，他向前一头栽下，昏迷过去。

米兰背着沈之恒，在走廊里走。沈之恒太高了，两条腿拖在地上，而在几十米外的后方，厉英良追着痕迹，也在艰难地爬。

米兰没有留意后方的追踪者，单是凭着记忆，要去走那司徒威廉走过的路。空气飞快地灼热起来，她又看到了一片熟悉的火，火焰变得弱了些许，她停下来，将身后的沈之恒向上托了托。

"走喽！"她发出了一声自娱自乐式的呼喊。

然后她背着他的沈先生，冲进大火，冲过大火，冲出大火。

大火过后，再走过一条未完工的甬道，米兰嗅到了荒野的气味。

她昂着头，体内有无尽的力气，她的长发焦了大半，小腿上的水泡连了片。她在疼痛中恶狠狠地走，兴高采烈地走，像女学童，也像小新娘。她就是喜欢救他，她救他的身体，他救她的灵魂。

她不知道司徒威廉走的是哪条路，也懒得管。前方就是走廊尽头，墙壁上架了铁梯，她走到梯子前仰起头，看到了上方横七竖八的铁管，以及铁管之上璀璨的星光。

米兰没有找到绳索，于是把沈先生的裤子脱了。裤子相当结实，足以将沈之恒和她牢牢地绑为一体。她腾出两只手抓住了梯子，向上一级一级地爬。

等到爬上地面之后，她环顾四周，觉得这地方有点眼熟，忽然"哎呀"了一声，她看到了附近有一处乱糟糟的浅土坑。如果没记错，那里本应是一口竖井，她当初就是从那井里跌下去的。他们刚下去，那井就被追兵炸塌了。

米兰几乎要笑起来：运气太好了，前面都是她走过的路，走过一遍的路，她全记得住！

身后响起了一声呻吟，这一声呻吟催促她快步上了路。沈先生那么爱面子，她想他一定不高兴光着屁股和自己在野地里跑，自己非得赶在他清醒之前离开这里不可。

在米兰背着沈之恒狂奔之时，厉英良也见了天日。

他追踪米兰，追着追着就追不上了，他只好凭着直觉乱爬，最后竟然也找到了一条活路。而在爬上这条活路之前，他遇到了沐梨花的残部。那是两名迷路的士兵，见了厉英良就胡乱开枪，厉英良随即反击——手枪里一共只剩了两颗子弹，这回全派上了用场。

那两个人死了，他自己的肩膀也中了两枪。除了这两枪之外，他先前爬过了一片火，那火大概是耗尽了燃料，只剩了几簇微弱火苗，然而火苗也是火，足以把他裸露在外的手脸烧伤。

但他还留着一口气，他还能爬。爬上了一道长长的楼梯，他迎头撞上了一片铁格栅。格栅一撞就松动了，他再撞几次，撞出了个小小洞口，正能容许他伸出头去。

外面就是荒草地，他如蛇一般地向外爬，挤得身体扭曲变形，关节在剧痛之中"咔吧"直响。他不管不顾，着了魔似的向外挤，哪怕活活挤碎了，也比死在那地狱里强。

厉英良向外挤了许久，末了他耗尽了力量，卡在那洞口，动不得了。

他闭了眼睛等死，可是有人走了过来，俯身问道："是厉先生吗？"

厉英良动了动眼皮，听出对方是司徒威廉。

司徒威廉的声音轻飘飘的，有些虚："你瞧见米兰没有？"他用力拍了拍厉英良的脑袋，"你也要死啦？"

然后他直起身，双手插进裤兜里，自言自语地嘀咕："怎么一个两个都要死了？就不能出来个活的？我还等着有人给我带路回家呢，这到底是哪儿呀！"

说完这话，他又蹲了下来，发现了厉英良肩上的枪伤。伸手在那伤口上蹭了一下，他收回手，将双手插到厉英良腋下，也不管他的死活，硬把他从那小洞口里拽了出来。

厉英良运用周身最后一点力气，开了口："把我变成沈之恒那样的人吧……"

司徒威廉一愣："什么？"

"我会报答你……我做你的狗，听你的差遣……我会给你卖命……永远报答你……"

他还有千万句美好的誓言可说，然而他的四肢在迅速失去温度，一滴眼泪顺着眼角滑下，他死不瞑目。

最后一口气呼出去，他等待死亡降临，可降临的是司徒威廉。

沈之恒清醒过来时，第一眼看到的就是米兰。

他仰面朝天地躺在草地上，米兰正在他旁边跪着，裙摆被鲜血浸湿后又变干，变得坚硬厚重，她披散着一头乱发，低头正在为他系纽扣。

他醒归醒，然而还缓不过神来，不知道此地是何地，今夕是何夕。米兰一抬眼，和他目光相对，却也没说什么，只直直地看着他，看不够似的。

沈之恒慢慢地转了头，看到了脸旁的青草，还看到了夜空的星月。

"我们逃出来了？"他轻声问。

米兰点点头："嗯。"

"是你救了我？"

米兰答道："当然是我。"

沈之恒笑了一下："你总救我。"

米兰开了口："我……"

她不是欲言又止，是她还没想好"我"字后面的内容。她会永远救他的，会永远陪伴他的，如果他死了，她也会去死的。这么多的话，先说哪句？后说哪句？她一向口拙寡言，若是讲得词不达意，又当从何再说起？

所以，她干脆就不说了，现在不说，以后想好了，再说。

米兰扶起了沈之恒，沈之恒这才发现自己换了一身洁净衣服，只是尺码不对，脚踝和手腕都露着一截子在外面，鞋也太小。扶着米兰向前走了一步，他感觉自己又有了些力气，便迟疑着发问："米兰，我是不是……杀了很多人？"

"是的。"

沈之恒换了话题："这衣服是从哪里弄来的？"

"司机的。"

"司机？"

"那天我为了找你，租了一辆汽车跟踪厉叔叔，这衣服是司机留下的。我让他把汽车也留下了。汽车在那边的大树后，你会开汽车，我们回家吧！"

沈之恒坐上汽车，在汽车里找到了毛巾和水壶，用毛巾蘸水，他仔细擦净了脸上的血迹烟尘，然后将毛巾洗了洗，他把它撕成布条，缠住了半边面孔，旁人猛地看上去，会当他只是个脑袋受创的伤号。

米兰蜷缩在后备厢里，因为她那一身血衣实在是没法遮掩，任谁看了，都要吓一大跳。

天边有了隐隐的霞光，是太阳要升起来了，沈之恒发动汽车，这回他心里没了司徒威廉，也没了厉英良。司徒威廉应该还活着，但是已经和他再无关系，他甚至没有向米兰问过他的去向；厉英良大概是死了，他对这小子最后的记忆，就是他跪在沐梨花跟前，出卖了自己。

这最后的记忆，让他对厉英良失望透顶，也不是恨，也不是怨，就只是失望。要是厉英良那时跟着司徒威廉一起逃了，他或许还不会失望至斯。

回城路上，沈之恒的运气不错，只遇到了几处关卡，检查得也宽松。他这汽车的证件齐全，来自本市的大汽车行，所以很容易就混了过去。

看着满街的人与车，他有些恍惚，及至回到家了，他下车进门，迎面看到了张友文。

张友文已经连着三天三夜没有见到佰小姐，急得快要抹脖子，人也瘦了一圈。猛然看到沈之恒回来，且是这么个狼狈的形象，真是又惊又喜又怕："沈先生，您回来了？没事了？是不是受伤了？要不要去医院？"

沈之恒答道："不必，我没事，都是皮肉伤。"

张友文又道："沈先生，还有件事，就是佰小姐，佰小姐丢了！"

沈之恒依旧云淡风轻："她没丢，过会儿就能回来，你先出去买些水果冰激凌，等她回来吃。"

张友文的脸上登时有了笑意，欢天喜地地跑了出去。沈之恒连忙趁机打开后备厢盖，放出了米兰。米兰也不劳他废话，自己飞快地跑进了楼内沐浴更衣。

半个小时之后，张友文提着水果回来了，果然看到了焕然一新的佰小姐。佰小姐这三天三夜显然是没少折腾，首先是一头长发变成了齐耳短发，鬓发掖在耳后，配上一身运动衣，让她看起来带了几分男孩子气。见了张友文，她像个哑巴似的，也不解释自己这几天跑去了哪里。张友文也不和她一般见识，回头再看沈先生，他见沈先生也恢复了旧貌，身上层层叠叠的穿得整齐，也不嫌热，雪白绷带斜着缠下来，遮住了他半个额头和一只眼睛以及一部分面颊。坐在沙发上，沈先生像是累极了，问他道："今天几号了？"

"二十五号。"

沈之恒抬头去看米兰："好运气，还赶得上明天凌晨的船。"

米兰站在客厅角落里："行李都是收拾好了的。"

沈之恒忽然又转向了张友文："现在时局太乱，我打算南下避避风头。你若愿意，可以留下来给我看看房子。"

张友文立刻点头："愿意愿意，只要老板信任我就行。"

沈之恒又道："我给你留张支票做生活费，平时你就住在这里，我偶尔会打长途电话回来，问问这边的情况。"

张友文一听这话，又是一喜——平白无故地有钱花，有房子住，而且不用做工出力，世上还有比这更美的差事吗？

沈之恒说到这里，站了起来，对着米兰说道："回房休息吧，明天要起早出远门，又是一场累。"

当着张友文的面，米兰什么都不说，乖乖地回房去睡觉。

她睡了很长很长的一觉，再醒过来时，窗外天光微明，已经是第二天的凌晨。在她熟睡期间，沈之恒精简了行李，处理了汽车，等米兰洗漱完毕走出卧室时，张友文已经发动汽车，等在外面了。

他们顺顺利利地到了码头，上了客轮。船上的旅客太多了，米兰虽然是住在头等舱，依旧觉着乱哄哄，一乱就乱过了一整天。

到了夜里，她躺在小床上，想要睡，然而睡不着。忽见对面床上的沈之恒坐起来了，她便小声问道："你也失眠呀？"

沈之恒答道："床小，躺久了难受，不如出去走走。"

她也起了身："我和你一起。"

两人出舱上了甲板，此时刚刚入夜，风微微的有些凉，沈之恒趴在甲板栏杆上，低头去看那下方的水浪，米兰也跟着他看。周围一个人都没有，只有他们两个，站在浩浩荡荡的大海风里。

米兰被海风吹得无比清醒，扭头望向沈之恒，她忽然感觉自己福至心灵，"我"字后头那些说不清道不明的内容，在此时此刻，说得清也道得明了。

伸手拍拍沈之恒的手臂，她这回没有唤他沈先生，只"哎"地叫了他一声。

沈之恒扭过脸来，看着她。

她有些紧张，手指抓住了他的衣袖，她说："我爱你。"

话一出口就被海风吹散了，沈之恒向她疑惑地一抬眉毛，随即把耳朵凑到了她的嘴边，大声问道："什么？"

米兰扯住了他的耳朵，几乎把嘴唇贴了上去，大吼出声："我喜欢你！"

沈之恒被她震得向旁一躲，抬手捂了耳朵，他望向米兰，答道："我知道。"

米兰凝视着沈之恒，末了把手围在嘴边做了个喇叭，逆着海风喊道："你不知道！我爱你！我以后要嫁给你！"

沈之恒这回是真惊讶了，以至于他看着米兰，半晌没说出话来。

几日之后的一个午夜，沈之恒和米兰平安抵达终点。

与此同时，在几千里外，晚归的金静雪在公馆门外下了汽车。

放了假的仆人还未被她召回，留守家中的两个丫头也不知道出来接她。她孤零零地进了楼内，正要上楼休息，忽听身后有人敲响了大门。她先是一怔，随即脸上露出喜色，转身跑过去开了门："良哥哥？"

外面是无尽的黑夜，厉英良衣冠楚楚地站在门前灯下，向她浅浅一躬："我回来了。"

她满心欢喜，正要伸手拉他进门，可是手伸到半路，她缓缓地停了，因为夜色之中又走出了一个高大身影，是司徒威廉。

司徒威廉走到了厉英良身边，两人并肩而立，开始一起向她微笑。

<全文完>

图书在版编目（CIP）数据

如月／尼罗著.—武汉：长江出版社，2022.7
ISBN 978-7-5492-8391-0

Ⅰ.①如… Ⅱ.①尼… Ⅲ.①幻想小说－中国－当代
Ⅳ.①I247.5

中国版本图书馆CIP数据核字(2022)第107665号

本书由尼罗委托天津漫娱图书有限公司正式授权长江出版
社，在中国大陆地区独家出版中文简体版本。未经书面同
意，不得以任何形式转载和使用。

如月 / 尼罗 著

出　　版	长江出版社			
	（武汉市解放大道1863号　邮政编码：430010）			
选题策划	漫娱图书　买嘉欣			
市场发行	长江出版社发行部			
网　　址	http://www.cjpress.com.cn			
责任编辑	钟一丹			
特约编辑	郭　昕　王　琼　龚伊勤			
总策划	罗晓琴	**开　　本**	710mm×1120mm　1/16	
装帧设计	吴彦罗琼	**印　　张**	16.75	
印　　刷	武汉鸿印社科技有限公司	**字　　数**	260千字	
版　　次	2022年7月第1版	**书　　号**	ISBN 978-7-5492-8391-0	
印　　次	2022年8月第1次印刷	**定　　价**	49.80元	

版权所有，翻版必究。如有质量问题，请联系本社退换。
电话:027-82926557(总编室)　027-82926806（市场营销部）